Circuit Rush

AVA AVERY

AF287252

Circuit Rush

TITAN RACING LEGACY

Ein Roman von

AVA AVERY

Deutschsprachige Erstausgabe: Januar 2022
Deutschsprachige Neuauflage: April 2025

Copyright © Ava Avery

ISBN: 978-3-8192-0864-5

Verlag: BoD · Books on Demand GmbH,
Überseering 33, 22297 Hamburg, bod@bod.de

Druck: Libri Plureos GmbH,
Friedensallee 273, 22763 Hamburg

Lektorat: Elisabeth Klein

Cover Design & Illustration: Carmen Design

Bibliografische Information der Deutschen Nationalbibliothek:
Die Deutsche Nationalbibliothek verzeichnet diese Publikation in
der Deutschen Nationalbibliografie; detaillierte bibliografische
Daten sind im Internet über dnb.dnb.de abrufbar.

Website & Newsletter:

www.avaavery.de

Instagram:

avaavery.autorin

TikTok:

@avaaverybooks

Facebook:

www.facebook.com/avaavery.autorin

20+ Bonuskapitel & 0 Euro Roman:

https://bookhip.com/RPGKPQC

Für all die Herzen, die sich in der Stille der Nacht nach einer Liebe sehnen, die nicht sein darf, aber dennoch unaufhaltsam ist.
Möge diese Geschichte euch daran erinnern, dass wahre Liebe keine Grenzen kennt und selbst die größten Hindernisse überwindet.
Gebt euch nicht mit weniger zufrieden, denn ihr seid es wert, von ganzem Herzen geliebt zu werden.

EXKLUSIV FÜR DICH

Sichere dir jetzt als Dankeschön für deine Treue über 20 Bonuskapitel zu meinen Romanen. Scanne dazu einfach den QR-Code oder nutze diesen Link:

https://BookHip.com/RPGKPQC

Ich wünsche dir ganz viel Spaß beim Lesen.

1

KENZIE

Ich notierte mir auf meinem Handy die Zusage des Teamchefs von *Sun Chaser* und wischte mir mit dem Handrücken die kleinen Schweißperlen von der Stirn, die sich in der feuchten Hitze Bangkoks darauf gebildet hatten. Dann steuerte ich das Teamhaus von *Racing Rosso* an, um in Erfahrung zu bringen, ob auch Enrico, der Teamchef von *Racing Rosso*, dem von Toni einberufenen Meeting sämtlicher *Serie del Rey* Teamchefs beiwohnen würde.

Suchend sah ich mich nach Enricos Assistentin um. Die Teamchefs der einzelnen *Serie del Rey* Teams fanden sich normalerweise frühestens am Donnerstag an der Rennstrecke ein. Die PAs, also die Persönlichen Assistentinnen, fuhren jedoch bereits am Mittwoch an die Rennstrecke, um sicherzustellen, dass alle nötigen Vorbereitungen für die Ankunft der *Big Bosse* getroffen wurden. Franca, Enricos Assistentin, bildete da keine Ausnahme.

Ich entdeckte sie schließlich in Enricos Büro. Sie redete leise und eindringlich mit dem Pressechef von *Racing Rosso*. Anhand ihrer ernsten Mienen vermutete ich, dass es sich dabei um kein angenehmes Gespräch handelte.

Als sie mich bemerkten, verstummten sie abrupt.

»Hi.« Ich hob zaghaft die Hand und versuchte mir nicht anmerken zu lassen, wie unangenehm es mir war, die beiden bei ihrer Unterredung zu stören.

»Kenzie«, räusperte sich Franca und setzte ein angestrengtes Lächeln auf. »Schön dich zu sehen. Was führt dich zu uns?«

»Das morgige Treffen der Teamchefs«, antwortete ich vage und wartete darauf, dass es in Francas Kopf *Klick* machte.

Drei Mal in der Saison kamen die Teamchefs aller *Serie del Rey* Teams zu einem formellen Meeting zusammen, um brandaktuelle Themen zu besprechen, sich auszutauschen und sich abzustimmen.

Das erste Treffen hatte zu Beginn der Saison in Japan stattgefunden. Das Zweite folgte beim Deutschland Grand Prix zur Saisonmitte. Drei Rennen vor Saisonende würde nun morgen das letzte Meeting der *Big Three* stattfinden.

Jeder dieser *Teamchef-Gipfel* wurde von einer der PAs organisiert. Für das morgige Event fiel die Verantwortung dafür in meinen Aufgabenbereich.

Nachdem ich vor einer Woche die Einladungen per E-Mail versandt hatte, suchte ich nun heute jedes

Team persönlich auf, um mich noch einmal zu versichern, dass besagter Teamchef den Termin auch wahrnehmen würde.

Francas Reaktion auf meine Aussage überraschte mich. Sie riss unnatürlich weit die Augen auf und sah unsicher zu Lorenzo, *Racing Rossos* Pressechef, der ihren Blick auffing und angespannt die Stirn runzelte.

»*Racing Rossos* Teamchef wird anwesend sein«, bestätigte mir Lorenzo ausweichend, was mich noch mehr verwirrte.

Für gewöhnlich koordinierte Franca den Terminkalender von Enrico und nicht Lorenzo. Letztendlich zählte aber hauptsächlich die Zusage und diese hatte ich soeben erhalten, wenngleich von Lorenzo.

»Super. Dann also bis morgen«, verabschiedete ich mich rasch und trat den Rückzug an, um der aufgeladenen Atmosphäre schleunigst zu entfliehen.

Vor dem klimatisierten Teamhaus angekommen, schlug mir erneut die schwüle Hitze Thailands ins Gesicht und brachte meinen Kreislauf für einen Moment aus dem Gleichgewicht.

Leicht wankend ging ich zu dem benachbarten Teamhaus von *Titan Racing* und ließ mich im Büro, das ich mir mit dem Marketing- und Kommunikationsteam teilte, auf meinen Klappstuhl plumpsen.

Dakota, die Chefin der Sponsorenabteilung, redete per Videoschaltung auf einen attraktiven Mann mit grimmigem Gesichtsausdruck ein, den ich als Grayson Parker, CEO einer der erfolgreichsten Luxushotelketten der Welt und potenziellen neuen *Titan Racing* Sponsor, identifizierte.

Während ich meinen Laptop anschaltete und meine *To-Do*-Liste durchging, lauschte ich der hitzigen Debatte über Sportmarketingstrategien in den USA, die zwischen Dakota und Grayson entbrannt war.

Als Dakota die Videokonferenz nach einer halben Stunde beendete, riss sie sich genervt das Headset vom Kopf und stieß geräuschvoll die Luft aus.

»Ich hasse diesen Kerl. Er ist so verflucht stur und rechthaberisch.«

»Außerdem ist er besserwisserisch, egoistisch, egozentrisch, großspurig, von sich selbst überzeugt und leider Gottes unfassbar gutaussehend«, führte ich die Liste der Adjektive, mit denen Dakota Grayson regelmäßig bedachte, mit einem amüsierten Grinsen fort.

»Na Mädels, lassen wir uns wieder über Grayson Parker aus?« Riley, die Pressechefin von *Titan Racing* kam zur Tür herein und scrollte abwesend auf ihrem Handy.

»Er treibt mich in den Wahnsinn.« Dakota rollte theatralisch mit den Augen.

»Von Grayson Parker würde sich so manche Frau mit größter Freude in den Wahnsinn treiben lassen«, flötete Riley unschuldig.

»Betonung auf *Treiben*«, prustete ich und schlug mir bei Dakotas strengem Blick ertappt die Hand vor den Mund.

»Mal was anderes«, kicherte Riley und zwinkerte mir erheitert zu. »Hast du deine Paddock Runde schon gedreht, Kenzie?«

»Ja, wieso?«

»Kommen sämtliche Teamchefs zu der Versammlung morgen?«

»Es haben alle schriftlich zugesagt und die PAs haben es mir heute erneut mündlich bestätigt. Also ja. Warum fragst du?«

»Weil das Gerücht umgeht, dass *Racing Rosso* seinen Teamchef nach der Niederlage beim letzten Saisonrennen abgesägt hat. Es gab wohl einen heftigen Streit, woraufhin die Chefetage des Automobilkonzerns, dem *Racing Rosso* angehört, ihn von seinen Pflichten entbunden haben soll. Mit sofortiger Wirkung.«

»Nein«, echoten Dakota und ich unisono und sahen einander ungläubig an.

Wer feuerte denn bitte mitten im Kampf um den Weltmeisterschaftstitel mit lediglich drei ausstehenden Saisonrennen seinen Teamchef? Das war total absurd und völlig kontraproduktiv.

»Es ist bloß ein Gerücht und da, wie du sagst, alle Teamchefs für morgen zugesagt haben, scheint nichts weiter an dem Gerede dran zu sein«, beschwichtigte uns Riley.

»In vierundzwanzig Stunden wissen wir mehr«, erwiderte ich achselzuckend und verschwieg die seltsamen Schwingungen, die ich im Teamhaus unseres stärksten Konkurrenten vernommen hatte.

Ich mochte keine Gerüchte und sie zu streuen oder sie gar anzufachen, war mir zuwider. Deswegen würde ich mir morgen zunächst Gewissheit verschaffen und meinen Freundinnen anschließend die Fakten liefern.

Am darauffolgenden Tag machte ich mich zeitig auf den Weg zu dem exklusiven Hotel unweit der Rennstrecke, in dem ich einen Meetingraum für das heutige Event gebucht hatte. Ich prüfte den Raum, stellte sicher, dass die Technik einwandfrei funktionierte und gab die nötigen Anweisungen an das Catering, sowie an den Concierge weiter.

Als ich das Hotel knapp zwei Stunden später verließ um Toni abzuholen, erfüllte mich ein Gefühl der Zufriedenheit. Ich hatte alle notwendigen Vorkehrungen für ein produktives Aufeinandertreffen der zehn mächtigsten Personen der *Serie del Rey* getroffen. Dem dritten und letzten Austausch aller Parteien stand also nun nichts mehr im Wege.

Während Tonis Fahrer den Wagen durch den geschäftigen Verkehr Bangkoks schlängelte, plauderten wir unbefangen über belanglose Themen und versuchten uns nicht darüber aufzuregen, wie langsam wir vorankamen.

Natürlich erschien Toni, mein Boss und Teamchef von *Titan Racing*, nicht zur vereinbarten Uhrzeit in der Hotellobby. Ich seufzte und rannte die Treppen hinauf zu seiner Suite, wo ich so lange gegen die Tür hämmerte, bis er mir öffnete.

»Ich habe die Zeit vergessen«, begrüßte er mich mit seinem Standardspruch und schaute mich so reumütig an, dass ich ein verräterisches Zucken meiner Mundwinkel nicht unterdrücken konnte.

»Du hast fünf Minuten, wenn du nicht zu deinem eigenen Meeting zu spät kommen willst«, informierte ich ihn und schloss die Tür hinter mir.

»Aye Aye, Sir«, witzelte Toni und drehte sich von mir weg, um sein T-Shirt gegen das Hemd der Teamuniform zu tauschen.

»Hat Enrico eigentlich zugesagt?«

»Hat er. Ich nehme an, du fragst mich das wegen den Gerüchten, die momentan kursieren?«

»Ziemlich hartnäckige Gerüchte«, gab Toni zurück.

»Als ich gestern bei Franca und Lorenzo vorbeigeschaut habe, meinten sie, dass der Teamchef von *Racing Rosso* anwesend sein wird.«

»Haben sie das so formuliert?«

Ich nickte.

»Ziemlich kryptisch, oder?«

»Kryptisch?«

»Wieso haben sie Enrico nicht beim Namen genannt?«

Ich stutzte. Wieder einmal überraschte mich die Spitzfindigkeit, mit der Toni eine scheinbar harmlose Situation analysierte. Dabei sollte ich nach all den Jahren als seine Assistentin längst an seinen beängstigenden Scharfsinn gewöhnt sein.

»Wir werden es bald herausfinden und jetzt zieh dir die Schuhe an, damit wir loskönnen«, überspielte ich meine Verwirrung.

»Ja, Mama«, stichelte Toni und wich lachend dem Schuh aus, den ich ihm entgegenschleuderte.

Im Auto telefonierte Toni beinahe die ganze Fahrt über, sodass ich mich auf die Nachrichten konzentrieren konnte, die in der vergangenen Stunde auf meinem Handy eingetrudelt waren. Als PA einer der erfolgreichsten Teamchefs der *Serie del Rey* wurde es nie langweilig. Ständig wollte jemand etwas von mir oder besser gesagt, von Toni. Und da der Weg zu Toni über mich führte, bemühten sich alle darum, sich gut mit mir zu stellen.

Manchmal kam ich mir vor wie im Zirkus: Was Toni betraf, fungierte ich als Löwen Dompteurin. Und für den Rest der Mannschaft agierte ich als heimliche Zirkusdirektorin, die den Zirkus stets unter Kontrolle behielt.

»Kenzie, heute Abend treffe ich mich mit Salvatore Silva zum Abendessen«, informierte mich Toni und legte auf.

»Heute Abend bist du bereits mit Clayton Spence verabredet. Ich kann Silva entweder für Drinks *vor* deiner Verabredung mit Clayton einplanen oder *morgen Abend* zum Dinner. Alternativ könnte ich bei Clayton anfragen, ob er auch morgen statt heute Zeit für das Abendessen mit dir hätte. Allerdings wäre das schon das dritte Mal, dass du Clayton vertröstest«, wandte ich ein und verdrehte innerlich die Augen.

Toni liebte es, meinen Zirkus ordentlich durcheinander zu bringen. Er verabredete sich regelmäßig mit fünf verschiedenen Menschen gleichzeitig zum Dinner, ohne sich vorher mit mir abzustimmen. Ich durfte es dann hinterher ausbügeln und Ordnung in das Chaos bringen.

Aber ich sah es ihm nach. Für Toni besaß der Tag mit seinen vierundzwanzig Stunden eindeutig nicht genug Zeit für all seine Verpflichtungen.

»Clayton habe ich vollkommen vergessen. Rufst du Silva an und lädst ihn für morgen Abend ein?«, murmelte Toni, während er sich bereits den Telefonhörer für das nächste Gespräch ans Ohr hielt.

Mach ich, signalisierte ich ihm stumm mit erhobenen Daumen, weil er in diesem Moment mit einer Person am anderen Ende der Leitung zu sprechen begann.

Am Hotel angelangt, begleitete ich Toni zu dem Saal, in dem das Treffen stattfinden würde. Ich betätigte den Liftknopf für ihn und trat wieder aus dem Fahrstuhl in die Hotellobby.

Toni bedachte mich mit einem Kopfschütteln und lachte leise. »Irgendwann werden wir deine Fahrstuhlphobie überwinden müssen, Kenz.«

»Irgendwann, ja. Aber nicht heute«, zwinkerte ich und lief zum Treppenhaus, wo ich, immer zwei Stufen auf einmal nehmend, die Treppen in den sechsten Stock hinaufhastete.

Toni lehnte grinsend mit verschränkten Armen an der Aufzugtür und verkniff sich jeglichen Kommentar, als ich die Tür zum sechsten Stock aufriss und außer Atem vor ihm zum Stehen kam.

Er folgte mir in den Konferenzsaal, wo ich ihm noch ein letztes Mal die Themen ins Gedächtnis rief, die er heute ansprechen sollte und ihm die Liste der abzuarbeitenden Punkte zur Sicherheit zusätzlich auf sein Handy schickte.

Ich ließ meinen Blick durch den weitläufigen Raum schweifen. Die zehn Teamchefs würden um den wuchtigen Tisch herum Platz nehmen. Die PAs saßen etwas abseits an der Wand, wo sie den Gesprächen lauschen und sich fleißig Notizen machen konnten. Später wurden die Protokolle dann abgetippt und den Teamchefs zur Weiterführung der Diskussion vorgelegt.

»Wenn du sonst nichts mehr brauchst, gehe ich wieder nach unten und begrüße dort die anderen Teamchefs, damit sich auch keiner von ihnen verläuft.«

»Tu das, Kenzie. Danke«, entließ mich Toni und überflog gedankenverloren die Punkte auf der Liste, die ich ihm soeben zugeschickt hatte.

Höchstwahrscheinlich überlegte er sich gerade in seinem Superhirn, wie er den anderen Bossen im Raum seine Standpunkte am besten verkaufen und sie für sich gewinnen konnte. Das Talent, überzeugende Strategien auszuarbeiten, beherrschte er wie kein anderer. Ich konnte ihn also getrost mit seiner taktischen Kriegsführung alleine lassen.

Die Treppen hinunter zu laufen gestaltete sich deutlich angenehmer als sie hinauf zu hechten.

Nahezu entspannt erreichte ich die Lobby und platzierte mich unweit der Drehtüren, um die Teamchefs bei ihrem Eintreffen abzufangen und ihnen den Weg zu zeigen.

Sollte mir einer von ihnen entwischen, so würde der Concierge hoffentlich wissen, was zu tun war.

In den nächsten Minuten trudelten die Oberbosse nach und nach mit ihren PAs ein und begaben sich brav auf den Weg in den sechsten Stock.

Fünf Minuten vor Meetingbeginn fehlte lediglich Enrico, der Teamchef von *Racing Rosso*.

Ich beschloss, noch ein paar Minuten abzuwarten, bis ich Franca eine Nachricht schreiben würde, um mich nach Enricos Kommen zu erkundigen. Schließlich hatte *Racing Rosso* mir gestern versichert, dass ihr Teamchef heute hier auftauchen würde. Da wollte ich die Pferde nicht unnötig scheu machen.

Immer wieder sah ich auf die Uhr, doch auch zwei Minuten nach dem offiziellen Beginn des Teamchef-treffens fehlte von Enrico und Franca jede Spur.

Ich schrieb Franca eine Textnachricht und bat sie um ein Update. Eilig lief ich daraufhin zum Treppen-haus zurück, da ich keine wichtigen Diskussions-punkte des Teamchef-Meetings verpassen durfte. Wenn Toni nach dem Treffen das Protokoll anforderte, sollte es keinerlei Lücken aufweisen.

2

KENZIE

Ich peilte die Tür zum Treppenhaus an, als mir bei den Aufzügen ein außergewöhnlich attraktiver Mann ins Auge stach, der mich für einen Moment von meinem Bestreben, so schnell wie möglich in den sechsten Stock zu gelangen, ablenkte.

Er trug eine graue Anzughose mit dünnen weißen Nadelstreifen, die seine muskulösen Oberschenkel und seinen unglaublich knackigen Po perfekt zur Schau stellte. Unter dem hellblauen Hemd zeichneten sich seine ausgeprägte Schultermuskulatur und sein breiter Bizeps ab. Seine schwarzen Haare besaßen exakt dieselbe Farbe wie sein verwegener Dreitagebart. Als er von dem Handy in seiner Hand aufsah, traf sein Blick auf den meinen und mir stockte der Atem. Seine azurblauen Augen hypnotisierten mich mit solch einer Intensität, dass ich mir schützend die Hand auf meine Brust legte, in der mein Herz voller

Elan am brasilianischen Karneval mitzumischen schien.

Die Türen des Aufzugs öffneten sich und der Fremde, der eine verblüffende Ähnlichkeit mit einem attraktiven, italienischen Mafioso aufwies, stieg scheinbar unbeeindruckt ein. Mit seinem Arm bedeckte er die Sensoren des Fahrstuhls und hinderte ihn so daran, sich zu schließen.

»Kommen Sie?«, fragte er stirnrunzelnd.

Ich vernahm den sexy italienischen Akzent in seiner Stimme, der meine Kopfhaut verdächtig zum Kribbeln brachte.

Entgegen jeder Vernunft warf ich meine Angst vor lebensgefährlichen Stahlkäfigen kurzerhand über Bord und folgte dem Fremden todesmutig in die Kabine des Fahrstuhls.

Der verlockende Gedanke an ein paar Sekunden mit ihm allein, vermischt mit dem hypnotisierenden Blick seiner betörenden Augen, hatte mich die wohl- überlegten, jahrelangen Bedenken vergessen lassen.

»Welches Stockwerk?«, erkundigte sich der Fremde.

»Sechstes, bitte«, hauchte ich außer Atem und bemühte mich bei seinem maskulinen Geruch nach Leder, Tabak und Kiefer nicht die Augen zu schließen und tief einzuatmen.

Der Fremde betätigte den Knopf für den sechsten Stock und lehnte sich mit verschränkten Armen gegen die Fahrstuhlwand.

Ich kam nicht umhin, seinen Anblick gierig in mich aufzusaugen. Normalerweise starrte ich keine

Menschen an, aber ich war mir ziemlich sicher, dass ich dieses Exemplar gänzlich ungeniert mit meinen Augen auszog und mich in Gedanken schamlos seines verlockenden Körpers bediente.

Er hob den Blick, so als hätte er bemerkt, dass ich in meiner aufgeheizten Fantasie gerade im Begriff war, über ihn herzufallen und ihn bis auf den letzten Tropfen restlos auszubeuten.

Ich errötete ertappt und sah weg.

Keine gute Idee.

Denn schlagartig riefen mir die geschlossenen Stahltüren ins Gedächtnis, wo ich mich befand.

Ich presste mich gegen die kühle Wand des tödlichen Käfigs und versuchte mir meine aufsteigende Panik nicht anmerken zu lassen.

Langsam atmete ich ein und aus. Ich fixierte die digitale Anzeige der Stockwerke über uns und zählte die Sekunden bis zur Ankunft im sechsten Stock.

Zweiter Stock.

Dritter Stock.

Vierter Stock.

Noch zwei Stockwerke.

Ich wollte bereits erleichtert aufatmen, als mir ein lauter *Rums* das Herz in die Unterhose rutschen ließ. Die Kabine wackelte und quietschte gefährlich. Ein erneuter Schlag von oben schleuderte mich direkt in die Arme des Fremden.

Dann wurde es augenblicklich still.

Kein Geräusch.

Keine Bewegung.

Nichts.

Ich spitzte die Ohren und hoffte auf das rettende Geräusch der sich öffnenden Fahrstuhltüren. Doch es blieb still.

»Sieht so aus, als wären wir stecken geblieben«, mutmaßte der Fremde und legte seine Hände auf meine Oberarme.

Erst jetzt fiel mir auf, dass ich ihn wie ein Klammeraffe fest umschlossen hielt.

»Stecken geblieben?«, murmelte ich mit zitternder Stimme und krallte mich noch enger an seinen schützenden, starken Körper.

Sein berauschender Geruch bewahrte mich davor, durchzudrehen. Ich atmete ihn so tief ich konnte ein und konzentrierte mich auf die ruhige, sonnenbeschienene Waldlichtung, an die mich sein Duft erinnerte.

»Wenn Sie mich loslassen, schaue ich mir das mal an.«

»Ich kann nicht«, wisperte ich angsterfüllt.

Der Fremde schob mich behutsam in die Ecke des Fahrstuhls, wo ich die kühle Stahlwand an meinem Rücken spürte. Er löste meine Hände und legte sie auf den gleichermaßen kühlen Handlauf.

Meine Beine zitterten wie Espenlaub und drohten jeden Moment nachzugeben. Kalte Angst kroch meinen Rücken hinauf.

Der Fremde beäugte mich interessiert. »Was ist los mit Ihnen? Leiden Sie unter Klaustrophobie?«

»Ich habe eine Fahrstuhlphobie«, röchelte ich und spürte, wie mir das Blut aus dem Gesicht wich.

»Okay. Vielleicht sollten Sie unter diesen

Umständen nicht den Fahrstuhl nehmen«, bemerkte der Fremde mit einem belustigten Gesichtsausdruck.

Sehr witzig.

Hatte er denn gar keine Angst? War ihm – im Gegensatz zu mir – nicht bewusst, dass wir hier drin sterben würden?

»Wie heißen Sie?«

»K ... Kenzie«, stammelte ich.

»Hallo Kenzie. Wenn Sie mir versprechen, nicht umzukippen, wenn ich mich von Ihnen wegdrehe, werde ich mal schauen, ob es einen Notfallknopf gibt und ihn betätigen. Sind Sie mit dem Vorschlag einverstanden?«

Ich nickte ermattet.

»Geben Sie mir eine Minute. Dann bin ich wieder bei Ihnen«, erklärte der Fremde und bedachte mich mit einem eindringlichen Blick. »Eine Minute, in Ordnung, Kenzie?«

»Ja«, flüsterte ich. »Beeilen Sie sich.«

»Das werde ich«, versprach er mir und drehte sich von mir weg.

Ich betrachtete seine Kehrseite und malte mit den Augen seine wohldefinierten Rückenmuskeln nach. Das beruhigte mich etwas.

»Da ist ja der Notfallknopf«, hörte ich ihn sagen.

Der Fremde drückte auf den Knopf und ich vernahm das regelmäßige Klingeln des Ruf-Alarms. Mit jedem verklungenen Ton schwand meine Hoffnung auf Rettung, denn am anderen Ende der Leitung hob niemand ab.

Irgendwann erlosch der Ruf-Alarm. Und damit mein letzter Funke Hoffnung.

»Ich habe hier drin keinen Empfang«, seufzte der Fremde mit einem Blick auf sein Handy und wandte sich wieder mir zu. »Wie sieht es bei Ihnen aus?«

»Bei mir?«

»Ihr Handy. Haben Sie Empfang?«

Ich versuchte nach meinem Handy, das in meiner hinteren Po-Tasche steckte, zu greifen, verlor aber aufgrund meiner Wackelpuddingbeine sofort das Gleichgewicht. Es gelang mir auch beim zweiten und dritten Versuch nicht, mein Handy zu erreichen.

»Ich ... ich schaffe es nicht«, krächzte ich resigniert.

»Darf ich?«

Der Fremde näherte sich mir und blieb unmittelbar vor mir stehen.

»Linke Po-Tasche«, piepste ich und schloss die Augen, als er sich vorbeugte und ich seinen Atem an meinem Ohr vernahm, als er über meine Schulter blickte, um das Handy zu lokalisieren.

Sein Arm umschlang meine Hüfte und seine Hand bahnte sich einen Weg zu meinem Po.

Vielleicht lag es an meiner momentanen Unzurechnungsfähigkeit, aber ich hätte schwören können, dass die Hand des Fremden länger als unbedingt nötig auf meinem Po verweilte. Und zu meiner Schande gefiel mir seine besitzergreifende Hand auf meinem Hintern.

Typisch Kenzie.

Statt sich Gedanken darüber zu machen, welche Sprachnachrichten ich für Toni, meine Familie und meine Freunde hinterließ, damit sie nach meinem

Ableben nicht so traurig waren, dachte ich an wilden Aufzugsex mit dem Fremden.

»Kein Empfang«, murmelte dieser und steckte das Handy zurück in meine Po-Tasche. »Sieht so aus, als säßen wir vorerst hier fest.«

»Wie lange wird der Sauerstoff reichen?«

»Der Sauerstoff?« Der Fremde gluckste ungläubig.

»Das ist nicht lustig«, zischte ich erbost und schrie auf, als es in der Kabine erneut zu ruckeln und zu krachen begann.

Eine einzelne Träne rollte über meine Wange und ich konnte sie nicht einmal wegwischen, aus Angst, hilflos zu Boden zu gehen.

Beschämt sah ich auf besagten Boden.

Angst, Panik, Verzweiflung, Scham und Wut vermischten sich zu einem toxischen Gefühlscocktail in meinem Inneren und sorgten dafür, dass sich immer mehr Tränen einen Weg aus meinen Augenwinkeln über meine Wangen, hinab zu meinem Hals bahnten.

»Hey, hey, Kenzie. Nicht weinen. Niemand wird hier heute sterben«, versuchte mich der Fremde zu beruhigen.

»Woher wollen Sie das wissen?«, schniefte ich.

»Ich weiß es einfach, okay?«

Ich schüttelte energisch den Kopf. »Wieso sollte ich Ihnen glauben? Ich kenne ja nicht einmal Ihren Namen.«

Der Fremde lehnte sich neben mich an die Wand und atmete geräuschvoll aus. »Wir werden nicht sterben, weil ich eine wichtige Mission zu erfüllen habe und weil Sie zu jung und zu hübsch zum Sterben sind,

Kenzie. Das wäre die reinste Verschwendung. Ich heiße übrigens Cesare.«

»Freut mich, Cesare. Doch leider muss ich Sie enttäuschen. Entweder geht uns der Sauerstoff aus, oder wir stürzen in die Tiefe, weil das Seil reißt. Suchen Sie es sich aus. Ich glaube nicht, dass es den Fahrstuhl interessiert, dass Sie auf einer wichtigen Mission sind oder dass ich zu jung zum Sterben bin.«

»Sowas passiert nur in Filmen, Kenzie.«

»Das glaube ich nicht. Schließlich müssen die Macher der Filme die Idee des Fahrstuhltods ja irgendwo herhaben.«

»Wenn wir nach dieser Logik gehen, müsste es auch Aliens, King Kong, Vampire, Fabelwesen und sprechende Autos geben.«

»Wer sagt Ihnen, dass es die nicht gibt?«

Cesare lachte laut auf. »Das glauben Sie doch nicht wirklich, Kenzie? So langsam habe ich mehr Angst vor Ihnen, als vor dem steckengebliebenen Fahrstuhl.«

»Die meisten Leute haben Angst vor mir. Das liegt an meinem Job.«

»Sind Sie eine Auftragskillerin?«

»So ähnlich. Was machen wir jetzt?«

Cesare zuckte mit den Schultern. »Nichts. Wir können nichts machen. Auf den Notfallknopf antwortet niemand und unsere Handys haben keinen Empfang. Wir müssen wohl oder übel warten, bis uns jemand vermisst. Wird Sie jemand vermissen, Kenzie?«

Ich überlegte. Toni wunderte sich bestimmt längst, wo ich blieb. Aber auf dem Handy konnte er mich nicht erreichen und dass mir etwas zugestoßen war, würde er ausschließen. Wie sollte er auch wissen, dass ich in einen Fahrstuhl gestiegen war und dass sich meine schlimmsten Ängste daraufhin umgehend bewahrheitet hatten?

Toni würde mit Sicherheit vermuten, dass ich irgendein dringendes Feuer zu löschen hatte und später zu dem Meeting stieß. Wie lange es dauern würde, bis er stutzig wurde? Ich wusste es nicht.

Vielleicht eine halbe Stunde? Vielleicht eine Stunde? Vielleicht gar nicht?

Keine Ahnung.

Shit.

3
CESARE

Kenzie dachte angestrengt über meine Frage nach.

Ich nutzte diesen Moment, um sie verstohlen zu mustern.

Bereits in der Hotellobby hatte sie meine Aufmerksamkeit auf sich gezogen. Wie sie da in ihrer *Titan Racing* Uniform stand und mit gerunzelter Stirn auf ihrem Handy tippte, während ihr die langen roten Haare in das mit Sommersprossen übersäte Gesicht fielen, hatte mich fasziniert.

Als ihr Blick den meinen traf und sie zu mir in den Aufzug trat, sorgten ihre hellblauen Augen dafür, dass ich mir wünschte in den sechzigsten, statt in den sechsten Stock zu fahren, um mehr Zeit mit ihr verbringen zu können.

Und nun hatte sich mein Wunsch in gewisser Weise erfüllt.

Zwar bewegte sich der Aufzug weder in die sechste, noch in die sechzigste Etage, doch dank des Defekts eröffnete sich mir jetzt die Chance, mehr Zeit mit dieser zuckersüßen, nach Honig und Rose duftenden Fee zu verbringen, die ich auf Anfang dreißig schätzte.

»Man wird mich vermissen. Aber ich weiß nicht, wann«, seufzte sie und klammerte sich fester um den Handlauf des Fahrstuhls. »Wie steht es mit Ihnen?«

»Dieselbe Antwort, fürchte ich.«

Kenzie schloss die Augen und ich beobachtete, wie sich weitere Tränen durch ihre dichten Wimpern stahlen und ihre rosigen Wangen hinabrollten.

Vor wenigen Minuten fand ich ihre Panik durchaus süß und amüsant. Doch mittlerweile tat sie mir einfach nur noch leid. Ich wollte nicht, dass sie sich fürchtete. Obwohl mich die ächzenden Geräusche, die der Fahrstuhl von sich gab, etwas beunruhigten, glaubte ich nicht, dass uns ernsthafte Gefahr drohte. Ich konnte mir nicht vorstellen, dass die Stahlseile versagten und uns in die Tiefe stürzen ließen. Nicht in so einem schicken Hotel, das sich keinen derartigen Skandal leisten konnte. Und bis der Sauerstoff knapp wurde, mussten noch viele Stunden vergehen. Bis das geschah, würde man uns längst vermissen und zur Hilfe eilen.

In der Zwischenzeit würde ich weiterhin versuchen, jemanden am anderen Ende des Notfallknopfes zu erreichen. Aber bevor ich das tat, musste ich unbedingt Kenzie beruhigen. Denn wenn sie im Fahrstuhl kollabierte, würde es womöglich gefährlich für sie werden.

Ich zog sie in meine Arme und hielt sie fest.

Behutsam streichelte ich ihr über den Rücken und wiegte sie sanft in meiner Umarmung.

»Wir kommen hier heil raus. Ich verspreche es dir«, flüsterte ich an ihrem Haar und legte mein Kinn auf ihrem Kopf ab.

Kenzie erwiderte meine Umarmung zaghaft und ließ ihre Hände über meine Hüften zu meinem Rücken wandern.

»Ich habe Angst«, wisperte sie und sah mich aus ihren tränenverhangenen Augen erschöpft an. Eine weitere Träne stahl sich aus ihrem Augenwinkel und bahnte sich einen Weg über ihre Wange.

Wütend schüttelte ich den Kopf.

Schluss mit den Tränen der Angst und der Verzweiflung. Eine so sinnliche und begehrliche Frau wie Kenzie sollte sich nicht fürchten müssen. Vor nichts und niemandem. Und schon gar nicht in meiner Gegenwart.

Ich beugte mich hinab und küsste ihre Tränen entschlossen weg.

Kenzie keuchte überrascht auf und ich nutzte dieses Überraschungsmoment, um ihre leicht geöffneten Lippen mit den meinen zu bedecken.

Vorsichtig bewegte ich meine Lippen auf ihrem süßen Mund und stellte mit Genugtuung fest, dass sie sich mir widerstandslos hingab.

Eine bessere Möglichkeit, um sie auf andere Gedanken zu bringen, war mir auf die Schnelle beim besten Willen nicht eingefallen.

Zugegeben, diese Intervention meinerseits geschah

nicht vollkommen uneigennützig. Kenzies verführerisches Erscheinungsbild ließ mich schwach werden, weckte meine niederen Triebe und aktivierte nicht nur meinen Beschützerinstinkt, sondern auch den Jäger in mir.

Bedächtig ließ ich meine Zunge in ihren Mund gleiten und hörte, wie sie genussvoll aufstöhnte.

Ich drehte mich mit ihr in meinen Armen, sodass sie sicher an der Wand lehnte und ich mich gegen sie drängen konnte.

Meine Hände glitten von ihrem Rücken zu ihrem Gesicht, umfassten es und neigten es so, dass ich tiefer in sie eindringen konnte.

Meine Zunge erkundete sie, verwöhnte sie und ließ sich dafür im Gegenzug von ihrer geschickten Zunge belohnen.

Kenzies Finger krallten sich in meine Schultern und verboten es mir, von ihr abzulassen.

Außer unserem angestrengten Atem und den hungrigen Seufzern, war es mucksmäuschenstill im Fahrstuhl.

»Mehr«, verlangte sie. »Gib mir mehr, Cesare.«

Ich ließ meine linke Hand zu ihrer reizvollen Brust gleiten und drückte durch die dünne Bluse ihre verlockende Wölbung.

»Oh ja«, stöhnte sie. »Mehr.«

Eilig knöpfte ich ihre Bluse auf und bemerkte zu meiner Freude, dass sich ihr BH mit einem kleinen Häkchen zwischen den Brüsten öffnen ließ.

Ich befreite ihre runden Äpfel aus dem weißen Spitzen-BH und entblößte zwei Prachtexemplare, deren einladend kirschrote Knospen mir das Wasser im Mund zusammenlaufen ließen.

Gierig umschloss ich ihre linke Brust mit meinem Mund und saugte ausgiebig daran.

Kenzies gequältes Wimmern verriet mir, dass ich weitermachen durfte.

Ich umkreiste mit meinem Zeigefinger die Knospe ihrer rechten Brust und spürte zufrieden, dass sie unter meiner Berührung hart wurde.

»Fick mich«, forderte Kenzie benommen vor Lust.

Ihr dreckiger Befehl ließ mein Herz stillstehen. Hatte sie gerade wirklich ...?

»Fick mich, Cesare«, wiederholte sie und bestätigte mir damit, dass ich mich nicht verhört hatte.

Ich biss aufreizend in ihre verlockende Kirsche und linderte den Schmerz mit meiner Zunge.

»Ich habe kein Kondom dabei«, flüsterte ich bedauernd. »Aber ich habe eine andere Idee.«

Darüber, dass mein Plan, Kenzie von ihrer Todesangst abzulenken, deutlich über sein Ziel hinausschoss, um nicht zu sagen, völlig ausartete, konnte ich mir später immer noch Gedanken machen.

Jetzt wollte ich nur Eines: Diese Frau meinen Namen stöhnen hören.

Ich glitt unter den Saum ihres Rocks und ließ meinen Zeigefinger in ihrem nassen Höschen verschwinden.

Willig spreizte sie die Beine für mich und schnappte aufgeregt nach Luft, als mein Finger ihre Scham teilte und auf ihre heiße Klit traf.

»Tut das gut, Baby?«, murmelte ich an ihren Lippen und biss neckend in ihre Unterlippe.

»Gott, ja«, keuchte sie sehnsuchtsvoll.

Ich begann, sie in kleinen Kreisen zu massieren und verteilte ihre vorfreudige Nässe, die meine Finger benetzte, auf ihrer Scham.

Kenzie hielt die Augen geschlossen und ließ ihr Becken an meinem Finger kreisen. Man sah ihr an, dass sie es liebte, wenn man sich um sie kümmerte.

Dieser Frau gefiel Sex. Sie versteckte ihre Lust auf Befriedigung nicht. Sie forderte ihr Recht auf Zuwendung regelrecht ein. Ohne Scham.

Das machte mich tierisch an.

Frauen, die wussten, was sie wollten, die wussten, wie sie es wollten und die sagten, dass sie es wollten, waren selten.

Ich nahm einen weiteren Finger zur Hilfe. Während mein Daumen sich weiterhin um Kenzies Perle kümmerte, stieß mein Zeigefinger gemächlich in ihr enges Lustzentrum.

Ihre heiße Mitte krampfte sich um meinen Finger zusammen, ließ ihn nur widerwillig und lediglich mit dem Versprechen, dass ich ihn ihr nicht entzog, los.

Vielleicht täuschte ich mich, aber diese zutiefst erotische Frau erschien mir sexuell nahezu ausgehungert und verdurstet zu sein.

»Du brauchst es, Süße. Und ich werde es dir geben. Ganz ruhig«, raunte ich und umfasste mit meiner freien Hand ihre weiche Brust, knetete sie.

Mein Schwanz schrie geradezu danach, rausgelassen zu werden. Er pochte so hart, dass ich schmerz-erfüllt die Lippen aufeinanderpresste.

Als hätte Kenzie gespürt, dass sich mein bestes Stück nach Zuwendung verzehrte, öffnete sie in diesem Augenblick meine Anzughose und befreite meine ungeduldige Latte aus ihrem Gefängnis.

Sie leckte sich voller Vorfreude über die Lippen und begann, ihre Hand daran auf und ab gleiten zu lassen.

Angestachelt von dem Genuss, den mir ihre Hand bereitete, schob ich sowohl Zeige- als auch Mittelfinger in ihre bettelnde Pussy und massierte mit meiner anderen Hand ihre geschwollene Klit.

Meine Stirn lehnte an der ihren und ich schaute mit lustverschleierten Augen auf unsere erhitzte Blöße hinab.

Was ich sah, erregte mich bis zur Besinnungslosigkeit.

Meine Finger, die zwischen Kenzies weit gespreizten Beinen verschwanden und Kenzies zarte Hand, die meinen erigierten Schwanz gnadenlos melkte.

So etwas verdammt Scharfes hatte ich schon lange nicht mehr getan.

Kenzies Atem beschleunigte sich. Ihre Hüften stießen rastlos gegen meine Finger.

Es würde nicht mehr lange dauern, bis sie auf meiner Hand kam. Und obwohl ich unbedingt sehen und hören wollte, wie sie durch mich ihre Erlösung fand, missfiel mir der Gedanke, dass unsere kleine Show dann zu Ende ging.

Wobei … wer wusste schon, wie lange wir hier noch ausharren mussten?

Mit einem Mal hoffte ich, dass sich die Hotelangestellten mit unserer Rettung reichlich Zeit ließen. Denn mir kamen zahlreiche, nicht jugendfreie Ideen, wie wir uns die Zeit der Gefangenschaft bis dahin vertreiben konnten.

»Cesare«

Kenzies verzweifeltes Wimmern ließ mich noch härter in ihrer Hand werden.

»Ich … ich komme«, kündigte sie ihren Orgasmus mit abgehackter Stimme an und erschauderte unter den Wellen des Verlangens, die sie nur Sekunden später überrollten.

Ich konnte meine Augen nicht von ihr losreißen. Gebannt verfolgte ich ihren Höhepunkt und stimulierte sie rastlos weiter, um ihn in die Länge zu treiben.

»Lass es raus. So ist es gut«, ermutigte ich sie, als sie laut meinen Namen zu stöhnen begann und sich hilflos unter meinen Fingern wand.

Ihr verruchter Anblick brachte mich an den Rand meiner Beherrschung. Kenzies Hand, die meinen Schwanz nach wie vor fest umfasst hielt und ihre geschwollenen Lippen, die meinen Namen voller Ekstase hauchten, taten ihr Übriges.

Ich verlor den Kampf um meine Selbstbeherrschung und ergab mich meinem aufgestauten Orgasmus.

4

KENZIE

Ich vernahm Cesares animalisches Knurren, das den Schwall heißer Lust begleitete, der sich in meiner Hand ergoss, während ich selbst noch in meiner unbändigen Lust schwelgte. Cesares Höhepunkt entfachte das Feuer der Leidenschaft in mir weiter, zog meinen Orgasmus scheinbar unendlich in die Länge.

Schwer atmend lehnte er seine Stirn gegen die meine und zog langsam seine Finger aus mir und aus meinem Slip. Er griff in seine Hosentasche und reichte mir ein Taschentuch.

»Ich habe dich schmutzig gemacht. Tut mir leid.«

»Ich wäre enttäuscht gewesen, wenn du es nicht getan hättest«, gab ich zurück und wischte mir seinen Samen von der Hand.

Was sagte man zu einem Mann, den man seit einer Viertelstunde kannte und von dem man nichts außer den Vornamen wusste, nachdem er einem im Fahrstuhl unter den Rock gegriffen und mit seinen geschickten Fingern einen phänomenalen Orgasmus beschert hatte?

Noch einmal bitte?

Das Rucken des Fahrstuhls ließ mich erschrocken zusammenzucken.

»Wir bewegen uns«, stellte Cesare fest und schloss eilig seine Hose.

Dann griff er nach dem Saum meines Rocks und zog ihn herunter. Ich übernahm derweil meinen BH und meine Bluse, die so ziemlich alles zur Schau stellten, was ich zu bieten hatte.

Die Anzeige auf dem Fahrstuhl zeigte das fünfte Stockwerk an. Hektisch knöpfte ich den letzten Teil meines Oberteils zu und verstaute das benutzte Taschentuch.

Im sechsten Stock öffneten sich die Türen.

Ich erwartete ein Begrüßungskomitee, doch außer dem verlassenen Flur befand sich niemand vom Hotel oder von *Titan Racing* hier, um uns als Überlebende willkommen zu heißen.

So eilig ich es noch vor ein paar Minuten hatte, aus dem Todestrakt zu fliehen, so sehr sehnte ich mich jetzt nach einem weiteren Höllenritt mit dem dubiosen Fremden, der sein Handwerk weltmeisterlich verstand.

»Kommen Sie, Kenzie«, forderte er mich auf und trat aus dem Fahrstuhl in die Freiheit.

»Finden Sie es nicht etwas seltsam, sich weiterhin zu Siezen, nachdem Sie Ihre Finger in mir und ich meine Finger an Ihrem Schwanz hatte?«

Cesare grinste schief. »Ich wollte dich nicht in Verlegenheit bringen, Kenzie.«

»Hast du nicht. Du hast mich auf andere Gedanken gebracht. Auf extrem schmutzige, verbotene und verdorbene Gedanken. Dafür danke ich dir.«

Sollte es mir peinlich sein, dass ich es mit einem Wildfremden im Aufzug getrieben hatte?

Nein, beschloss ich.

Ich war Single und sexuell ziemlich ausgehungert, da mir dank Tonis Tatendrang und Ehrgeiz, eine Weltmeisterschaft nach der nächsten zu gewinnen, kaum Zeit für ein Liebesleben blieb.

Es war mein gutes Recht, mich zu vergnügen. Und mit einem Mann, der ausgesprochen gutaussehend und talentiert war und den ich zudem nie wieder sehen würde, gestaltete sich das als eine überaus unkomplizierte und unverfängliche Angelegenheit.

»Also dann«, sagte ich und hob die Hand zum Abschied. »Ich muss los.«

Ohne auf seine Antwort zu warten, drehte ich mich um und lief in Richtung des Konferenzraumes, aus dem gedämpfte Stimmen drangen, die ich als die von Toni und die des Teamchefs der *Roaring Bulls* identifizierte.

Im letzten Moment bremste ich mich und beschloss, dass ich zuerst einen Waschraum aufsuchen sollte, um die Spuren meines Todeskampfes und die meines anschließenden Ringkampfes mit Cesare zu beseitigen.

Deshalb schritt ich an der Tür des Konferenzraumes vorbei und hielt auf die Toiletten zu, die sich am Ende des Gangs befanden.

Hinter mir vernahm ich Schritte. Wahrscheinlich visierte Cesare dasselbe Ziel an.

Unwillkürlich fragte ich mich, wer wohl auf ihn wartete. Der sechste Stock beherbergte ausschließlich Konferenzräume. Daraus schloss ich, dass auch Cesare geschäftlichen Verpflichtungen nachging.

Was er wohl beruflich tat?

Ich schalt mich für meine Neugier und ärgerte mich, dass ich offenbar nicht cool genug war, um es mir von einem Fremden besorgen zu lassen und danach keinen Gedanken mehr an ihn zu verschwenden.

Energisch stieß ich die Tür zum Waschraum auf und stützte mich auf der Ablage des Waschbeckens ab.

Ein Blick in den Spiegel verriet mir, dass die Investition in wasserfeste Wimperntusche jeden Cent ihres überteuerten Preises wert gewesen war.

Make-up trug ich wegen der schwülen Hitze, die in Bangkok herrschte, sowieso keins. Von daher hielt sich der Schaden in Grenzen.

Ich wusch mir die Hände, tupfte mir mein Gesicht mit nassen Papiertaschentüchern ab, was mich daran erinnerte, das Taschentuch mit Cesares Lustsaft zu entsorgen und richtete im Anschluss meine Haare, die etwas derangiert von meinem Kopf abstanden.

Das Ergebnis stellte mich nicht vollends zufrieden, aber es musste vorerst genügen.

Ich atmete ein paar Mal tief durch und vertrieb auch den letzten Rest an Angst und Panik, der mir noch in den Knochen saß.

Um mir Gedanken darüber zu machen, warum ich

überhaupt in diesen verflixten Fahrstuhl gestiegen war und mein Schicksal leichtfertig herausgefordert hatte, fehlte mir momentan die Zeit.

Darüber würde ich später nachdenken.

Vielleicht.

Denn was machten meine Beweggründe schon für einen Unterschied?

Ich konnte das Geschehene nicht mehr ändern und um ehrlich zu sein, wollte ich es auch gar nicht.

Das Abenteuer mit Cesare und die Erinnerung an seine Lippen auf meinen Brüsten, an seine Zunge in meinem Mund und an seine Finger auf meiner Perle, in meiner Mitte, ließen mich erschaudern.

Ich bereute nichts.

Absolut nichts.

Mit einem Lächeln verließ ich den Waschraum und ging zu dem Konferenzraum zurück.

Ich straffte die Schultern und drückte die Türklinke hinunter. Die Tür schwang auf und mein suchender Blick begegnete Toni, der mich fragend ansah.

Entschuldigend verzog ich das Gesicht und bedeutete ihm, dass ich ihm später alles erklären würde.

Wobei ... *alles*?

Im Grunde genommen konnte ich Toni rein gar nichts erklären.

Wie zur Hölle sollte ich rechtfertigen, dass ich freiwillig in einen Fahrstuhl gestiegen war?

Wenn ich das tat, würde er Fragen stellen. Jede Menge Fragen. Fragen, die ich unter keinen Umständen beantworten wollte, sollte und konnte.

Notiz an mich selbst: Glaubwürdige Lügengeschichte für Toni zurechtlegen und zwar noch bevor dieses Meeting endete.

Ich bemerkte zu meiner Überraschung, dass auch Franca mittlerweile eingetroffen war und setzte mich neben sie.

»Seit wann bist du hier? Habe ich dich unten übersehen?«, flüsterte ich.

Sie schüttelte den Kopf. »Nein, ich habe mich ein paar Minuten verspätet. Es ging bei uns heute Morgen etwas turbulent zu. Deshalb konnte ich nicht pünktlich aufbrechen.«

»Turbulent? Wieso?«

»Na wegen ihm.« Franca wies mit dem Kinn in die Richtung des wuchtigen Tisches.

Ich folgte ihrem Blick ...

... und erstarrte.

An dem Tisch der Bosse, zwischen dem Teamchef der *Roaring Bulls* und dem von *Blazing Glory*, saß niemand Geringeres als Cesare.

5
CESARE

Ihre Aufmerksamkeit galt allein dem Teamchef von *Titan Racing*, als sie den Raum betrat und sich mit einem entschuldigenden Gesichtsausdruck auf einem der leeren Stühle am Rande des Raumes niederließ.

Meine Assistentin Franca saß direkt neben ihr.

Die beiden tuschelten hinter vorgehaltener Hand und als Franca mit dem Kinn auf mich wies und Kenzie ihrem Hinweis folgte, erstarrte sie regelrecht.

Ich konnte es ihr nicht verübeln.

Mir war es ähnlich ergangen, als sie zur Tür hereinschneite und mir klar wurde, dass es sich bei besagter Frau von *Titan Racing*, mit der ich es so hemmungslos im Aufzug getrieben hatte, ausgerechnet um die PA meines stärksten Kontrahenten handelte.

Die PA von Toni Hofer hatte meinen Schwanz vor

nicht einmal zwanzig Minuten aus meiner Hose geholt und sich aufopferungsvoll um ihn gekümmert.

Ich hatte in ihrer Hand abgespritzt, verflucht.

In die Hand der PA, die meinem gefährlichsten Gegner alle Probleme aus dem Weg räumte, damit er sich voll und ganz seiner Mission widmen konnte. Der Mission, uns, *Racing Rosso*, zu schlagen.

Scheiße.

Glorreicher hätte mein Einstand als neuer Teamchef und CEO von *Racing Rosso* nun wirklich nicht verlaufen können.

»Cesare, verzeihen Sie, dass uns Ihr Kommen ein wenig kalt erwischt hat. Bis eben wussten wir nicht, dass Enrico nicht länger als Teamchef fungiert«, meldete sich Toni zu Wort und sprach aus, was alle Anwesenden dachten.

»Der Wechsel war ursprünglich während der Winterpause geplant. Die Geschäftsführung von *Nobili* hat entschieden, ihn vorzuziehen«, informierte ich die anderen Bosse bewusst vage.

Dass Enrico illegale Absprachen mit einigen Zulieferern getroffen und auf diese Weise kräftig in die eigene Tasche gewirtschaftet hatte, ließ ich aus. Das ging niemanden außerhalb der *Racing Rosso* Führungsetage etwas an.

»Da die meisten von Ihnen mich noch nicht oder kaum kennen, fasse ich das Wichtigste in Kürze für Sie zusammen. Ich arbeite seit fünfzehn Jahren in verschiedenen Positionen für *Automobili Nobili*, die Eigentümer von *Racing Rosso,* kenne mich demnach gut in der Firma aus. Ab sofort fungiere ich nicht nur als

Teamchef, sondern auch als CEO des Motorsport Spin-offs von *Nobili*: *Racing Rosso*. Obwohl wahrscheinlich einiges an Gesprächsbedarf besteht, schlage ich vor, dass wir uns vorrangig auf das Meeting konzentrieren, wegen dem wir heute alle zusammengekommen sind und vertagen das Kennenlernen auf später.«

Die anderen Teamchefs nickten zustimmend und warfen einander mehr oder weniger zweifelhafte Blicke zu.

Die nächste Stunde verbrachte ich hauptsächlich damit, zuzuhören. Es erschien mir unangebracht, direkt bei meinem ersten Aufeinandertreffen mit den Alphatieren der *Serie del Rey* Diskussionen anzuzetteln und alteingesessene Teamchefs herauszufordern, weil ich ihre Sichtweise nicht teilte. Dafür brauchte es den richtigen Moment. Und dieser Moment war eindeutig nicht heute.

Er würde kommen. Sobald ich dafür bereit war. Kriege wurden fast nie in einer einzigen Schlacht gewonnen, rief ich mir ins Gedächtnis. Die richtige Strategie zeichnete am Ende den Sieger aus. Und diese Strategie musste ich zuerst ausarbeiten. Das wiederum erforderte Zeit, auch wenn die Geschäftsführung von *Nobili* sofort Erfolge sehen wollte.

Ein Blick auf Franca verriet mir, dass sie sich fleißig Notizen machte.

Genauso wie Kenzie.

Emsig tippten die beiden PAs auf ihren Handys und hielten jedes noch so kleine Detail für das Protokoll fest.

Franca hatte nichts von Enricos illegalen Machenschaften gewusst. Deshalb und weil sie zu den Besten in ihrem Job zählte, behielt ich sie als meine PA.

Mein Blick blieb an Kenzie hängen.

Wie sollte ich mich fortan ihr gegenüber verhalten?

Konnten wir den leidenschaftlichen Vorfall zwischen uns übergehen und nach diesem Meeting bei null anfangen?

Als Tonis PA war sie für mich ein rotes Tuch. Ich musste vor ihr auf der Hut sein, denn ihre Loyalität lag ganz klar bei ihrem Boss.

Ein mir unbekanntes Gefühl der Enttäuschung machte sich in mir breit und verwirrte mich, da ich den Ursprung dafür nicht ausmachen konnte.

Ich schüttelte die Enttäuschung ab, riss meinen Blick von Kenzie los und konzentrierte mich wieder auf das Gespräch mit den anderen Bossen.

Nach dem Treffen erhoben sich die Teamchefs und verließen nach und nach den Raum. Ich blieb noch einen Moment sitzen und scrollte durch die eingegangenen Nachrichten und verpassten Anrufe auf meinem Handy.

»Was war los?«, hörte ich Toni zu Kenzie sagen. »Wo warst du? Probleme, von denen ich wissen sollte?«

»Ich ... also weißt du ...«, begann Kenzie.

»Ich war spät dran und Kenzie hat mir netterweise

den Weg gezeigt«, schaltete ich mich ein und wunderte mich im selben Augenblick über mein Eingreifen.

»Genau«, beeilte sich Kenzie zu sagen.

Ich erhob mich und gesellte mich zu den beiden.

»Franca schrieb mir, dass *Titan Racing* das heutige Treffen organisiert. Als ich Kenzie in ihrer Teamuniform in der Lobby entdeckt habe und nicht wusste wohin, hat sie mich hergebracht.«

»Dann kennt ihr euch ja bereits«, brummte Toni.

»Flüchtig«, merkte ich an und warf Kenzie einen vielsagenden Blick zu, der sie erröten ließ und ihre süßen Sommersprossen noch mehr zur Geltung brachte.

»Wir sollten uns demnächst mal zusammensetzen und uns besser kennenlernen«, schlug Toni vor. »Ich werde mit Kenzie abstimmen, wann es am besten passt, dann kann sie sich mit Franca und Ihnen in Verbindung setzen.«

»Einverstanden.«

»Wir sollten los. Dein nächster Termin wartet schon«, informierte Kenzie ihren Boss und drückte einen Anruf auf ihrem Handy weg.

»Die Arbeit ruft«, entschuldigte sich Toni. »Wir sehen uns mit Sicherheit die Tage im Paddock.«

»Ja, bis demnächst«, verabschiedete ich die beiden und sah ihnen nach, bis sie durch die Tür verschwunden waren.

»Ich erzähle dir auf dem Weg zur Rennstrecke, was du verpasst hast«, riss mich Franca aus meinen

Tagträumen. »Wo warst du denn? Ich dachte, du bist vor mir im Hotel angekommen?«

Franca und ich kannten uns aus der Zeit, in der sie noch als Assistentin der Geschäftsführung von *Automobili Nobili* arbeitete. Ich hatte ihre Arbeit stets geschätzt und nahm an, dass sich an ihrer Arbeitsmoral seitdem nichts geändert hatte.

Wie loyal sie mir gegenüber sein würde, nachdem sie viele Jahre als PA von Enrico tätig gewesen war, blieb abzuwarten.

»Ich wurde aufgehalten«, wiegelte ich ab. »Nicht der Rede wert.«

»Bist du dir sicher?«, bohrte Franca nach.

Nein. Ganz und gar nicht.

»Ja, bin ich. Lass uns gehen.«

6

KENZIE

Ich machte drei Kreuze, als wir an der Rennstrecke ankamen, den Paddockeingang passierten und Toni im Teamhaus von *Titan Racing* in seinem Büro verschwand.

Eilig rannte ich zu dem kleinen Waschraum des Teamhauses und schloss mich darin ein. Ich ließ mich mit dem Rücken an der Tür hinabsinken und raufte mir voller Entsetzen die Haare.

Erst jetzt, in diesem Moment, hinter verriegelten Türen, erlaubte ich mir durchzudrehen. Ich winkelte die Beine an und presste mein Gesicht dagegen, um die wütenden Schreie zu unterdrücken, die ich aus tiefster Seele ins Diesseits entließ.

Auf einer Skala von eins bis zehn, wie sehr hatte ich mich mit der Aktion im Fahrstuhl in die Scheiße geritten?

Mal überlegen ... eintausend? Wenn das reichte ...

Verdammter Mist!

Von allen Männern auf diesem Planeten musste es ausgerechnet der neue Boss von *Racing Rosso* sein, der seine Finger in mein Höschen schob und dessen Schwanz ich zum Höhepunkt massierte?

Oh. Mein. Gott.

Bitte lass all das einen lächerlichen Albtraum sein, aus dem ich genau jetzt aufwache.

Ich kniff die Augen zusammen und wartete darauf, dass ich aufwachte. Doch nichts tat sich.

Allein der Gedanke an das, was ich getan hatte, ließ mich so heftig zusammenzucken, dass ein Außenstehender einen epileptischen Anfall gepaart mit einem anaphylaktischen Schock vermuten würde.

Ich wollte überhaupt nicht wissen, was mit mir passierte, wenn ich meine Schandtat laut aussprach. Würde mich der Blitz treffen und mich auf der Stelle tot umfallen lassen?

Womöglich wäre das gar keine so schlechte Idee.

Auf einmal war ich dem Tod nicht mehr so abgeneigt, wie noch im Fahrstuhl, ein paar Stunden zuvor.

Ich umfasste meine Knie und wiegte mich auf dem Boden sanft hin und her, während ich stoisch ein- und ausatmete und in meinem Gehirn absolute Ebbe herrschte.

So viele Gedanken durchfluteten in diesem Augenblick meinen Kopf, dass sie sich gegenseitig eliminierten und nichts als dumpfe Leere darin zurückblieb.

Wie sollte es jetzt weitergehen?

Als Teamchef von *Racing Rosso* würde mir Cesare permanent über den Weg laufen. Und viel schlimmer:

Racing Rosso gehörte neben den *Roaring Bulls* zu den gefürchtetsten Gegnern von *Titan Racing*.

Mit anderen Worten: Ich war mit dem Feind höchstpersönlich ins Bett gestiegen. Beziehungsweise in den Aufzug ...

Damit hatte ich Toni in gewisser Weise verraten. Jedenfalls kam es mir so vor.

Sollte ich es Toni beichten?

Unmöglich.

Obwohl Toni und ich ein überaus freundschaftliches Verhältnis pflegten, reichte es nicht für ein Geständnis von dieser Tragweite.

Die prekäre Lage, in die ich mich unwissend hineinmanövriert hatte, erlaubte es mir nicht einmal, mit meinen Freundinnen über Cesare und mich zu sprechen. Würde ich sie einweihen, machte sie das zu Mitwisserinnen. Sie würden ein dunkles Geheimnis vor Toni verbergen müssen. Mein Geheimnis. Und wie belastend das war, spürte ich gerade am eigenen Leibe.

Diese Qual konnte und wollte ich meinen Freundinnen nicht aufbürden.

Ich würde wohl oder übel allein mit der Situation zurechtkommen müssen, auch wenn ich keinen blassen Schimmer hatte, wie ich das anstellen sollte.

Machte es Sinn, mit Cesare über das Geschehene zu sprechen? Oder war es klüger, so zu tun, als sei zwischen uns nie etwas vorgefallen?

Cesare.

Auf meinen Armen bildeten sich bei der Erinnerung an den rassigen Italiener hunderte kleine Pünktchen, die dem Begriff *Gänsehaut* alle Ehre machten.

Was er wohl über unser Fahrstuhlabenteuer dachte?

Ob ihn das Wissen, mit der Konkurrenz auf Tuchfühlung gegangen zu sein, genauso schockierte, wie mich?

Aber Moment mal!

Cesare hatte im Gegensatz zu allen anderen Teambossen keine Teamuniform getragen. Im Gegensatz zu allen anderen Teambossen ... und im Gegensatz *zu mir!*

Ich konnte beim besten Willen nicht wissen, wer da im Aufzug vor mir stand.

Cesare jedoch musste *von Anfang an bewusst gewesen sein*, dass ich für *Titan Racing* arbeitete. Meine Teamuniform ließ keinen Zweifel daran.

Ein kalter Schauer rieselte über meinen Rücken.

Ein kalter Schauer? *Ach was.*

Das wäre untertrieben. Maßlos.

Vielmehr fühlte es sich so an, als ob jemand eine Regentonne mit arktischem Eiswasser samt spitzen Eisschollenstückchen über mir ausgoss.

Racing Rosso war bekannt dafür, dass sie nicht immer mit ganz legalen Mitteln kämpften und gerne mal die Grenzen der Legalität austesteten.

Sollte mich Cesare mit Absicht verführt haben, um mich nun mit diesem Geheimnis zu erpressen? Wollte er mir geheime Informationen entlocken? Als PA des mächtigsten Mannes von *Titan Racing,* stellte ich eine ausgesprochen wertvolle Beute dar.

Gänzlich ausschließen konnte ich es also nicht, auch wenn Erpressungsversuche dieser Art für gewöhnlich genau umgekehrt abliefen: Junges, hübsches Ding vögelt reichen, mächtigen, verheirateten, älteren Mann, um ihn anschließend damit zu erpressen.

Fakt war, dass *Titan Racing* und *Racing Rosso* die Weltmeisterschaft in der *Serie del Rey* in diesem Jahr unter sich ausmachen würden. Die *Roaring Bulls* lagen abgeschlagen auf Rang drei.

Der Kampf um die Krone in der Königsklasse des Motorsports spitzte sich zwischen *Titan Racing* und *Racing Rosso* mit jedem Rennen zu. Der Ton wurde rauer. Die Methoden unlauterer. Die Ellenbogen ersetzten die höflichen Floskeln der Diplomatie. Kurzum: Die Nerven lagen blank und mittlerweile schien jedes Mittel recht, um den Kampf für sich zu entscheiden.

Wie weit würde *Racing Rosso* gehen? Und wenn sie es tatsächlich auf mich abgesehen hatten, was wollten sie von mir? Unter keinen Umständen ließ ich mir Informationen entlocken, egal welcher Art. Ich war Toni und *Titan Racing* gegenüber loyal. Immer. Daran würde sich nichts ändern, egal was Cesare Toni über mich erzählte.

Ich überlegte hin und her, kam jedoch zu keinem Entschluss.

Mir wollte auf Teufel komm raus kein plausibler Grund einfallen, aus dem sich Cesare, wohlwissend dass ich der Konkurrenz angehörte, auf mich einlassen sollte. Außer er führte etwas im Schilde.

Dieser Gedanke ließ mich schlucken.

Es gab zwei Möglichkeiten: Entweder ich wartete darauf, dass Cesare mich kontaktierte und seine Bedingungen stellte, oder ich kam ihm zuvor und drehte den Spieß um.

Eines stand jedoch fest: Mit mir hatte er sich die falsche Gegnerin ausgesucht. Ich würde mich nicht so leicht unterkriegen lassen. Ich würde kämpfen. Bis zum bitteren Ende. Und wenn ich unterging, dann riss ich Cesare mit mir in den Abgrund.

Gewappnet mit neuem Kampfgeist und düsteren Rachegelüsten erhob ich mich und klopfte mir den Staub von der Kleidung.

Ich wusch mir die Hände und ließ mir das kühle Wasser über die erhitzten Handgelenke laufen. Langsam aber sicher beruhigten sich meine flatternden Nerven und ich kehrte in einen Zustand zurück, in dem ich nicht dem erstbesten Menschen, der mir über den Weg lief, den Kopf abriss, um damit die Fensterscheiben von Cesares Büro einzuwerfen.

Ich schüttelte den Kopf über meine wirren Fantasien und fragte mich, ob die lebensgefährliche Liftfahrt, samt sexuellem Höhenflug, eine posttraumatische Belastungsstörung in mir ausgelöst hatten.

Das Klingeln meines Telefons riss mich aus den besorgten Überlegungen über die Anzeichen einer ernsthaften psychischen Störung, ausgelöst durch ein traumatisches Ereignis.

»Wo bist du?«, bellte Toni. Die Begrüßung ließ er geflissentlich weg.

»Auf dem Weg zu dir«, sagte ich betont ruhig und entriegelte die Tür.

Sekunden später klopfte ich an Tonis Bürotür und trat ein.

»Was hältst du von ihm?«, empfing mich mein Boss und lehnte sich in seinem Stuhl zurück, die Arme im Nacken verschränkt.

»Von ihm?«

»Cesare Cerutti.«

»Um ehrlich zu sein, kannte ich bis jetzt noch nicht einmal seinen Nachnamen«, gab ich ausweichend zurück.

»Er meinte doch, dass du ihm den Weg gezeigt hast. Habt ihr da nicht geredet? Hat er nichts erzählt?«

»Was soll er denn erzählt haben?«

»Keine Ahnung, aber ihr wirktet irgendwie ... *vertraut.*«

Ich verschluckte mich an der Luft, die ich bei Tonis Worten scharf einsog und begann heftig zu husten.

»Hoppla«, gluckste Toni und erhob sich, um mir auf den Rücken zu klopfen. »Warte bitte bis nach der Weltmeisterschaft, bis du den Löffel abgibst, Kenz.«

»Sehr lustig«, japste ich und wischte mir die Tränen aus den Augen.

Toni ging zurück zu seinem Stuhl und legte die Beine übereinander. »Ich weiß gern, mit wem ich es zu tun habe. Deshalb will ich Cesare so schnell wie möglich kennenlernen. Kannst du das für mich organisieren? Verschiebe, was nötig ist, damit ich dem Kerl vor der Qualifikation am Samstag ordentlich auf den Zahn fühlen kann.«

»Okay«, nickte ich und zückte mein Handy. »Schon

komisch, dass *Racing Rosso* drei Rennen vor Saisonende den Teamchef wechselt, oder?«

»Es macht in meinen Augen wenig Sinn. Aber es spielt uns in die Karten. Nach allem, was ich gehört habe, sind die Teammitglieder von *Racing Rosso* nach dem völlig unerwarteten Rausschmiss von Enrico ziemlich verunsichert und durch den Wind. Das sollten wir uns zu Nutze machen.«

»Wie willst du dir das zu Nutze machen?«

»*Racing Rosso* wird Nerven zeigen. Sie werden Fehler machen. Im Gegensatz zu uns. Wir werden so konzentriert wie nie an dieses Rennwochenende rangehen und weder nach links noch nach rechts schauen.«

»Wenn du nur geradeaus schaust, siehst du allerdings nicht die Gefahr, die auf dem Seitenstreifen lauert«, warf ich ein.

»Du meinst Cesare?« Toni legte nachdenklich den Kopf schief.

»Ja. Bisher wissen wir kaum etwas über ihn. Das macht ihn meiner Meinung nach zu einem gefährlichen Gegner.«

»Dann sollten wir das schleunigst ändern. Du weißt, was zu tun ist, Kenzie.«

7
CESARE

Als Franca und ich an der Rennstrecke ankamen, belagerten die Fotografen bereits den Eingang des Paddocks und folgten uns wie ein Wespenschwarm bis zu dem Teamhaus von *Racing Rosso*. Selbstverständlich hatte es sich längst rumgesprochen, dass ich den Posten von Enrico einnahm. Der Buschfunk in der *Serie del Rey* funktionierte effizienter und zuverlässiger, als so manche Sondereinheit nationaler Geheimdienste.

Ich ignorierte die Fragen der Fotografen und überließ es unserem Pressechef Lorenzo, der uns am Eingang des Paddocks abfing, die lästigen Journalisten abzuwimmeln.

Natürlich machten sie nur ihre Arbeit. Aber Interviews geben konnte ich später immer noch. Jetzt gab es Wichtigeres zu tun.

»Das hier ist dein Büro. Die Teamuniform habe ich

dir reingehangen«, informierte mich Franca und wies auf den Kleiderständer in der Ecke. »Du kannst dich in Ruhe umziehen. Ich halte Wache und sorge dafür, dass niemand reinkommt.«

»Danke«, entgegnete ich und schloss die Tür hinter ihr.

Ich nahm mir einen Moment Zeit, um mich in dem spartanisch eingerichteten Büro umzusehen. Da ich erst heute Morgen gelandet war, hatte ich dazu bisher keine Gelegenheit gehabt. Neben dem Schreibtisch samt Schreibtischstuhl und zwei Besucherstühlen, gab es noch einen großen Monitor, an den ein Laptop angeschlossen werden konnte, sowie ein Regal mit Büchern, dem aktuellen Regelwerk und *Racing Rosso* Memorabilien. In der Ecke stand ein Kleiderständer, auf dem meine Uniform, bestehend aus Hose und Teamshirt, hing.

Ich öffnete mein Hemd und warf es achtlos auf meinen Schreibtisch. Dann griff ich nach meinem Hosenbund, um ihn aufzuknöpfen und hielt inne.

Vor meinem inneren Auge sah ich Kenzie, die mir diesen Job abnahm und meinen steifen Schwanz durch ihre zarte Hand gleiten ließ.

Ich knurrte leise bei der Erinnerung an ihren *Handjob* und schob die überaus schmutzigen Bilder in meinem Kopf verärgert beiseite.

Höchste Zeit, dieses kleine Abenteuer ein für alle Mal zu vergessen.

Vor mir lag eine Mission, die meine ungeteilte Aufmerksamkeit erforderte. Ich war hier, um *Titan Racing* zu besiegen. Da konnte ich es mir nicht erlauben, dass die PA meines direkten Gegners in meinem Kopf herumspukte und mich ablenkte.

Unsere gemeinsame Fahrstuhlfahrt war verflucht heiß und geil gewesen. Betonung auf *war*.

Nun, da ich wusste, mit wem ich es zu tun hatte, würde ich mich von Kenzie fernhalten. Zumindest auf sexueller Basis. Ich konnte mir keine Ablenkung leisten, so gut sie sich auch anfühlte. Daran würde keine Frau der Welt etwas ändern, egal wie süß sie auch sein mochte.

Ich vervollständigte mein Outfit mit den passenden Teamschuhen und stopfte meine private Kleidung in eine der Schubladen des Schreibtisches.

»Bereit«, rief ich und Franca öffnete die Tür. »Komm bitte rein und setz dich«, wies ich sie an.

Franca ließ sich mir gegenüber nieder und sah mich geduldig an.

»Seien wir ehrlich: Ich habe keine Ahnung, wie das hier abläuft. Deshalb bin ich in den ersten Wochen auf deine Hilfe angewiesen. Bist du bereit und gewillt, mit mir zusammenzuarbeiten oder fühlst du dich Enrico gegenüber schuldig, wenn du seinen Nachfolger unterstützt?«

»Ich will die Weltmeisterschaft gewinnen. Und wenn du der Mann bist, unter dessen Führung *Automobili Nobili* das für möglich hält, hast du meine volle Unterstützung und Loyalität.«

»Gute Antwort«, erwiderte ich. »Dann erzähl mir alles, was ich wissen muss. Die Abläufe an einem Rennwochenende, die Verantwortungen, Verpflichtungen, das Klima im Team. Fang einfach bei null an.

Morgen beginnen die ersten beiden Trainingsläufe des Wochenendes. Bis dahin muss ich wissen, wie und wo der Hase läuft.«

Die nächsten Stunden lauschte ich Francas Ausführungen und Einschätzungen, stellte immer wieder Fragen und machte mir Notizen.

Ich hatte nicht um diesen Job gebeten. Um ehrlich zu sein, hatte mich der Job als führender Länderchef von *Automobili Nobili* in Europa vollkommen ausgefüllt. Doch leider fiel die Wahl des neuen Teamchefs für das Motorsport Team von *Nobili* ausgerechnet auf mich, da ich, wie man mir mitteilte, genau die richtige Mischung an wirtschaftlichem und technischem Fachwissen, gepaart mit einer starken Führungspersönlichkeit, mitbrachte.

Dem stimmte ich zwar nicht zu, aber man widersprach der Führungsetage von *Automobili Nobili* nicht. Das lernte man in dem prestigeträchtigen italienischen Konzern, dessen Geschichte meiner Meinung nach die eindrucksvollste der ganzen Automobilhersteller darstellte, gleich zu Beginn. Wer in diesem Konzern überleben wollte, hielt sich daran.

»Was kannst du mir über *Titan Racing* sagen?«, lenkte ich das Thema auf unseren stärksten Konkurrenten.

»Sie haben in den letzten Jahren alles gewonnen,

was es zu gewinnen gibt. Mit Tom Clark und Dante Di Santo fahren zwei absolute Topfahrer für sie. Toni ist mit Abstand der charismatischste und beliebteste Teamchef der *Serie del Rey*. Die Medien, die Fans und die Sponsoren lieben ihn und seine rechte Hand, den Teammanager Byron King. Auch innerhalb seines Teams ist er sehr beliebt. Kurzum: Er ist ein nicht zu unterschätzender Gegner.«

»Was ist mit seiner Assistentin?«

»Mit Kenzie?«

Ich brummte zustimmend.

»Sie ist schon einige Jahre dabei. Extrem zuverlässig, zielstrebig und loyal. Toni würde ihr sein Leben anvertrauen, wenn du mich fragst.«

»Wie denkst du persönlich über sie?«

Franca legte ihren Notizblock auf dem Schreibtisch ab und musterte mich irritiert. »Wieso interessiert dich Kenzie? Solltest du dir nicht eher Gedanken über ihren Boss machen?«

»Sie ist der Schlüssel zu ihrem Boss. Und oftmals sind doch die PAs die eigentlichen Bosse, nicht wahr?«, zwinkerte ich und Franca senkte ertappt den Blick.

»Ich komme gut mit ihr zurecht. Sie ist bemüht, fair und stets freundlich. Wenn du allerdings hoffst, sie auf deine Seite ziehen zu können, täuschst du dich. Das haben schon ganz andere vor dir versucht. Sie ist Toni treu. In jeder Hinsicht.«

»In jeder Hinsicht? Was soll das heißen? Sind die beiden ein Paar oder was?«

Franca lachte auf. »Quatsch. Toni ist gut zwanzig Jahre älter als Kenzie und glücklich verheiratet. Ich meinte damit, dass er sich immer auf sie verlassen kann. Sie regelt sein Leben. Auf und abseits der Strecke.«

Ich verbarg meine Erleichterung hinter einer Maske der Gleichgültigkeit und wechselte das Thema, bevor sich besagte PA mit den lustigen Sommersprossen und den zimtfarbenen Haaren erneut in meinem Kopf einnisten konnte.

Bis Franca ihren Crashkurs in die Welt der *Serie del Rey* beendete, vergingen weitere Stunden.

Am Ende unseres Meetings zeigte sich, dass meine Entscheidung, Franca als PA zu behalten, sich schon jetzt auszahlte. Denn dank ihr fühlte ich mich nun deutlich besser vorbereitet.

»Lass uns etwas essen und danach möchte ich die Ingenieure und Mechaniker kennenlernen. Ein paar von ihnen kenne ich bereits aus der Zeit bei *Nobili*, aber die meisten sind mir noch unbekannt.«

»Okay«, stimmte Franca mir zu und erhob sich.

Ich begleitete sie in die Hospitality Lounge im Erdgeschoss des Teamhauses und ließ sie eine Auswahl an Speisen für uns bestellen.

Die neugierigen Blicke der umherstehenden Teammitglieder entgingen mir nicht.

»Organisierst du für heute Abend eine spontane Zusammenkunft aller anwesenden Mitarbeiter von

Racing Rosso? Ich sollte mich vorstellen, um das Gerede zu beenden, bevor es noch mehr an Fahrt aufnimmt.«

»Keine schlechte Idee«, kommentierte Franca und schob sich eine Gabel mit Salat in den Mund. »Wenn du von heute auf morgen einen neuen Teamchef vor die Nase gesetzt bekommst, ohne dass dich jemand vorwarnt, kann das für miese Stimmung sorgen. Und die können wir zu diesem Zeitpunkt überhaupt nicht gebrauchen.«

»Ich dachte *Nobili* hätte eine offizielle Mitteilung an alle Mitarbeiter von *Racing Rosso* rausgegeben?«

»Haben sie auch. Heute morgen. Es ist *das* Thema des Tages. Nicht bloß innerhalb von *Racing Rosso*, sondern in der gesamten *Serie del Rey*. Es gibt gerade nur dieses eine Thema: Wer ist Cesare Cerutti und wieso hat man Enrico drei Rennen vor Saisonende abgesägt?«

»Ich liebe es, im Mittelpunkt des Geschehens zu stehen«, fauchte ich genervt.

»Daran wirst du dich gewöhnen müssen. Als Teamchef von *Racing Rosso*, das garantiere ich dir, bist du ab sofort eine Person von öffentlichem Interesse. Deshalb solltest du dich sobald wie möglich mit Lorenzo zusammensetzen, um deine PR-Strategie mit ihm auszuarbeiten.«

»Schreib es auf die *To-Do*-Liste«, seufzte ich und leerte mein Wasserglas.

»Mach ich.«

Francas Handy piepste. Stirnrunzelnd warf sie einen Blick auf das Display.

»Stimmt etwas nicht?«

»Alles gut. Eine Nachricht von Kenzie. Toni möchte sich gerne mit dir treffen. Sie fragt, wann du Zeit hast.«

»Was denkst du?«

»Ich denke, dass du diese Einladung annehmen solltest. Es ist die ideale Gelegenheit, um sich ein Bild von Toni zu machen. Geh hin und lern deinen Gegner kennen. Dann weißt du auch, mit wem du es zu tun hast.«

»Wenn das so ist, bestätige den Termin. Du kennst meinen Kalender. Schließlich bist du diejenige, die ihn macht. Am besten planen wir es für morgen Nachmittag ein. Ich möchte davor erst mal mein Team kennenlernen und alle offiziell begrüßen. Das hat für mich Priorität.«

»Einverstanden. Dann legen wir es auf den frühen Abend. So kannst du dir in Ruhe die Trainingssessions anschauen und bei den darauffolgenden *Debrief* Meetings mit den Ingenieuren und den Fahrern dabei sein.«

»Wo findet das Treffen mit Toni Hofer statt?«

»Im Teamhaus von *Titan Racing*. Ich begleite dich gern.«

»In Ordnung. Wenn du aufgegessen hast, lass uns zu den Ingenieuren gehen, damit du sie mir vorstellen kannst.«

Franca nickte und erhob sich. Sie ging voraus und ich folgte ihr durch die automatischen Türen des Teamhauses in die schwüle Nachmittagshitze Bangkoks.

Draußen tummelten sich wie erwartet die Fotografen und drückten fleißig auf den Auslöser, als sie mich in Teamuniform entdeckten.

Ich hegte keinen Zweifel daran, dass diese Fotos binnen Minuten auf allen Social Media Plattformen und auf den einschlägigen Motorsportseiten im Internet zu finden waren.

Hoffentlich nahm der Trubel um meine Person bald ab. Ich war nicht der Typ, dem das Rampenlicht gefiel.

Als ich zur Box hinüberlief, entdeckte ich Kenzie, die in diesem Moment aus der benachbarten Box von *Titan Racing* hinaustrat.

Sie warf mir einen vernichtenden Blick zu und schritt erhobenen Hauptes davon.

Na wunderbar ...

8

KENZIE

»Ja?«, nahm ich den Telefonanruf von Toni an.

»Ich sitze bei der *AOS* fest. Kannst du Cerutti solange beschäftigen, bis ich komme?«

Die *AOS*, die *Association of Safety*, waren die Regelhüter der *Serie del Rey* und griffen vor allem in dieser angespannten Phase der Weltmeisterschaft bei Regelverstößen hart durch, um keinem Fahrer oder Team einen unfairen Vorteil einzuräumen.

Toni traf sich an diesem Freitagnachmittag mit ihnen, um einen Rüffel zu diskutieren, den sie Tom Clark erteilt hatten, nachdem dieser während der Trainingsläufe ein paarmal zu oft über die Streckenbegrenzung gedriftet war.

Mich ließ er für gewöhnlich nicht an diesen Treffen teilnehmen, da ich das ständige politische Geschachere der *AOS* schlichtweg nicht abkonnte und mich bisweilen furchtbar über sie und ihre ach so *fairen* Entscheidungen aufregte.

Ich begleitete ihn dann bis zur Türschwelle des Teamhauses der *AOS* und machte auf dem Absatz kehrt, nicht ohne jedoch vorher abwertend die Nase zu rümpfen.

So auch heute.

Tja, und ausgerechnet heute würde ich viel lieber mit Toni bei den Oberlehrern sitzen und mich von ihnen in die Ecke stellen lassen, anstatt mit Cesare Cerutti allein in Tonis Büro auf dessen Rückkehr zu warten.

»Ist gut. Beeil dich«, seufzte ich und legte auf.

Noch war Cesare nicht bei uns eingetroffen. Vielleicht verspätete er sich.

»Hi Kenzie.«

Ich sah auf und entdeckte Franca und Cesare, die zur Tür hereinkamen und auf mich zusteuerten.

Mein wackeliges Kartenhaus der Hoffnung brach augenblicklich in sich zusammen.

Bei dem Anblick von Cesare Cerutti in *Racing Rosso* Teamuniform schlug mein nach wie vor geschwächtes und überstrapaziertes Herz verdächtig schnell in meiner Brust.

Im Gegensatz zu Franca lächelte er nicht. Sein Gesichtsausdruck spiegelte Gleichgültigkeit und Distanz wider.

Das passte ganz ausgezeichnet zu der verstimmten Miene, die ich nun meinerseits an den Tag legte.

»Hi *Franca*. Schön *dich* zu sehen.«

Ich hielt die Augen auf Franca gerichtet und ignorierte Cesare geflissentlich.

»Ist Toni da?«

»Er müsste jeden Moment kommen. Cesare, ich bringe Sie in Tonis Büro. Was darf ich Ihnen zu trinken anbieten?«

So sehr es mir widerstrebte, den abgebrühten Boss von *Racing Rosso* zu bedienen, so hatte ich doch einen Job zu erfüllen und ein Image zu wahren.

»Einen Espresso und ein Wasser, danke«, gab Cesare ohne mit der Wimper zu zucken zurück.

»Und dir, Franca?«

»Um ehrlich zu sein, muss ich gleich wieder los. Schreibst du mir, wenn sie fertig sind? Dann komme ich Cesare zu seinem nächsten Termin abholen.«

»Ähm ...«

»Du bist ein Schatz, Kenz. Ich danke dir.« Franca drückte meinen Arm und verabschiedete sich rasch von ihrem Boss.

Bevor ich noch etwas erwidern konnte, war sie auch schon zur Tür hinaus im Paddock verschwunden.

Cesare schob die Hände in die Hosentaschen und schaute mich mit hochgezogenen Augenbrauen abwartend an.

»Geben Sie mir einen Moment. Ich hole das Wasser und den Espresso, danach bringe ich Sie in Tonis Büro.«

»Sind wir jetzt also wieder beim *Sie*?«, flüsterte Cesare.

»Das klären wir gleich«, schoss ich zurück und

machte mich auf zu Skye, die mich breit grinsend hinter der Theke empfing.

»Shit, ist *das* etwa der neue Teamchef von *Racing Rosso*?«

»Das ist er, ja. Cesare Cerutti. Warum?«

»Weil er genauso aussieht, wie die temperament-vollen italienischen Männer, die ich mir vorstelle, wenn ich es mir mit meinem Spielzeug besorge«, hauchte meine Freundin Skye, die Chefin des *Titan Racing* Catering-Teams, verträumt.

Ich warf einen Blick über meine Schulter und sah geradewegs in Cesares mittelmeerblaue Augen, die mich wachsam beobachteten.

»Der italienische Hottie steht offenbar auf dich, Kenz. Den solltest du dir nicht entgehen lassen.«

»Dass er der Teamchef von *Racing Rosso* ist, hast du mitbekommen, oder?«

»Wie könnte ich das nicht mitbekommen? Die Leute sprechen ja von nichts anderem.«

»Wie kommst du dann darauf, dass ich ausge-rechnet mit ihm was anfangen sollte?«

»Das fragst du noch? Er ist schier übertrieben einflussreich, gutaussehend, erfolgreich und ganz nebenbei Italiener. Die perfekte Kombination, wenn du mich fragst.«

»Wenn da nicht der Haken wäre, dass er der Boss des Teams ist, das wir um jeden Preis besiegen wollen«, spottete ich.

»Das macht das Ganze verboten und somit umso heißer, wenn du mich fragst«, kicherte Skye.

Oh Mann. Wenn Skye bloß wüsste, wie heiß …

»Ein Wasser und einen Espresso für den italienischen Gott, bitte«, lenkte ich das Gespräch in eine weniger verfängliche Richtung.

Skye reichte mir die Getränke und entließ mich mit einem Augenzwinkern.

»Kommen Sie, Cesare.« Ich zeigte mit dem Kinn auf die Treppe und ging voraus.

»Soll ich dir etwas abnehmen?«, bot er mir an.

»Nein, es geht schon, danke«, murmelte ich und fühlte mich auf der Stelle unbehaglich, weil er unmittelbar hinter mir die Treppe hinaufstieg und sich mein Hintern so in seinem direkten Sichtfeld befand.

Habe ich heute Morgen einen String angezogen oder einen langweiligen, bequemen Slip, dessen Ränder sich unter dem enganliegenden Uniform Rock abzeichnen?

Ich verwarf meine dumme, unangebrachte Überlegung und konzentrierte mich auf die Tür von Tonis Büro, die am Ende der Treppe in Sicht kam.

Mit dem Ellenbogen versuchte ich die Tür zu öffnen, was sich problematisch gestaltete, da ich in jeder Hand ein randvolles Getränk balancierte.

Cesare griff über mich und drückte die Klinke herunter. Dabei streifte seine Hand unabsichtlich meine Brust, was meine Knospen in höchste Aufruhr versetzte, wussten sie doch, wie gut sich Cesares Hände auf ihnen anfühlten.

Ich ignorierte das erotisierende Prickeln und stellte die Getränke auf dem Schreibtisch ab.

»Bitte«, wies ich auf den Platz gegenüber Tonis Stuhl. »Setzen Sie sich.«

Cesare schloss die Tür und lehnte sich mit

verschränkten Armen dagegen, statt meiner Aufforderung Folge zu leisten.

Oh oh.

Würde er mir jetzt verkünden, dass er mich ans Messer lieferte, wenn ich ihm nicht geheime Teaminterna lieferte?

Ich überspielte meine Nervosität und spiegelte seine Körperhaltung, indem ich mich mit der Hüfte gegen den Schreibtisch lehnte und ebenfalls die Arme vor der Brust verschränkte.

»Was ist los, Kenzie? Warum bist du so unfreundlich, nachdem wir uns gestern so blendend verstanden haben?«, fragte Cesare unumwunden.

»Was willst du von mir?«

»Was ich von dir will?« Cesares Augenbrauen wanderten erneut in die Höhe.

»Du hast mich schon verstanden. Was willst du von mir? Wieso hast du dich an mich rangeschmissen, obwohl du wusstest, dass ich für *Titan Racing* arbeite? Oder hast du mich angemacht, gerade weil du wusstest, dass ich für *Titan Racing*, genauer gesagt für Toni, arbeite?«

»Was willst du damit sagen?« Cesares Ton nahm bei meiner Unterstellung schärfere Züge an.

»Verrat du es mir. Willst du mich mit unserer schnellen Nummer erpressen?«

»Bitte *was* will ich?«

Cesare stieß sich von der Tür ab und kam geschmeidig wie ein schwarzer Panther auf Beutezug in meine Richtung.

Ich wollte zurückweichen, doch der Tisch versperrte mir meinen einzigen Fluchtweg.

»Kenzie«, schnurrte er und blieb wenige Zentimeter vor mir stehen. »Du warst kurz davor, eine Panikattacke zu erleiden. Ich wollte nicht, dass du dir bei einem möglichen Versuch, den Fahrstuhl zu öffnen, verletzt. Wer weiß, ob du nicht gegen die Türen getreten und gehämmert hättest. Vielleicht wärst du auch einfach nur ohnmächtig geworden. Damit es nicht so weit kommt, habe ich dich auf die einzig wirkungsvolle Art, die mir in jenem Moment eingefallen ist, abgelenkt.«

»Willst du dich jetzt als nobler Ritter verkaufen oder was?«

»Wenn du mich als deinen noblen Ritter betiteln willst, bitte. Tu dir keinen Zwang an.«

»Und dich in mein Höschen und in meine Bluse zu stehlen, gehörte ebenfalls zur Rettungsmission?« Nun war es an mir, sarkastisch die Augenbrauen zu heben.

Cesare beugte sich zu mir vor, sodass sein Mund meine Ohrmuschel streifte.

Unwillkürlich schloss ich die Augen und atmete seinen männlichen Duft aus Leder, Tabak und Kiefer ein, der schneller als Tequila Shots in meine Blutbahn geriet und mich vollkommen benebelte.

»Wenn ich mich nicht irre, hast du *Fick mich, Cesare* gestöhnt, Baby.«

Ich biss mir auf die Unterlippe und grub meine Fingernägel in den Schreibtisch.

»Du hast deine Beine für mich gespreizt, deine nasse Pussy an meiner Hand gerieben und nach mehr verlangt, Kenzie. Klingelt da was bei dir, oder müssen wir das Ganze noch einmal nachstellen, damit es dir wieder einfällt?«

Ich schnappte empört nach Luft.

Was bildete sich dieser arrogante Mistkerl ein?

»Ich hasse dich«, stieß ich hervor.

»Natürlich tust du das.« Cesare fuhr mit seinem Zeigefinger über meine Hand, mit der ich mich am Schreibtisch festklammerte.

Mein Herzschlag schien sich mittlerweile verhundertfacht zu haben. Denn überall in meinem Körper klopfte und pochte es wie verrückt.

Mein Mund wurde trocken und es kam mir so vor, als würde jemand mit groben Seilen meinen Brustkorb abschnüren.

Alles begann sich zu drehen und mit einem Mal verlor ich das Gleichgewicht. Meine Beine gaben nach und ich sackte nach unten weg.

Cesare reagierte blitzschnell und fing mich auf.

Wie bereits am Vortag, fand ich mich binnen einer Sekunde in seinen rettenden Armen und an seine muskulöse Brust gepresst wieder.

Ich wollte mich von ihm lösen, doch er hielt mich fest.

»Nicht so schnell. Gib deinem Kreislauf eine Minute«, sagte er beruhigend. »Die hohe Luftfeuchtigkeit hier setzt uns allen zu.«

Das stimmte zwar, aber ich konnte mit ziemlicher Sicherheit die hohe Luftfeuchtigkeit als Ursache für diesen Kreislaufkollaps ausschließen.

Vielmehr identifizierte ich einen höllisch heißen,

verboten verwegenen und schamlos schmutzigen
Italiener als Auslöser für mein peinliches Blackout.

Oder vielmehr der Gedanke daran, was dieser
höllisch heiße, verboten verwegene und schamlos
schmutzige Italiener alles mit mir anstellen könnte,
wenn er nicht ausgerechnet der Boss von *Racing Rosso*
und somit der erklärte Erzfeind meines Bosses wäre.

9
CESARE

Ich konnte der Versuchung, mein Gesicht in ihren dichten, zimtfarbenen Haaren zu vergraben, nicht widerstehen und inhalierte gierig ihren süßen Duft nach Rose und Honig.

Irgendwie hatte diese Frau ein Talent dafür, in meine Arme zu fallen und ich fing sie nur zu gern auf, auch wenn ich wusste, dass ich sie besser von mir stoßen und Abstand halten sollte.

Aber als sie mich so aufgebracht mit ihren haltlosen Anschuldigungen konfrontierte und mich aus ihren aufgewühlten himmelblauen Augen so vorwurfsvoll anschaute, brannten mir sämtliche Sicherungen durch und ich zündelte mit dem Feuer, das ich am besten im Keim erstickt hätte.

Ich meine, was bitte tat ich hier?

Wir befanden uns im Büro meines ärgsten Kontrahenten und ich flüsterte seiner Assistentin versaute Schweinereien ins Ohr, während ich mich bemühte, sie nicht rückwärts auf den Schreibtisch zu drücken, ihr den Rock hochzuschieben und von ihrer entzückenden, rosa Perle zu naschen.

In gewisser Weise hatte uns ihr kleiner Kreislaufkollaps davor bewahrt, eine erneute Dummheit zu begehen.

Besorgt hievte ich sie auf den Stuhl für Besucher und reichte ihr das Wasser, das sie eigentlich für mich bestellt hatte.

»Trink das bitte«, wies ich sie an.

»Das ist deins«, gab sie zurück.

»Wir teilen es uns. Ich bestehe darauf.«

Widerstrebend nahm sie das Glas und hob es an ihre Lippen.

Ich sah weg, weil mich verrückterweise alles an dieser Frau erregte.

Ihre Lippen erinnerten mich an die ausgehungerten Küsse, die wir einander geschenkt hatten. An die genussvollen Seufzer, die meine Berührungen ihr entlockten. An die erotischen Forderungen, die sie stellte, um ihre Lust zu stillen. An ...

»Du hast das also nicht geplant. Verstehe ich das richtig?«

»Hmm?« Ich zuckte ertappt zusammen und schaute irritiert auf sie hinab.

»Das gestern. Im Aufzug.«

»Du meinst, ob ich den Fahrstuhl absichtlich manipuliert habe, um dann über dich herzufallen und dich anschließend mit dem Videomaterial der Kamera, die ich vorher dort angebracht habe, zu erpressen?«

»So ungefähr«, piepste Kenzie und sah offenbar ein, dass das ziemlich abwegig klang.

»Du hast keine sonderlich hohe Meinung von *Racing Rosso*, hm?«

Kenzie schwieg.

»Keine Antwort ist auch eine Antwort. Ich will nicht, dass wir einen solchen Ruf innehaben. Und um das ein für alle Mal klarzustellen: Ich wusste zwar, dass du für *Titan Racing* arbeitest, aber ich habe keine Hintergedanken gehegt, als ich dich geküsst habe. Und was danach geschehen ist, nun ja, sagen wir einfach, die Sache ist etwas aus dem Ruder gelaufen.«

»Niemand darf je davon erfahren«, flüsterte Kenzie eindringlich.

»Ich werde schweigen wie ein Grab.«

»Und es darf nie wieder passieren.«

»Sehe ich genauso«, pflichtete ich ihr bei, wobei ich es insgeheim schade fand, dass ich nicht wieder in den Genuss dieser wunderschönen Frau kommen würde.

Dass ich mich ausgerechnet zu der Frau hingezogen fühlte, die ich unter keinen Umständen haben durfte, ließ mich in Gedanken gleichzeitig lachen und toben.

Mehr noch, eine leise Stimme, tief drinnen, verriet mir, dass Kenzie meine guten Vorsätze kräftig ins Wanken bringen würde, wenn ich nicht aufpasste.

Das durfte auf keinen Fall passieren.

Ich konnte und wollte das Vertrauen, das die Eigentümer von *Nobili* in mich setzten, nicht wegen meiner verbotenen sexuellen Begierden in Bezug auf Tonis PA aufs Spiel setzen.

Zwischen uns breitete sich eine betretene Stille aus, die paradoxerweise beinahe unerträglich laut in meinen Ohren widerhallte.

»Machst du das schon lange?«, fragte ich sie in dem Versuch, die erdrückende Stimmung zwischen uns zu heben und das Gespräch auf sichereres Terrain zu lenken.

»Was?«

»Den Job als Tonis PA.«

»Ja, einige Jahre.«

»Und woher kannst du so gut italienisch?«

Kenzie sprach nahezu akzentfreies italienisch, was mich verwunderte, denn sie war definitiv keine gebürtige Italienerin.

»Ich habe zwei Jahre lang unweit von Venedig studiert. Italienisch und Französisch.«

Venedig.

Auf meinem Gesicht breitete sich ein melancholisches Lächeln aus. Ich bemerkte, dass Kenzie meine Reaktion aufmerksam verfolgte und fragend den Kopf neigte.

»Ich bin in Venedig aufgewachsen«, klärte ich sie auf.

»Tatsächlich? Das stelle ich mir aufregend vor.«

»Das war es, auch wenn es schon so viele Jahre zurückliegt, dass die Erinnerung daran teilweise verblasst ist.«

»Es ist schade, wie die Zeit unsere Erinnerungen verblassen lässt, nicht?«

»Ich glaube, dass das nicht unbedingt etwas Schlechtes ist. Jedenfalls nicht immer. Manche Erinnerungen sollten lieber früher als später aus dem Gedächtnis verbannt werden«, entgegnete ich und sah sie unverwandt an.

»Du spielst damit auf unser spezielles Kennenlernen an?«

»Nein, tue ich nicht. Glaub mir, Kenzie, an unser spezielles Kennenlernen im Fahrstuhl werde ich mich auch in fünfzig Jahren noch haarklein erinnern.«

»Unter anderen Umständen ...«, begann sie, zögerte dann aber.

»... hätte man sich auf ein zweites Fahrstuhl-Date treffen können?«, beendete ich den Gedankengang, den ich offenkundig mit ihr teilte.

»Vielleicht. Ja. Doch so wie die Dinge liegen, müssen wir uns mit der Erinnerung daran zufriedengeben.«

»Wünschst du dir, es wäre anders?«

Ich wunderte mich über diese kuriose Frage, so wie ich sie aussprach. Was spielte es schon für eine Rolle, ob sie es sich wünschte? Wir konnten die Realität nicht ändern, bloß weil sie uns missfiel.

Kenzie blieb mir die Antwort schuldig, denn in diesem Augenblick wurde die Tür energisch geöffnet und Toni trat ein.

»Entschuldigt bitte die Verspätung.« Er kam auf mich zu und streckte mir die Hand hin. »Cesare, danke fürs Kommen. Schön, dass Sie es einrichten konnten.«

»Kenzie hat mir Gesellschaft geleistet. Ich habe mich also nicht gelangweilt.«

Bei der Erwähnung von Kenzies Namen verhärtete sich Tonis Miene.

»Was trinkst du, Boss?« Kenzie erhob sich leicht schwankend und deutete auf die Getränke auf dem Tisch.

»Kaffee. Schwarz. Und eine Cola.«

»Bringe ich dir. Möchtest du noch etwas, Cesare?«

»*Du*?« Toni kniff missbilligend die Augen zusammen. »Ihr habt aber schnell Freundschaft geschlossen«, schoss er.

»Du hast uns ja auch lange genug warten lassen. Sei das nächste Mal einfach pünktlich, wenn du nicht willst, dass ich mich mit deinen Gästen anfreunde«, zwinkerte sie unbekümmert, doch hinter ihrer Fassade erkannte ich blankes Entsetzen über ihren fatalen Versprecher.

»Ich habe alles, was ich brauche. Danke«, lächelte ich und nickte ihr aufmunternd zu.

Sie verließ das Büro ein wenig zu hastig und ließ mich mit Toni allein.

»Dass wir uns verstehen: Kenzie ist tabu. Es haben schon ganz andere Teamchefs versucht, sie abzuwerben. Das lasse ich nicht zu. Sie ist meine loyalste und wichtigste Mitarbeiterin. Wenn Sie mich also nicht zum Feind haben wollen, lassen Sie die Finger gefälligst von Kenzie, klar?«

»Sie ist eine erwachsene Frau.«

»Sie ist wie Familie. Und deshalb steht sie unter meinem Schutz.«

»Botschaft angekommen.«

»Gut. Dann lassen Sie uns über Enrico reden. Was ist passiert? Wieso wird er von einem auf das nächste Rennen gefeuert? Ich bin gut mit ihm zurechtgekommen. Es missfällt mir also, dass er als Chef von *Racing Rosso* abgesetzt wurde.«

»Ich kann Ihnen keine Teaminterna nennen. Aber *Nobili* hatte seine Gründe. Und da diese Entscheidung endgültig ist, müssen Sie nun wohl oder übel mit mir Vorlieb nehmen. Ich würde mich über eine gute Zusammenarbeit freuen, doch ich bin nicht zwingend darauf angewiesen. Wenn Sie mich also als Enricos Nachfolger nicht akzeptieren wollen, habe ich damit kein Problem.«

Toni presste die Lippen aufeinander und fixierte mich stumm aus argwöhnisch funkelnden Augen.

Ich ließ mich auf dem Stuhl nieder, auf dem Kenzie noch vor einer Minute gesessen hatte und schlug die Beine übereinander.

Nach außen hin vollkommen entspannt, leerte ich meinen Espresso mit einem Zug. Dass der Espresso mittlerweile kalt war und deswegen bestenfalls mittelmäßig schmeckte, ließ ich mir nicht anmerken.

»So lange Sie im Kampf um die Weltmeisterschaft fair bleiben, sehe ich kein Problem.«

»Warum sollte ich nicht fair bleiben?«

»*Racing Rosso* hat da einen gewissen Ruf ...«

»Es wird viel geredet. Das wissen Sie ebenso gut wie ich, Toni.«

»An dem Gerede um *Racing Rosso* ist meistens etwas dran«, konterte er.

»Ist das so? Und das wissen Sie so genau, weil ...?«, erkundigte ich mich mit trügerisch ruhiger Stimme.

»Sorgen Sie einfach dafür, dass es fair bleibt«, lenkte Toni ein, weil er wusste, dass er sich auf gefährlich dünnes Eis begab.

Zwar standen viele Spekulationen bezüglich Betrugsversuchen von *Racing Rosso* im Raum, offiziell beweisen konnte man *Racing Rosso* allerdings nichts. Und das verbot es Toni als Teamchef von *Titan Racing*, mir das Gegenteil zu unterstellen.

»Sie haben mein Wort. Dasselbe gilt für *Titan Racing*. Außerdem würde ich mir wünschen, dass Sie weder mich noch mein Team aufgrund von Hörensagen und Gerüchten verurteilen.«

»Was wollen Sie, Cesare?«, grummelte Toni.

»Eine Chance. Denn die hat wohl jeder verdient, oder etwa nicht?«

Hinter mir betrat Kenzie den Raum und stellte den Kaffee und die Cola vor Toni ab.

Ich konzentrierte mich auf Toni und schenkte Kenzie keine Beachtung, was mir schwerer fiel, als es sollte.

»Braucht ihr mich? Sonst warte ich draußen.«

»Danke, Kenz. Du kannst gehen«, wies Toni sie an und sah ihr hinterher, bis sie aus seinem Sichtfeld verschwand.

»Sie wollen eine Chance? Sie sollen sie bekommen. Aber nur, dass wir uns verstehen: Bei mir gibt es keine zweiten Chancen, Cesare.«

»Was das betrifft, sind wir einer Meinung«, erwiderte ich mit ausdrucksloser Miene.

»Schön. Dann lassen Sie uns mal über das Geschäftliche reden«, verkündete Toni und nahm mir gegenüber Platz.

10

KENZIE

»Ist er bei Toni?«, flüsterte Riley verschwörerisch.

»Wer?«

»Na wer wohl. Der Mann, über den die gesamte *Serie del Rey* redet: Cesare Cerutti.«

»Was wird denn geredet?«, flötete ich betont desinteressiert.

»Hmmm ... na mal sehen.« Riley klappte ihren Laptop auf und öffnete den Internetbrowser. »Cesare Cerutti. Siebenunddreißig Jahre alt. Gebürtiger Italiener, wie sollte es bei *Nobili* und *Racing Rosso* sonst auch sein. Geboren und aufgewachsen in Venedig. Studium in Mailand, London und Paris. Spross einer venezianischen Adelsfamilie. Verheiratet. Keine Kinder. Seit fünfzehn Jahren bei *Nobili* beschäftigt. Seit fünf Jahren in deren oberster Führungsebene.«

Riley sah auf und verstummte abrupt. »Geht es dir nicht gut, Kenzie?«

Sie sprang auf und kam zu mir herüber.

»Verheiratet? Er ist verheiratet?«, krächzte ich heftig nach Luft ringend.

»Ja, Schatz. So steht es im Internet. Warum schockiert dich das? Gutaussehende, reiche und erfolgreiche Männer Ende dreißig sind selten Single, falls du darauf gehofft hast.«

»Quatsch.« Ich räusperte mich, da mein Einspruch, der eigentlich souverän und unbeteiligt klingen sollte, verdächtig dem hilflosen Piepsen einer Maus in der Käsefalle glich.

»Quatsch. Er ist der Boss der Konkurrenz. Da denke ich doch nicht an so was.« Mein zweiter Versuch klang ein wenig überzeugender.

»Bei Cesare Cerutti denkt jede Frau, die keine Tomaten auf den Augen hat, an *sowas*, Kenz. Aber solange es bloß bei dieser verbotenen Fantasie bleibt, ist doch alles okay. Erst wenn man sie auslebt, wird es gefährlich.«

Ich biss mir auf die Zunge, um Riley nicht zu verraten, dass ich den Part des Auslebens unlängst hinter mich gebracht hatte.

»Weiß man mehr über sein Privatleben?«, fragte ich stattdessen.

Riley warf mir einen letzten prüfenden Blick zu und ging dann zu ihrem Laptop zurück.

»Er ist seit neun Jahren verheiratet. Mit einer gewissen Fiona Messina. Sie kennen sich wohl bereits seit Kindertagen. Auch sie entstammt einer einflussreichen italienischen Familie. Wieso überrascht mich das nicht?«

»Was überrascht dich nicht?«, hauchte ich ermattet.

Mit jedem Satz, den Riley mir vorlas, nahm meine Übelkeit zu.

»Dass er sich nicht mit niederem Fußvolk wie uns abgeben würde.«

»Niederes Fußvolk, hm?«

»Jetzt schau nicht so schockiert, Kenz. Du weißt doch selbst am besten, wie es läuft.«

Das wusste ich tatsächlich.

Während meiner Studienzeit datete ich einen erfolgreichen, charismatischen und gutaussehenden Italiener, der mir nach zwei Jahren Beziehung das Herz aus der Brust riss und es mit Füßen trat, als er mir eröffnete, dass er sich mit mir zwar köstlich amüsiert habe, allerdings kaum eine angehende Sekretärin heiraten könne und sich deshalb auf die Suche nach einer geeigneten Ehepartnerin machen müsse.

Ich war aus allen Wolken gefallen und fühlte mich furchtbar erniedrigt und gedemütigt.

Seitdem hatte ich mich auf keine ernsthafte Beziehung mehr eingelassen. Es fiel mir schwer, um nicht zu behaupten, unmöglich, Männern zu vertrauen.

Mein Selbstvertrauen wiederzugewinnen, nachdem ich zwei Jahre lang vorgeführt und ausgenutzt worden war, hatte lange gedauert.

Obwohl das Ganze schon eine lange Zeit zurücklag, kam es mir momentan so vor, als sei seit dieser unschönen Trennung gerade mal eine Woche vergangen. Denn das Wissen, dass Cesare verheiratet war und sich mit mir nebenbei einen außerehelichen Spaß erlaubt hatte, riss alte Wunden auf.

Zum zweiten Mal binnen weniger als achtundvierzig Stunden zog ich mich in den Waschraum zurück, um mich darin einzuschließen und meinen überkochenden Emotionen Raum zu geben.

Wenn ich gestern noch dachte, dass es schlimmer nicht mehr kommen konnte, hatte mich das Leben soeben eines Besseren belehrt.

Sich auf den gegnerischen Teamchef einzulassen, war fatal und dumm. Sich auf den verheirateten gegnerischen Teamchef einzulassen, war unverzeihlich.

Verdammter Mist!

Ich wusste nicht, auf wen ich wütender war: Auf Cesare, weil er mich in doppelter Hinsicht getäuscht hatte oder auf mich, weil ich unter seinem Kuss schwach geworden war.

Ich beschloss, dass ich meine Wut auf Cesare projizieren würde.

Er hatte sich weder als gegnerischer Teamchef zu erkennen gegeben, noch hielt er es für nötig zu erwähnen, dass seine Frau daheim auf ihn wartete, während er es sich im Fahrstuhl von mir besorgen ließ.

Cesare hatte mich absichtlich in Verlegenheit gebracht. Im Gegensatz zu mir wusste er, wer im Aufzug vor ihm stand. Vielleicht war ihm nicht bewusst gewesen, dass es sich bei mir um Tonis PA handelte, aber er hatte gesehen, dass ich für *Titan Racing* und somit für den Feind arbeitete. Dass er die Nerven besaß, sich trotzdem an mich ranzumachen, offenbarte so einiges von seinem trügerischen Charakter.

Man konnte Cesare nicht trauen. Er besaß ein außergewöhnliches Talent dafür, wichtige Details zu verschweigen und essenzielle Informationen unter den Tisch fallen zu lassen.

Noch einmal würde er mich nicht täuschen.

Ich fühlte mich verraten, hintergangen und ausgenutzt.

Ich fühlte mich so schäbig und schlecht, wie bei meiner Trennung von Fabrizio.

Ich fühlte mich so erniedrigt, dass mir die Tränen kamen. Bittere, verzweifelte und beschämte Tränen.

Das Schlimmste war, dass ich mich niemandem anvertrauen konnte. Dass ich mit niemandem darüber reden durfte.

Die Scham und die Verachtung, die ich für mich selbst empfand, verboten es mir, mit meinen Freundinnen zu sprechen, mal ganz abgesehen davon, dass ich sie nicht in Schwierigkeiten oder in Verlegenheit bringen wollte.

Es würde mir also nichts anderes übrigbleiben, als allein mit dieser Situation fertig zu werden.

Wie ich das anstellen sollte?

Ich wusste es nicht.

Jedes Mal, wenn ich in den Spiegel blickte und meinem aschfahlen Gesicht begegnete, wollte ich den Spiegel am liebsten in tausend Teile zerschlagen, damit ich meinen Anblick nicht mehr länger ertragen musste.

Wie sollte es jetzt weitergehen?

Instinktiv wollte ich Cesare zur Rede stellen und

ihm sagen, was ich von ihm und seinem betrügerischen Verhalten hielt.

Aber was würde das schon bringen?

Jemand, der zu solch abgebrühten Taten in der Lage war, interessierte sich in der Regel einen feuchten Dreck für die Meinungen derer, die er in den Schmutz gezogen und hintergangen hatte.

Womöglich würde er mich bloß auslachen und verhöhnen.

»Kenzie? Alles klar da drin?« Rileys Klopfen riss mich aus meinen *Superwoman* Fantasien, in denen ich Cesare Cerutti ordentlich die Meinung geigte und ihm zum Abschluss einen kräftigen Tritt in den Hintern verpasste.

In Wirklichkeit würde ich wahrscheinlich nichts von alledem tun.

Ich konnte das Geschehene nicht mehr rückgängig machen. Selbst wenn ich ihm Vorhaltungen machte, würde das nichts ändern und zu nichts als Ärger führen.

Also blieb mir kaum etwas anderes übrig, als nach vorne zu blicken.

»Alles klar, ja. Ich habe mir ein bisschen den Magen verdorben, glaube ich«, rief ich zurück.

»Soll ich den Doc informieren?«

»Unsinn. Das geht gleich vorbei.«

»Okay, wie du willst. Ich muss los. Kommst du klar?«

»Ja, danke. Bis später«, verabschiedete ich Riley und bemühte mich um einen fröhlichen Tonfall.

Als sich ihre Schritte entfernten, atmete ich tief

durch und versuchte meinen rebellierenden Magen zu beruhigen.

So schwer es mir fiel: Ich musste mich mit den Artikeln, die im Internet über Cesare kursierten, quälen.

Toni hatte mir aufgetragen, mich über Cesare zu informieren und ihm anschließend einen detaillierten Bericht zu liefern. Das bedeutete zwangsläufig, dass ich mich mit seinem Leben befassen musste. Sein Privatleben bildete dabei keine Ausnahme.

Ich beschloss, dass es keinen Sinn machte, das Unausweichliche unnötig lange hinauszuschieben. Erstens wollte Toni meinen Bericht unverzüglich und zweites würde es nicht weniger wehtun, wenn ich das Ganze noch einen Tag länger hinauszögerte.

Ein letztes Mal atmete ich tief durch und entriegelte dann die Tür, um mich den Aufgaben zu widmen, die man mir aufgetragen hatte.

Vorher musste ich jedoch bei Toni vorbeischauen und kontrollieren, dass es den Herren an nichts fehlte.

Bei der Vorstellung Cesare gegenüberzutreten, wurde mir erneut speiübel. Wenn ich es nicht besser wüsste, hätte ich behauptet, dass ich schwanger wäre. Aber das konnte unmöglich der Fall sein. Denn mein letztes Mal lag viel zu lange zurück, um eine Schwangerschaft auch nur in Betracht zu ziehen.

Ich lauschte an der Tür zu Tonis Büro um abzuschätzen, ob es sich um einen günstigen Moment handelte, die beiden zu stören. Auf gar keinen Fall wollte ich mitten in eine hitzige Diskussion platzen.

Doch der diplomatische Tonfall auf der anderen

Seite der Tür verriet mir, dass der Zeitpunkt günstig war, um sich nach dem Wohlbefinden der beiden Oberbosse zu erkundigen.

Ich schloss die Augen, um mich zu sammeln, als die Tür von der anderen Seite aufgerissen wurde und ich buchstäblich in Tonis Büro flog, da meine Hand die Türklinke fest umklammert hielt.

Ungebremst prallte ich gegen etwas Hartes, das ich als Cesares Brust identifizierte und fand mich prompt in seinen starken Armen wieder.

Shit.

»Die Gastfreundschaft von *Titan Racing* ist wirklich bemerkenswert«, lachte Cesare erheitert und fuhr mit seinen Händen behutsam meine Arme entlang.

Hastig befreite ich mich aus der unfreiwilligen Umarmung und versuchte meine Gesichtsfarbe unter Kontrolle zu bringen, die von schneeweiß zu knallrot gewechselt hatte.

»Seid ihr fertig? Dann gebe ich Franca Bescheid«, überging ich Cesares Kommentar und vermied es, Toni anzusehen.

»Wir sind soweit durch, ja«, antwortete Cesare. »Aber ich finde den Weg zum Teamhaus von *Racing Rosso* auch allein. Du musst Franca nicht extra herbestellen.«

»Die zig Fotografen, die vor dem Teamhaus warten und auf ein Statement von dir hoffen, hast du dabei ebenfalls bedacht? Franca wird dich abschirmen«, gab ich zu bedenken.

»Kenzie hat recht«, stimmte mir Toni zu. »Jemand,

der sich in diesem Zirkus auskennt, sollte dich begleiten. Kenzie, warum übernimmst du das nicht, wo du
schon mal hier bist? Dann muss Cesare nicht unnötig
warten.«

11

CESARE

Kenzie verspannte sich bei Tonis Vorschlag merklich.

Komisch.

Dabei dachte ich eigentlich, wir hätten den unangenehmen Teil unserer Unterhaltung bereits hinter uns gelassen.

Woher zeugte ihre neuerliche Anspannung mir gegenüber?

»Ich bekomme das auch allein hin«, bot ich ihr einen Ausweg.

»Die Reporter sind mit allen Wassern gewaschen. Unterschätzen Sie das nicht«, warnte Toni.

Kenzie kapitulierte bei Tonis mahnendem Blick und nickte mir auffordernd zu. »Ich bringe dich.«

Ihr Boss brummte zufrieden, verabschiedete sich per Handschlag von mir und verschwand in seinem Büro. Schweigend ging ich hinter Kenzie die Treppe hinunter und folgte ihr aus dem Teamhaus von *Titan Racing*.

Draußen braute sich ein Gewitter zusammen. Die ersten Tropfen fielen bereits aus den dicken, dunkelblauen Wolken, weswegen Kenzie und ich den Paddock im Laufschritt durchquerten und die wartenden Journalisten mühelos hinter uns ließen.

Unter der Überdachung vor den Türen des *Racing Rosso* Teamhauses blieb ich stehen, um mich bei Kenzie zu bedanken. Doch das Klingeln meines Handys machte mir einen Strich durch die Rechnung.

»Fiona«, murmelte ich. »Tut mir leid, da muss ich ran.«

Kenzie schüttelte bei meinen Worten angewidert den Kopf. Wenn ich es nicht besser wüsste, hätte ich glatt behauptet, dass keine Regentropfen, sondern Tränen auf ihren elfenbeinfarbenen Wangen schimmerten.

»Fiona, ja? Na dann grüß deine Frau recht schön von mir«, zischte sie wütend und machte auf dem Absatz kehrt.

Fuck.

Darum ging es hier also.

Bevor sich mir die Möglichkeit bot, etwas auf ihren unterschwelligen Vorwurf zu erwidern, war Kenzie schon außer Hörweite.

Ich konnte ihr vor zig Reportern schlecht hinterherlaufen. Und nach ihr zu rufen, würde ebenfalls Aufsehen erregen. Konnte ich mir das an meinem zweiten Tag als Teamchef erlauben?

Unmöglich.

Leise fluchend ließ ich sie ziehen und ging in das Teamhaus hinein, um den Anruf entgegenzunehmen.

»Ciao. Warte kurz«, begrüßte ich Fiona. Wie so oft prallten meine Worte an ihr ab, wie ein Tennisball an einer Steinwand.

»Wieso muss ich aus der Zeitung erfahren, dass du neuer Teamchef von *Racing Rosso* bist?«, zeterte sie. »Weißt du überhaupt, was du mir antust, wenn du mir solche Informationen vorenthältst? Was denken die Leute, wenn sie *vor mir* erfahren, was mein Ehemann tut. Das ist nicht fair und außerdem respektlos mir gegenüber, Cesare.«

Ich öffnete seufzend die Tür von meinem Büro und ließ mich erschöpft auf meinem Schreibtischstuhl nieder. Eine einminütige Unterhaltung mit Fiona kostete bisweilen mehr Kraft, als ein Arbeitstag von zwölf Stunden.

»Was soll diese Reaktion? Glaubst du ich bin taub? Ich habe dein Seufzen genau gehört. Wahrscheinlich verdrehst du auch noch genervt die Augen über mich. Womit habe ich diese Behandlung verdient, Cesare? Du solltest mich wahrhaftig besser behandeln. Wie du dich aufführst, ist absolut unangebracht.«

»Fiona«, unterbrach ich ihren Redeschwall. »Ich habe gerade mal einen Satz gesagt. Wie ist es da möglich, dass ich dir schon wieder all diese Dinge angetan haben soll?«

»Das ist es ja«, rief sie aufgebracht. »Du schweigst. Du sagst gar nichts. Das ist so verletzend.«

»Ich sage nichts, weil du die ganze Zeit redest und

ich dich ungern unterbreche, weil du mir dann vorwirfst, unhöflich zu sein.«

»Du biegst es dir auch so, wie es dir gerade passt, oder?«

Ich seufzte erneut. »Wir sind getrennt, Fiona. Deshalb muss ich dir nicht zwangsläufig Bericht über mein Leben erstatten. Was ich tue, geht dich nichts mehr an.«

»Ich bin deine Ehefrau, Cesare! Wie kannst du es wagen!«, echauffierte sich Fiona weiter und schniefte theatralisch.

In solchen Momenten wusste ich nicht, wie ich es geschafft hatte, so viele Jahre in meiner Ehe auszuharren. Wenn Fiona mit mir sprach, dann machte sie mir meistens Vorhaltungen. Angeblich redete ich nicht genug. Dabei kam es mir eher so vor, als höre sie mir nicht zu. Als höre sie nur das, was sie hören wollte. Als drehte sich die Welt allein um sie. Um ihr Leben, ihren Ruf, ihr Glück, ihre seelische Verfassung, ihre Probleme.

Wie konnte man verheiratet sein und sich gleichzeitig furchtbar allein und verloren fühlen? Diese Frage hatte ich mir viele Jahre lang gestellt. Zunächst im Stillen, weil ich mich für diese Gefühle schämte. Irgendwann hatte ich mich meinen zwei ältesten Freunden anvertraut, die beide ebenfalls seit Jahren verheiratet waren. Ihre Reaktion ließ mich bereuen, dass ich den Mund aufgemacht und meine Zweifel geäußert hatte.

Denn sie rieten mir dazu, es ihnen gleichzutun: Nur am Wochenende nach Hause fahren und sich unter der Woche mit willigen Gespielinnen vergnügen.

Wenn meine Kumpels am Wochenende nach Hause fuhren, steckten sie ihren Ehefrauen für gewöhnlich eine prall gefüllte Geldbörse zu, damit diese ihrer ausgeprägten Shopping-Leidenschaft nachgehen konnten, während ihre Ehemänner sich für eine weitere Woche aufregender außerehelicher Lustspiele ausruhten.

Allein der Gedanke daran, meine Ehefrau systematisch und vorsätzlich zu betrügen, widerte mich an. Zwar hatte ich nicht aus freien Stücken entschieden, Fiona zu heiraten, aber ich vertraute damals auf die Einschätzung meiner Familie: dass wir ein gutes und gesellschaftlich vorzeigbares Paar abgaben und sich der Rest mit der Zeit fügen würde. Damals erschien mir das sinnvoll und logisch, sodass ich ihrem Vorschlag vorbehaltlos zustimmte.

Tja, ich war jung und naiv gewesen, wie sich nun herausstellte: Obwohl ich mich jahrelang abgemüht hatte Fiona zu lieben, stellte sich bei mir bestenfalls ein freundschaftliches Gefühl ihr gegenüber ein. Und selbst das schwand, seitdem sie begann, mir mein Leben zur Hölle zu machen.

Wobei ich mir diese Hölle womöglich selbst zuzuschreiben hatte.

Denn genau genommen nahm Fionas unausstehliches Verhalten erst an Fahrt auf, als ich anfing, mich von ihr abzuwenden. Als sie bemerkte, dass ich aufgegeben und unsere Ehe für beendet erklärt hatte.

Das lag wohl daran, dass Fiona schon seit Kindertagen in mich verliebt war und ihr Glück kaum fassen konnte, als wir gemeinsam vor dem Traualtar standen.

Im Gegensatz zu mir. Ich hatte weiß Gott alles Menschenmögliche versucht, um mich in sie zu verlieben und ihre Gefühle zu erwidern, aber die Liebe ließ sich verflucht nochmal nicht erzwingen. Das hatte ich auf die harte Tour lernen müssen.

Wenn ich an damals zurückdachte, musste ich mir eingestehen, dass sich der schleichende Prozess der Entfremdung bereits ein Jahr nach unserer Eheschließung bemerkbar machte. Dennoch sollte es fast acht weitere Jahre dauern, bis ich den Mut fasste, zu meinen Gefühlen, oder besser gesagt, zu meinen nicht-existenten Gefühlen zu stehen.

In all den Jahren hatte ich Fiona trotz zahlreicher Versuchungen nie betrogen.

Am Anfang unserer Ehe schlief ich noch regelmäßig mit ihr. Denn Fiona war zweifellos eine ausgesprochen attraktive Frau, nach der sich die Männer in Scharen umdrehten. Aber Sex ohne Liebe wurde auch für einen Mann früher oder später zu einer Belastung. Nach ein paar Jahren verging mir die Lust am Sex mit ihr gänzlich und jedes Mal, wenn sie mich aufforderte, mit ihr zu schlafen, musste ich mich regelrecht dazu zwingen.

Vor einem halben Jahr erreichte ich endgültig den Punkt, an dem ich es nicht mehr ertragen konnte, noch länger unglücklich in dieser Ehe gefangen zu sein. Zu diesem Zeitpunkt hatte mich Fiona mit ihren Launen, ihrer ständigen Nörgelei und ihren Provokationen beinahe in den Wahnsinn getrieben.

Als ich ihr eröffnete, dass ich die Trennung wollte, hatte sie mich zuerst tätlich angegriffen und mich danach in Tränen aufgelöst angefleht, es nicht zu tun.

Ich tat es trotzdem. Ich musste es einfach tun.

Es war wie ein Befreiungsschlag für mich. Wie eine Erlösung.

In den folgenden drei Monaten durchlebte ich eine wilde Phase, in der ich glaubte, alles aufholen zu müssen, was ich in den vorangegangenen neun Jahren verpasst hatte. Ich fickte mich durch halb Turin. Fickte mich um den Verstand. Fickte so hart und so oft, bis ich gar nichts mehr fühlte.

Keinen Schmerz, keine Wut, kein Bedauern.

Nach drei Monaten und unzähligen nichtssagenden One-Night-Stands konnte ich vor lauter Abscheu nicht mehr in den Spiegel sehen.

Also ging ich in das nächste Extrem über: totale Abstinenz.

Ich stürzte mich in die Arbeit und versuchte das Trennungsjahr so schnell wie möglich hinter mich zu bringen, damit ich die Scheidung einreichen und nochmal von vorn anfangen konnte.

Und dann, gerade als ich mich halbwegs gefangen hatte, folgte mit der völlig unverhofften Führungsposition bei *Racing Rosso* die nächste böse Überraschung.

Keine zweiundsiebzig Stunden später fiel ich über die PA meines ärgsten Konkurrenten her und beendete damit nicht bloß meine selbstverordnete Abstinenz, sondern auch meine Mission, mich fortan anständig und vorbildhaft zu benehmen.

Irgendwie lief in diesem Jahr alles aus dem Ruder. Als wäre das nicht schlimm genug, konnte ich mich niemandem anvertrauen. Meine Lektion diesbezüglich hatte ich nach der Beichte meiner Eheprobleme gelernt. Auf weitere schlaue Ratschläge meiner Kumpels konnte ich verzichten. Dieser Fehler würde mir kein zweites Mal unterlaufen.

Nein, ich würde allein mit meiner misslichen Lage zurechtkommen müssen.

Aber das war ja nichts Neues.

»Bist du noch dran?«, schluchzte Fiona am anderen Ende des Telefons und riss mich aus meinen Überlegungen.

»Ja, bin ich. Es tut mir leid, dass ich es dir nicht selbst gesagt habe. Es ging alles so schnell und es kam recht unerwartet ...«

»Nichts als Ausflüchte. Immer nur Ausreden. Warum bist du so?« Fionas Stimme klang gepresst und verärgert.

»Können wir dieses Gespräch vertagen, bis ich nach Italien zurückkehre? Ich melde mich bei dir, dann können wir uns treffen«, versuchte ich es mit einem Kompromiss.

»Um über uns zu reden?«

Ich schloss die Augen und holte tief Luft. Fiona wollte einfach nicht akzeptieren, dass ich sie nicht liebte und unsere Ehe nicht fortführen wollte. Statt nach vorne zu blicken und mit ihren zweiunddreißig Jahren das Leben zu genießen, klammerte sie sich an die Hoffnung, dass ich zu ihr zurückkam. Aber das würde nicht geschehen. Zu unser beider Wohle.

Denn Fiona war ohne mich besser dran.

Fiona verkörperte in vielerlei Hinsicht die perfekte Frau. Nur eben nicht für mich.

Ich konnte sie nicht glücklich machen, egal wie sehr ich mich anstrengte. Und wenn sie ihre rosarote Brille abnahm und die Realität so akzeptierte, wie sie nun mal war, würde sie das auch einsehen.

»Was uns angeht, haben wir doch alles besprochen. Mehrmals. Ich meinte eigentlich meine neue Stelle als Teamchef bei *Racing Rosso*.«

»Ich vermisse dich so, Cesare. Bitte lass es uns nochmal versuchen.«

12

KENZIE

Ich begleitete Toni in die Garage, wo die Mechaniker letzte Handgriffe anlegten, bevor die Rennwagen gleich aus der Box auf ihre Startpositionen fuhren.

Wie vor jedem Rennen konnte ich Tonis Anspannung förmlich mit den Händen greifen. Für Außenstehende wirkte er vollkommen entspannt und so charismatisch wie eh und je, doch ich wusste es besser. Ich kannte ihn besser.

»Begleitest du mich auf den Grid?«, fragte er, als Dantes und Toms Wagen die Box verließen und sich auf den Weg in die Startaufstellung, den sogenannten Grid, machten.

»Wenn du mich brauchst, komme ich mit«, antwortete ich Toni und folgte ihm in die Boxengasse und von dort aus auf den Grid.

Mathematisch betrachtet konnte sich Tom Clark

heute den Fahrerweltmeistertitel sichern. Seine Chancen standen nicht schlecht und demnach liefen die Vorbereitungen diesbezüglich auf Hochtouren. Sollte er sich den Titel während des heutigen Grand Prix von Thailand sichern, gab es für die Kommunikations- und Sponsorenabteilung einiges zu tun.

Dementsprechend gestresst wirkten Dakota und Riley an diesem Wochenende. In gewisser Weise kam mir das gelegen. Denn so blieb ihnen keine Zeit, mich auszufragen und mir möglicherweise auf die Schliche zu kommen.

Manchmal hatte ich das Gefühl, dass mir *Verräter* mitten auf die Stirn geschrieben stand. Jedes verflixte Mal, wenn Toni von Cesare zu sprechen begann, um genau zu sein.

Allegra, die Event- und Hospitality-Chefin, musste an diesem Wochenende die exklusive Hospitality Lounge samt zweihundert Gästen ohne Dakotas Unterstützung managen, weswegen ich auch sie tagsüber kaum zu Gesicht bekam. Abends genoss sie in der Regel ihr frisches Liebesglück mit Byron, unserem Teammanager. Die beiden Lovebirds waren nahezu unerträglich glücklich, was mich ungeheuer für sie freute, mir aber auch gleichzeitig vor Augen führte, wie allein ich mich fühlte und wie sehr ich mich nach einem Seelenverwandten sehnte, insofern dieser überhaupt existierte. Falls er das tat, versteckte er sich außerordentlich gut vor mir.

Während Toni seine Interviews mit den gängigen TV-Sendern absolvierte, hielt ich mich dezent im Hintergrund. Nach dem Ende des letzten Interviews näherten wir uns der ersten und zweiten Startreihe, von denen aus Dante und Tom heute starten würden.

Völlig unverhofft schob sich Cesare in unser Sichtfeld.

Mist.

Ich schaute links und rechts, doch die vollgepackte Startaufstellung und das Gewusel von Mechanikern, Physios, Reportern, Fahrern, Ingenieuren und Celebrities bot mir keinen Ausweg.

Seitdem ich Cesare vorgestern in einem Anflug blanker Wut an den Kopf geschleudert hatte, er solle seine Frau recht schön von mir grüßen, war ich ihm gekonnt aus dem Weg gegangen.

Bis jetzt.

Im Gegensatz zu Toni merkte man Cesare die Anspannung deutlich an.

Das konnte ihm wohl niemand verübeln.

Racing Rosso saß der Schock über den abrupten Teamchefwechsel noch immer in den Gliedern. Das erklärte auch, warum sie sich bei der gestrigen Qualifikation derart verzettelten, dass ihre Fahrer heute lediglich von Startplatz vier und sechs ins Rennen gehen würden.

Die Journalisten taten ihr übriges. Der mediale Druck, der auf Cesare lastete, könnte glatt einen Elefanten zu Fall bringen.

»Cesare. Bereit für Ihr erstes Rennen?«, begrüßte ihn Toni per Handschlag.

Prompt betätigten sämtliche Fotografen ihre Auslöser.

Die TV-Kameras schwenkten von den Autos und

den Celebrities zu Toni und Cesare und übertrugen den informellen Austausch in geschätzt zwanzig Länder und auf Millionen von Fernsehern und Tablets weltweit.

Ja, da konnte man schon mal unter Druck geraten. Vor allem wenn so viel auf dem Spiel stand.

»Meinetwegen kann es losgehen«, entgegnete Cesare und nickte mir höflich zu.

In seiner Teamuniform sah er einfach zum Anbeißen aus. Und wie. Es ließ sich nicht leugnen. Der Mann strahlte Sex-Appeal, Macht, Autorität und gleichzeitig Bodenständigkeit und Wärme aus. Eine anziehende Kombination, die ich so noch nie gesehen hatte.

Ich erwiderte seinen knappen Gruß und tat so, als würde ich mich mit meinem Handy beschäftigen. Um ehrlich zu sein leuchteten dreißig ungelesene Nachrichten auf dem Display auf, aber in Cesares Gegenwart schaffte ich es nicht, mich darauf zu konzentrieren.

Toni verabschiedete sich und bahnte sich einen Weg zu unseren Autos.

Als Cesare in der Menge verschwand, verspürte ich gleichzeitig ein Gefühl der Erleichterung und der Enttäuschung in mir aufsteigen.

Nach zehn weiteren, schier endlosen Minuten auf dem Grid ertönte endlich das erlösende Signal, das allen bedeutete, die Startaufstellung zu verlassen. Das Rennen stand nun unmittelbar bevor.

Toni nahm seinen Platz am Kommandostand an der Boxenmauer ein, während ich mir meine Kopfhörer schnappte, mit denen ich die teaminterne Kommunikation während des Rennens live mitverfolgen konnte. Mit gespielt fröhlicher Miene stellte ich mich auf meinen Platz im Inneren der Box, von wo aus ich sowohl die TV-Übertragung, als auch den Kommandostand im Blick hatte.

Die Ampeln erloschen und das ohrenbetäubende Röhren der Rennwagen ertönte, als sich die zwanzig 1000 PS starken Boliden auf ihre Einführungsrunde begaben.

Weniger als zwei Minuten trennten uns nun noch vom Rennstart.

Mein Herzschlag beschleunigte sich bei dem Wissen, dass es heute um einen möglichen Weltmeisterschaftstitel ging. Zwar konnten wir uns den WM-Titel der Konstrukteure, also der Teams, noch nicht in diesem Rennen sichern, aber für Tom stand heute viel auf dem Spiel. Er konnte sich an diesem Sonntag zum zweiten Mal in Folge zum Fahrerweltmeister krönen. Vermutlich war das auch seine einzig verbleibende Chance. Denn Dante Di Santo, unser neuer Fahrer, der den verletzten Juan Sanchez seit Mitte dieser Saison ersetzte, war hungriger denn je und würde es Tom im nächsten Jahr verdammt schwer machen.

Das Röhren der Motoren kam näher und mein Brustkorb begann unter dem Sound der sich zum Start einreihenden Rennwagen, zu vibrieren.

Ich konnte die Autos von hier nicht sehen, da mir die Boxenmauer die Sicht versperrte. Also lauschte ich angestrengt den Anweisungen der Ingenieure, die durch die Kopfhörer in meine Ohren drangen und starrte gebannt auf den TV-Bildschirm vor mir, auf dem in diesem Moment die *Racing Rosso* Pitwall eingeblendet wurde und die Kameraeinstellung auf Cesare zoomte.

Mein Herz klopfte so heftig an meinem Hals, dass mir die Luft wegblieb. Das lag jedoch sicherlich an dem unmittelbar bevorstehenden Rennen und nicht etwa an Cesares ultraheißem Anblick.

Die Kamera wechselte auf die Startaufstellung, wo in diesem Moment eine Ampel nach der nächsten auf Rot schaltete, bis sie schließlich allesamt mit einem Mal erloschen und den Fahrern so die Startfreigabe erteilten.

Jeder Muskel in mir spannte sich an, als die Boliden auf die erste Kurve zu donnerten und versuchten, Boden gutzumachen.

Dante und Tom schafften es heil durch die erste Kurvenkombination, aber die beiden Autos von *Racing Rosso* touchierten sich und katapultierten sich gegenseitig ins Aus.

Das war das schlimmstmögliche Szenario, das einem Team widerfahren konnte.

Die Kameras schwenkten sofort wieder auf den *Racing Rosso* Kommandostand, an dem helle Aufregung herrschte. Einzig Cesare ließ sich von der Panik nicht anstecken und beobachtete aufmerksam seine Mitarbeiter.

Einer der beiden Fahrer von *Racing Rosso* schaffte es aus dem Kiesbett und machte sich mit einem gebrochenen Frontspoiler auf den langen Weg an die Box.

Für den zweiten Fahrer von *Racing Rosso* war das Rennen in der ersten Kurve zu Ende.

Er stieg aus dem Wagen und gestikulierte wild mit den Armen, bevor er einen Schwall Kieselsteine wegkickte und enttäuscht den Kopf schüttelte.

Verständlicherweise konnte er nicht fassen, was soeben geschehen war.

Aber leider passierte das immer wieder in der *Serie del Rey*. Wenn beide Fahrer auf dem Gas blieben und nicht von ihrer Linie wichen, krachte es früher oder später. Für gewöhnlich vermieden es die Fahrer jedoch ihren eigenen Teamkollegen zu touchieren und abzuschießen. Eine Art Gentlemen's Agreement oder aber eine klar formulierte Teamorder sorgte normalerweise dafür, dass einer von beiden Teamkollegen nachgab, bevor es zu einer Kollision kommen konnte.

Nicht so heute.

Während der Rest des Feldes geschwind davonzog, fuhr Stefano Velucci, einer der beiden Fahrer von *Racing Rosso*, quälend langsam hinterher, um sich mit dem gebrochenen Frontflügel, der über den Asphalt schleifte und Funken sprühte, nicht noch den Reifen aufzuschlitzen.

Ich sah Velucci an der Box von *Titan Racing* vorbeifahren.

Sein Stopp dauerte stolze vierzehn Sekunden. Ein normaler Reifenwechsel konnte binnen zwei Sekunden absolviert werden, doch wegen des kaputten Frontspoilers musste die komplette Nase des Boliden ausgetauscht werden, was viel mehr Zeit kostete.

Mit gewaltigem Rückstand auf den Rest des Feldes

fuhr Velucci zurück auf die Strecke und führte sein Rennen mit neuer Nase und frischen Reifen fort.

Die Kamera blendete nun den zweiten Fahrer von *Racing Rosso* ein, den ein Marshall auf einem Roller zurück ins Fahrerlager brachte.

Er verschwand umgehend im Teamhaus von *Racing Rosso*, wahrscheinlich um sich abzureagieren und seiner Wut Luft zu machen.

Aus den Kopfhörern vernahm ich die Stimmen unserer Ingenieure, die ihre Chance witterten und das maximale Resultat aus dem heutigen Rennen rausholen wollten.

Erneut schwenkten die Kameras zu dem Kommandostand von *Racing Rosso*, wo sich Cesare in diesem Moment erhob und in Richtung Box ging. Die Kameras folgten ihm, bis er die Box auf der anderen Seite wieder verließ und geradewegs auf das Teamhaus zusteuerte, in dem sein ausgeschiedener Fahrer vor wenigen Minuten verschwunden war.

Ich fühlte mit Cesare. Ein gelungener Einstand sah wahrlich anders aus.

13
CESARE

»Wo ist er?«

Franca deutete mit dem Kinn auf den kleinen Raum, der für Rocco Cabrera, einen unserer beiden Fahrer, reserviert war.

Ich klopfte an und wartete, bis er mich hereinbat.

Rocco hatte den Reißverschluss seines Rennanzugs aufgezogen und sich aus den Ärmeln befreit. Mit hinter dem Kopf verschränkten Händen lag er auf seiner Massageliege und starrte die Decke an.

»Tut mir leid. So eine unglaubliche Scheiße«, fluchte er.

Ich schloss die Tür, um ihn vor neugierigen Blicken zu schützen und lehnte mich dagegen.

Er drehte den Kopf und schaute mich abwartend an.

Ich zuckte bedauernd die Achseln. »Es ist nun mal

passiert. Wir können es nicht mehr ändern, egal wie leid es dir oder Stefano tut.«

»Ist er noch im Rennen?«

Ich nickte.

»Er hat mir keinen Platz gelassen.«

»Das Gleiche könnte er über dich sagen«, entgegnete ich unbeeindruckt.

Mit gegenseitigen Schuldzuweisungen kam man bei mir nicht weit.

»Wir werden das nach dem Rennen ausführlich besprechen. Bis dahin kannst du dich entweder ausruhen und abreagieren oder dich umziehen und Teamspirit zeigen, indem du dich zu den Mechanikern in die Box gesellst und dir das Rennen zusammen mit dem Rest des Teams ansiehst. Außerdem warten die Journalisten auf ihre Interviews. Wenn du dich beruhigt hast, begleitet Lorenzo dich in den *Media Pen*.«

»Enrico hätte getobt«, schnaubte Rocco. »Er hätte uns den Hals umgedreht.«

»Ich bin nicht Enrico.«

»Habe ich gemerkt«, gab Rocco zurück und setzte sich auf. »Danke.«

»Wofür?«

»Dass du mich am Leben lässt.«

»Wir haben heute aufgrund eurer Aktion viele Punkte und möglicherweise eine ernsthafte Chance auf den Weltmeisterschaftstitel liegen lassen. Dieses Wissen sollte Strafe genug für euch sein, oder etwa nicht?«

Rocco zuckte ertappt zusammen und zog den Kopf ein. »Ja«, murmelte er auf einmal ganz kleinlaut.

»Bis später«, verabschiedete ich mich und ging zu Franca zurück, die vor der Tür auf mich wartete.

»Was? Was schaust du mich so bekümmert an?«

»Tut mir leid für dich«, flüsterte sie.

»Wieso für mich? Wir sitzen alle in einem Boot. Das ist keine *Ein-Mann-Show* hier, sondern ein Gemeinschaftsprojekt. Wir gewinnen und wir verlieren zusammen. So gern ich ersteres tun würde, sieht es heute leider nach letzterem aus.«

»Das Team ist unruhig. Sie lesen die Artikel, die über *Racing Rosso* und über dich geschrieben werden. Die Kommentare von *Nobili*, die wie immer heftig Druck ausüben, helfen dabei nicht gerade«, zischte Franca leise.

»Glaubst du etwa das weiß ich nicht?« Ich raufte mir die Haare und riss mich zusammen.

»Ich gehe jetzt an den Kommandostand zurück und nach dem Rennen sehen wir weiter«, informierte ich sie und machte mich auf den Rückweg.

Ich war mir der Kameras, die jede meiner Regungen verfolgten, sobald ich aus dem Teamhaus trat, vollauf bewusst. Bemüht, meine gelassene Fassade aufrecht zu erhalten, schritt ich erhobenen Hauptes zur Pitlane zurück und ließ mich auf meinem Platz am Kommandostand nieder.

»Wie sieht es aus?«

»Wir nähern uns dem Feld und wir glauben, dass in zweiundzwanzig Minuten ein Gewitter auf die Rennstrecke treffen wird. Das könnte das Feld ordentlich aufmischen.«

»Haben wir eine Strategie?«, fragte ich meinen Chefstrategen.

»Die haben wir«, nickte er zuversichtlich.

Meine Laune besserte sich auf einen Schlag.

Vielleicht würde dieser Tag doch nicht so miserabel enden, wie ich zunächst angenommen hatte.

Tatsächlich begann es nach genau zweiundzwanzig Minuten zu regnen. Zuerst tröpfelte es nur, aber dann ergoss sich ein heftiges Sommergewitter über der Strecke, das einen kompletten Strategiewechsel erforderte.

Wir riefen Stefano Velucci zu einem günstigen Moment an die Box und binnen zwei Sekunden zog die Pitstop Crew ihm Regenreifen auf.

Kurz nachdem er die Boxengasse in Richtung Rennstrecke verließ, flog im vorderen Teil des Feldes ein Auto ab und knallte in die Streckenbegrenzung.

Die Rennleitung aktivierte das Safety-Car. Ein straßentaugliches Fahrzeug mit eigens dafür ausgebildeten Rennfahrern, die dem Feld vorausfuhren, diesem das Tempo vorgaben und das Feld anführten, bis das verunglückte Auto samt Fahrer und allen *Debris*, also Trümmerteilen, geborgen worden war. Während einer Safety-Car Phase herrschte Überholverbot und für eine kurze Zeit wurde die Boxengasse geschlossen, sodass ein Reifenwechsel für den vorderen Teil des Feldes nicht unmittelbar möglich war. Das verschaffte uns zwei signifikante Vorteile: Erstens schaffte es Stefano aufgrund der reduzierten Geschwindigkeit des Feldes binnen weniger Runden daran anzuknüpfen. Zweitens würden die meisten Rennwagen auf den vorderen Rängen entweder während der Safety-Car-Phase stoppen, um ihre Reifen zu wechseln oder unmittelbar danach. Beide Szenarien waren mehr als ungünstig für sie. Umso günstiger jedoch für uns.

Sobald die Rennleitung die Safety-Car-Phase beendete und das Feld sich auf den fliegenden Rennstart vorbereitete, positionierte sich Stefano Velucci zum Angriff. Zu meiner Freude schaffte er es binnen drei Runden in die *Top Ten* vorzufahren und arbeitete sich zum Ende des Rennens bis auf Platz fünf vor.

Ein halbwegs versöhnliches Ende, mit dem sich arbeiten ließ.

Zwar hatten wir im Kampf um den Weltmeistertitel der Konstrukteure heute wertvolle Punkte liegen lassen und *Titan Racing*, die sich auf Rang eins und drei platzierten, einen klaren Vorteil geschenkt, vorbei war der Kampf um den Titel allerdings noch lange nicht.

Und so lange es mathematisch möglich war, sich den Team WM-Titel zu sichern, würde ich kämpfen und das Team dazu antreiben, genau dasselbe zu tun.

Aufgeben kam nicht in Frage.

Unmittelbar nach Rennende marschierte Toni mit Kenzie im Schlepptau an dem Kommandostand von *Racing Rosso* vorbei in Richtung Siegerehrung.

Ich unterhielt mich gerade mit meinem Chefstrategen, als Toni zu uns herüberkam und uns anerkennend auf die Schulter klopfte. »Tolle Aufholjagd.«

»Danke«, gab ich zurück und deutete mit dem Kinn auf Alessandro, meinen Chefstrategen. »Das haben wir ihm zu verdanken.«

Toni hakte sich bei Kenzie unter und lächelte sie liebevoll an.

Nachdenklich schaute ich ihnen hinterher.

Es war nicht zu übersehen, dass Kenzie Toni viel bedeutete. Und umgekehrt galt dasselbe.

Wenn ich den Zorn ihres Bosses nicht auf mich ziehen wollte, musste ich die Finger von ihr lassen. Feinde hatte ich aktuell wahrlich genug. Da musste ich mir nicht noch mehr Probleme einhandeln, weil ich mich ausgerechnet auf die PA von *Titan Racings* Teamchef eingeschossen hatte.

Auch wenn keiner der zig One-Night-Stands, die ich in den Monaten nach der Trennung von Fiona eingegangen war, nur annähernd eine so nachhallende Wirkung auf mich ausübte, wie die schnelle Nummer mit Kenzie.

Aber warum?

Warum spukte das Abenteuer mit Kenzie in einer Gedankenendlosschleife durch meinen Kopf?

Vielleicht, weil eine Nummer mit ihr absolut verboten und somit unsagbar heiß war?

Vielleicht, weil sie sich wie das Paradies anfühlte?

Vielleicht, weil mich ihr Lächeln restlos verzauberte?

Welchen Ursprung auch immer mein absurdes Verlangen hatte, ich musste es schleunigst in den Griff bekommen.

Es gab wichtigere Dinge, die meiner gesamten Aufmerksamkeit bedurften. Zum Beispiel die WM.

Es reichte, dass uns *Titan Racing* heute den Weltmeistertitel der Fahrer weggeschnappt hatte. Tom Clark konnte sich dank Roccos Ausfall und Stefanos fünftem Platz heute vorzeitig mit diesem Titel krönen.

Zugegeben, die Chancen standen schon vor dem Thailand Grand Prix zu Gunsten von *Titan Racing*, was den Fahrertitel betraf. Aber im Gegensatz dazu ging es im WM-Kampf der Konstrukteure, also der Teams, deutlich enger zu. Ein Triumph war greifbar. Wer die Team-WM für sich entscheiden konnte, würde sich während der letzten beiden Saisonrennen abzeichnen, die in den nächsten vier Wochen anstanden.

Und genau darauf würde ich nun meinen Fokus lenken.

Ich wünschte mir lediglich, mit jemandem über meine aktuelle Situation reden zu können. Auch wenn ich es nach außen hin herunterspielte: Ich spürte den Druck, der auf mir lastete. Ich schaffte es nicht, die nagenden Zweifel und die Unsicherheit zu unterdrücken. Da aber von einem Teamchef erwartet wurde, dass er das starke Alphatier markierte und sein Team auch in Krisenzeiten souverän anführte, durfte ich mir nichts davon anmerken lassen.

Meine Familie schied als Gesprächspartner ebenfalls aus.

Gegen ihre absurde Erwartungshaltung an meine Person, erschienen mir die ambitionierten Forderungen von *Nobili* lächerlich gering.

Meine Trennung von Fiona und der daraus resultierende *Image-Schaden*, wie es meine Eltern betitelten, sorgten bereits für genug Spannungen innerhalb der Familie. Da würde ich sicher nicht noch zusätzlich mit meinen beruflichen Sorgen aufwarten.

Mit meinen Kumpels redete ich seit der Offenbarung meiner Eheprobleme nicht mehr über derart private Angelegenheiten.

Und auch sonst konnte ich mich niemandem anvertrauen. Denn die meisten sahen in mir bloß den privilegierten, reichen, erfolgreichen Adelsspross, dem alles auf dem Silbertablett serviert wurde.

Dass ich damit rein gar nichts am Hut und mich schon lange davon losgesagt hatte, interessierte niemanden.

Wie sehr ich mich danach sehnte, ein offenes, ehrliches und unvoreingenommenes Gespräch mit einer vertrauensvollen Person zu führen, wurde mir erst in diesem Moment so richtig klar. Ich tat es als Wunschdenken ab und bereitete mich innerlich auf den einsamen Kampf vor, den es auszufechten galt.

An erster Stelle handelte es sich dabei um einen Kampf mit mir selbst. Denn manchmal war es nicht die Welt, die einem am meisten im Weg stand, sondern die eigenen Zweifel und Ängste.

Ich verstand nicht, warum *Automobili Nobili* ausgerechnet mich für diesen Job ausgewählt hatte. Ich wollte ihn nicht. Hatte ihn nie gewollt. Nie den Wunsch geäußert.

Trotzdem saß ich jetzt hier mit erschreckend wenig Ahnung von dem, was zu tun war. Und das zum scheinbar ungünstigsten Zeitpunkt.

»Knöpfen wir uns die Fahrer vor?«, riss mich Alessandro aus meinen düsteren Tagträumen.

»Mit Fingerspitzengefühl«, gab ich zu bedenken. »Ich will die Jungs ermutigen und nicht entmutigen. Bestraft haben sie sich heute schon genug und zwar ganz ohne unser Zutun. Belassen wir es dabei und sorgen dafür, dass es nicht wieder vorkommt.«

14
KENZIE

An diesem Wochenende stand der letzte Grand Prix dieser Saison bevor. Das alles entscheidende Rennen, was die Team-WM betraf.

Vergangene Woche fand in Saudi-Arabien der erste der beiden finalen Rennläufe statt. Nun, eine Woche später, wurde das große Finale im vier Flugstunden entfernten Abu Dhabi ausgetragen.

Racing Rosso hatte sich in Saudi-Arabien stark präsentiert und ließ nicht locker. Obwohl das Team von dem plötzlichen Teamchefwechsel verunsichert wirkte, hatte es Cesare irgendwie geschafft, dass seine Mannschaft sich in Saudi von seiner besten Seite zeigte.

Das knappe Kopf-an-Kopf-Rennen würde also an diesem Sonntag in den Emiraten entschieden werden.

Am heutigen Donnerstag hatten die Eigentümer der *Serie del Rey* sowohl Toni, als auch Cesare zu der

obligatorischen   Pressekonferenz   der   Teambosse
einbestellt.

Alle Augen der motorsportinteressierten Menschen
rund um den Globus waren auf die beiden Alphatiere
von *Titan Racing* und *Racing Rosso* gerichtet.

Verständlicherweise wollten die Eigentümer der
Serie del Rey die TV-Zuschauerzahlen mit dieser Show-
Down Pressekonferenz noch einmal kräftig ankurbeln.

Ich begleitete Toni, wie schon gefühlt hunderte
Male zuvor, zu der Pressekonferenz und suchte mir
einen Sitzplatz in den letzten Reihen, um das
Geschehen im Hintergrund zu verfolgen.

Von Cesare und auch von Franca fehlte bei unserer
Ankunft jede Spur.

Ein Außenstehender mit spitzer Zunge würde
behaupten, dass diese wohl beabsichtigte Verspätung
gängige Racing Rosso Manier war. Ein strategischer
Schachzug, um den Gegner psychologisch zu
verwirren.

Doch so, wie ich Cesare während der vergangenen
zwei Rennen erlebt und kennengelernt hatte,
entsprach das nicht seinem Stil.

Seine verzögerte Ankunft musste einem anderen
Umstand geschuldet sein.

Unmittelbar nachdem ich zu diesem Entschluss
gelangte, öffnete sich die Tür und Cesare betrat vor
Franca den Raum.

Er ließ den Blick durch den Raum schweifen, um
sich eine Übersicht von der Lage zu verschaffen. Im
Gegensatz zu Toni handelte es sich für Cesare erst um
seine zweite offizielle *Serie del Rey* Pressekonferenz,

auch wenn nichts an seinem Verhalten und an seiner selbstsicheren Haltung darauf hindeutete.

Als er mich bemerkte, verzogen sich seine Lippen zu einem freundlichen Lächeln, das mich von innen wärmte.

Der Kerl ist verheiratet, rief ich mir ins Gedächtnis und fuhr meinen Schutzpanzer hoch, der es mir ermöglichte, ihn böse anzufunkeln, obgleich unter enormer Kraftanstrengung.

Cesare nahm auf dem Sessel neben Toni Platz, nickte ihm zu und wurde anschließend von einem Techniker mit einem Mikrofon verkabelt.

»Kann es losgehen?«, erkundigte sich der leitende Pressesprecher der *Serie del Rey*.

Toni und Cesare hoben beide die Daumen und signalisierten ihm loszulegen.

»Wie geht es dir?«, flüsterte Franca und setzte sich neben mich.

»Alles gut. Und dir?«

»Es wird«, lächelte sie. »Cesare tut uns gut. Er bringt Ruhe, Diplomatie und Besonnenheit ins Team. Seit er da ist, wird erst nachgedacht und dann gesprochen.«

»Das klingt gut. Aber so gar nicht nach *Racing Rosso*«, witzelte ich.

»Mir gefällt es so viel besser. Auch wenn es diese Saison nicht mit dem Titel funktionieren sollte – ich bin mir sicher, dass wir mit Cesare einen Anführer mit viel Potenzial gefunden haben.«

»Meinst du?«

Franca zog eine zustimmende Grimasse, die mich

schmunzeln ließ. »Ich glaube er versteht selbst nicht, warum *Nobili* ihn auf diese Position gesetzt hat. Dabei ist es so offensichtlich. Er ist der Ruhepol, den das Team so dringend gebraucht hat. Enrico war ein aufbrausender Wirbelsturm, der alles mit sich gerissen hat, was ihm im Weg stand. In permanenter Angst zu leben, geht nicht allzu lange gut. Es paralysiert dich auf Dauer.«

»Und Cesare ist kein aufbrausender Wirbelsturm?«

Franca schüttelte den Kopf. »Er ist die Ruhe *nach* dem Sturm. Die Sonne nach dem Gewitter, die frische Luft nach dem Sommerregen.«

»Du magst ihn«, stellte ich fest, nicht ohne einen Stich der Eifersucht in meiner Brust wahrzunehmen.

»Jeder tut das. Keine Ahnung wie er das anstellt. Man vertraut ihm instinktiv und lässt sich ohne Fragen zu stellen von ihm führen.«

»Wem sagst du das«, murmelte ich, mit den Gedanken an jenem Ort, an dem ich ihm instinktiv vertraut und mich ihm, ohne Fragen zu stellen, hingegeben hatte.

»Was sagst du?« Franca spitzte neugierig die Ohren.

Ich blinzelte erschrocken und umgriff die Stuhllehne fester. »Ach, nicht weiter wichtig«, wiegelte ich ab und deutete auf die beiden Alphatiere, die sich tapfer den Fragen der Journalisten stellten. »Lass uns mal hören, welche Weisheiten sie heute für uns parat haben.«

Franca grinste belustigt und widmete sich ebenfalls dem Gespräch von Cesare und Toni.

»Cesare, glauben Sie, dass Sie die WM gewinnen können?«, fragte in diesem Moment ein bekannter TV-Reporter aus England.

»Ich bin der festen Überzeugung, dass jeder im Team sein Bestes geben wird und dass uns ein aufregender, fairer Kampf erwartet, aus dem ein verdienter Sieger hervorgehen wird.«

Der Journalist zog eine Schnute. Offenbar hatte er sich eine reißerischere Antwort erhofft. »Was ist mit Ihnen, Toni? Glauben Sie, dass *Titan Racing* das Ding nach Hause fährt?«

»Mit dieser Absicht sind wir hergekommen. Alles andere wäre enttäuschend«, gab sich Toni bedeutend kampflustiger, machte sich damit aber gleichzeitig umso angreifbarer.

Ich verfolgte den Rest der Pressekonferenz konzentriert und stellte fest, dass die Dynamik unverändert blieb.

Cesare ließ sich nicht aus der Reserve locken. Er hielt sich bedeckt und stapelte tief. Mit Enrico, seinem Vorgänger, hatte er herzlich wenig gemein.

Lediglich die allerletzte Frage sorgte dafür, dass sein Pokerface für wenige Sekunden verrutschte und mein Herz einen Sturzflug hinlegte.

»Fiebert Ihre Frau zuhause mit oder haben Sie sie zur Verstärkung mitgebracht?«

Cesare presste die Lippen aufeinander und bemühte sich um ein unverbindliches Lächeln. »Fragen zu meinem Privatleben beantworte ich nicht. Ich bitte um Verständnis.«

Schade. Auf genau diese Frage hätte ich mir eine

Antwort gewünscht, wenngleich ich wusste, dass sie mir wahrscheinlich nicht gefallen würde.

Nach der Pressekonferenz stellte sich Toni weiteren Fragen der Journalisten, wohingegen Cesare sich rasch verabschiedete und mit Franca durch dieselbe Tür verschwand, durch die er vor einer halben Stunde hereingekommen war.

Kaum dass Toni und ich in das Teamhaus zurückkehrten, verabschiedete er sich in sein Büro. Von weitem sah ich Dakota, die bekümmert wirkte und angeregt mit Allegra tuschelte. Was da wohl vor sich ging?

Toni, Byron, Dakota und Oliver, unser Sales Director, waren vor dem Grand Prix von Abu Dhabi nach Las Vegas geflogen, wo das Imperium von Grayson Parker, CEO von *Parker Resorts & Spas*, seinen Hauptsitz hatte, um den Sponsorenvertrag mit dem Hotel Tycoon zu unterschreiben.

Ab der kommenden Saison würde *Parker Resorts & Spas* zu den wichtigsten Sponsoren von *Titan Racing* zählen.

Nachdem Toni, Byron und Oliver am Tag nach der Unterzeichnung die Heimreise antraten, musste Dakota noch zwei zusätzliche Tage in Las Vegas ausharren, um das eigens für den Sponsorendeal zusammengestellte Team von Grayson Parker in die

Welt von *Titan Racing* und der *Serie del Rey* einzuführen.

Seitdem Dakota aus Las Vegas zurückgekehrt war, benahm sie sich seltsam.

Irgendetwas schien sie enorm zu belasten.

Ich beschloss, dass ich schleunigst mit ihr reden sollte. Dazu brauchte es bloß einen ruhigen, ungestörten Moment. Leider gab es davon an diesem Wochenende so gut wie keinen.

Mir entwich ein verstimmtes Schnauben. Ich ärgerte mich. Und dieses Mal richtete sich mein Ärger gegen mich selbst. Denn über meinen eigenen Problemen und Sorgen durfte ich nicht das Wohlbefinden meiner Freundinnen vergessen, die stets für mich da waren. Ich wollte nicht zu einer in Selbstmitleid versinkenden, egoistischen und selbstsüchtigen Frau mutieren.

In Gedanken machte ich mir eine mit roter Farbe umrandete Notiz, alsbald mit Dakota zu sprechen.

Doch nun musste ich mich erst einmal an die Organisation der Feierlichkeiten machen. Und dabei handelte es sich in diesem Jahr um eine wahrhaft delikate Angelegenheit.

In den letzten Jahren hatte *Titan Racing* die Team-Weltmeisterschaft bereits vor dem letzten Rennen der Saison für sich entscheiden können.

Das rauschende Fest, das Toni aus diesem Grund am Sonntagabend in Abu Dhabi für alle Teammitglieder veranstaltete, war deswegen zu einer Art Tradition geworden.

Angesagte DJs, Cocktails bis zum Abwinken und

leckeres Fingerfood gehörten zum Saisonabschluss in Abu Dhabi, wie der Christbaumschmuck an den Weihnachtsbaum.

Zusammen mit Allegra organisierte ich für gewöhnlich dieses rauschende, teils ausufernde Fest.

Aber in diesem Jahr verhielt es sich anders.

Ob wir die WM gewannen, würde sich erst am Sonntagabend entscheiden.

Und wie sollte man am Sonntagabend für Sonntagabend eine Party für zweihundert Gäste organisieren?

Allegra und ich waren bekannt dafür, Unmögliches und teilweise auch Wunder zu vollbringen, doch für solch ein Wunder reichten selbst unsere Superkräfte nicht aus.

Also mussten wir vorsorgen.

Top-Secret natürlich.

Offiziell wusste niemand, dass wir eine Party planten.

Inoffiziell wusste außer Byron und Allegra nur Toni Bescheid, weil er die Rechnungen dafür bezahlen musste. Allerdings wollte er nichts von der Planung wissen und darauf ansprechen durfte ich ihn ebenfalls nicht. Das half mir nicht gerade bei den Entscheidungen, die es für die Party zu treffen und zu finanzieren galt. Aber ich würde es schon schaukeln.

Wie immer.

Ich schmunzelte nachsichtig. Mein kultivierter, charismatischer und kontrollierter Boss verfiel in solchen Momenten doch allen Ernstes in Aberglauben.

Auch wenn er es nie zugeben würde, dachte er, dass wir die Weltmeisterschaft verloren, wenn er *vor* dem Rennausgang einer *Titan Racing* WM-Party zustimmte.

Um ehrlich zu sein, fühlte es sich schon ein wenig seltsam an, eine Siegerparty zu organisieren, ohne zu wissen, ob man tatsächlich siegen würde.

Deswegen hatten Allegra und ich entschieden, dass wir das Ganze als *Saisonabschlussparty* deklarierten.

Unabhängig davon, ob wir uns nun die WM-Krone sicherten oder die Saison auf Position zwei liegend beendeten – die Mitglieder des Teams hatten sich ihre Party redlich verdient.

Entweder um einen weiteren, hart erarbeiteten Weltmeistertitel zu feiern, oder um die Niederlage möglichst schnell hinter sich zu lassen und sich den Frust und die Enttäuschung von der Seele zu feiern.

Neben der Teamparty gab es speziell für mich noch ein weiteres, weitaus privateres Event auf die Beine zu stellen.

Sollte *Titan Racing* die WM gewinnen, würde Toni die anderen Teamchefs der *Serie del Rey* traditionell zu unserer Party einladen und sich zuvor zu einem informellen Dinner mit ihnen verabreden.

Letztere Zusammenkunft war *Serie del Rey* Tradition. Der Teamchef, dessen Team die WM der Konstrukteure gewann, lud die anderen Teambosse noch am selben Abend zu einem Dinner und Drinks ein.

Ob Franca sich ebenfalls auf ein solches Dinner vorbereitete?

Falls *Racing Rosso* gewann, würde nämlich von

Cesare erwartet werden, dass er das Abendessen für alle Teamchefs ausrichtete.

Toni oder Cesare? Welcher Boss würde den Jackpot heute knacken und den WM-Pokal mit nach Hause nehmen?

15
CESARE

Die letzten Wochen verflogen, ohne dass ich wirklich Notiz davon nahm. Ich hatte bis an meine Grenzen und darüber hinaus geschuftet, um in Lichtgeschwindigkeit alles zu erlernen, was ich für meine Mission als Teamchef wissen musste.

Natürlich gestaltete sich das als unmöglich. Denn neben dem fachlichen Wissen, das ich aus Büchern, dem Internet, Magazinen und Gesprächen mit meinen Mitarbeitern ziehen konnte, gab es da zwei essenzielle Details, die sich Erfahrung und Politik nannten.

Beides verstand man bloß mit Zeit und Geduld.

Dumm nur, dass es mir sowohl an Zeit, als auch an Geduld mangelte.

So schwer es mir fiel diese Tatsache zu akzeptieren, mir blieb keine andere Wahl. Deshalb versuchte ich dieses offenkundige und vorerst nicht zu überwindende Defizit mit meiner Erfahrung als leitender

Manager zu kompensieren. Menschen kennenlernen und Vertrauen aufbauen, zählte seit jeher zu meinen Stärken, obwohl ich bis heute nicht verstand, wie ich es bei der berechnenden Erziehung meiner Eltern geschafft hatte, Werte wie Empathie und Feingefühl zu verinnerlichen und anzuwenden.

Die Menschen in meinem Umfeld fühlten sich in meiner Gegenwart in der Regel sicher und wohl. Sie hörten und vertrauten auf das, was ich sagte und anordnete. Und da meine Strategien meistens aufgingen, folgte auf das in mich gesetzte Vertrauen recht schnell bedingungslose Loyalität.

Zu meiner Erleichterung verhielt es sich auch dieses Mal so. Nach der Aufregung und der Unruhe, die im Team nach Enricos Entlassung geherrscht hatten, fing sich *Racing Rosso* langsam wieder und fand in seinen gewohnten Rhythmus zurück.

Nachdem der Grand Prix von Bangkok nicht zu unseren Gunsten gelaufen war, gelang es uns, bei dem vorletzten Saisonrennen in Saudi-Arabien Boden gut zu machen und so mit einer realistischen Chance auf den Weltmeisterschaftstitel der Konstrukteure zu dem großen Finale in Abu Dhabi anzureisen.

Ich konnte es kaum erwarten, dass wir das allesentscheidende Finale hinter uns brachten und ich mit meiner eigentlichen Arbeit im Team beginnen durfte. Denn ich beabsichtigte, die Kultur innerhalb des Teams zu verändern. Ich wollte, dass die Mitglieder von *Racing Rosso* zusammen statt gegeneinander arbeiteten. Der teilweise raue, respektlose Ton, den die Mitarbeiter im Umgang miteinander an den Tag legten, gefiel mir nicht. Im kommenden Jahr würde ich versuchen, ein echtes *Team* aufzubauen. Ein Team, in dem man sich vertraute, sich gegenseitig pushte und aufeinander achtete. Momentan glich *Racing Rosso* leider vielmehr einer zusammengewürfelten Gruppe von Menschen, die auf der Suche nach ihrem eigenen Vorteil gezwungenermaßen nebeneinanderher arbeitet.

Es haperte an allen Ecken und Enden. Es brauchte Veränderungen. Längst überfällige Veränderungen.

Aber solche Veränderungen kamen meist nicht über Nacht.

Fest stand jedoch, dass sie kommen würden. Mit mir als Initiator.

Mit jedem Tag verstand ich mehr, warum *Nobili* ausgerechnet mir den Posten als Teamchef und CEO aufgetragen hatte. Das beruhigte und motivierte mich gleichermaßen.

Ein Klopfen an meiner Bürotür riss mich aus meinen Gedanken und ließ mich mein entspanntes Pokerface aufsetzen.

»Herein.«

Franca steckte den Kopf zur Tür hinein. Sie wirkte sichtlich nervös. »Können wir reden?«

»Wieso habe ich das Gefühl, dass mir unser Gesprächsthema nicht gefallen wird?«, erwiderte ich.

»Vermutlich, weil du eine gute Spürnase besitzt.«

Sie schloss die Tür hinter sich und machte ein entschuldigendes Gesicht.

»Was ist los, Franca?«

»Da gibt es etwas, was ich dir vorenthalten habe.«

»Ich höre?« Argwöhnisch kniff ich die Augen zusammen.

»Der Teamchef, der die Konstrukteurs-WM gewinnt, richtet traditionell noch am selben Abend ein Dinner für die anderen neun Teamchefs der *Serie del Rey* aus. Und da wir morgen diese WM gewinnen könnten, habe ich mich darum gekümmert.«

»Du hast dich darum gekümmert?«

»Ich habe mich mit Kenzie abgesprochen. Wir haben in dem Restaurant reserviert, in dem das Dinner in den letzten Jahren immer stattgefunden hat. Gewinnen wir, richtest du das Dinner aus. Gewinnt *Titan Racing*, wird Toni der Gastgeber sein.«

»Klingt vernünftig.«

»Du bist nicht sauer?«

»Wieso sollte ich?«

»Weil du glaubst, dass es Unglück bringt, über ungelegte Eier zu sprechen?«

»Es gibt für morgen zwei mögliche Szenarien: Wir gewinnen, oder wir verlieren. Wir sollten für beide Fälle gerüstet und vorbereitet sein. Gute Arbeit, Franca. Danke, dass du die Initiative ergriffen hast.«

Meine PA blinzelte skeptisch. »Du meinst das tatsächlich ernst, oder?«

Ich lehnte mich in meinem Stuhl zurück und faltete die Hände im Schoß. »Was muss ich sagen, damit du mir glaubst?«

»Schon gut«, lächelte sie. »Ich habe mich noch nicht an den neuen Ton gewöhnt, der nun hier herrscht.«

»Inwiefern?«

»Lob, Dank und Zuspruch. Das gab es bisher nur an Weihnachten und in jedem zweiten Schaltjahr.«

Ich konnte mir ein Grinsen nicht verkneifen, obwohl mich diese Aussage gleichzeitig traurig stimmte. Offenbar unterschieden sich Enricos und mein Führungsstil wie die Nacht vom Tag.

»Möchtest du sonst noch etwas besprechen? Falls nicht, breche ich jetzt zum Strategiemeeting auf.«

Franca schüttelte den Kopf. »Das war alles, Boss. Denkst du, wir können die WM für uns entscheiden?«

»Wir werden alle unser Bestes geben. Davon bin ich überzeugt.«

»Du hättest Diplomat werden sollen«, kicherte sie, als sie mein Büro verließ. »Du besitzt deren Eloquenz und Charisma, meinst jedoch ernst, was du sagst. Das ist ziemlich selten und verdammt cool.«

Als ich am späten Sonntagmorgen an der Strecke eintraf, herrschte reges Treiben. Die angespannte Stimmung, die in der Luft lag, ließ keinen Zweifel daran, dass es heute um alles ging.

Ich hatte Franca aufgetragen, ein fünfminütiges Meeting mit dem gesamten Team anzuberaumen. So tummelten sich kurz nach meiner Ankunft knapp einhundert Mitarbeiter in dem eng bemessenen Teamhaus von *Racing Rosso* und warteten ungeduldig auf meine Ansprache.

Ich stellte mich auf die Treppe, die von der Hospitality im Erdgeschoss in mein Büro im ersten Stock führte, damit mich jedes der Teammitglieder sehen und ich jeden im Blick behalten konnte.

»Danke, dass ihr euch die Zeit genommen habt«, begann ich. »Ich möchte diese Möglichkeit nutzen, um mich bei euch zu bedanken. Ihr habt die gesamte Saison über hart gearbeitet und uns so eine realistische Chance auf den Weltmeistertitel gesichert. Egal was heute passiert. Egal ob wir die WM heute für uns entscheiden oder nicht: Haltet euch vor Augen, dass ihr einen fantastischen Job gemacht habt. Selbstredend werden wir alles daransetzen, zu gewinnen. Sollten wir es nicht schaffen, gehen wir hier erhobenen Hauptes raus und versuchen es im nächsten Jahr noch einmal. Wir versuchen es so lange, bis wir unser Ziel erreichen. Alle gemeinsam. *One Team*. Okay?«

Entschlossenes Kopfnicken mischte sich mit Applaus, zustimmenden Pfiffen und ungläubigem Gemurmel.

Nach allem, was ich bisher über Enricos Führungsstil in Erfahrung gebracht hatte, wunderte es mich nicht, dass die meisten meiner Mitarbeiter vermutlich furchteinflößende Drohgebärden und aggressive Kampftiraden erwartet hatten.

Aber die würden sie von mir nicht bekommen.

Aggression und Angst zeigten nur in den seltensten Fällen Wirkung.

Auf dem Weg in die Garage traf ich auf Toni, der von Kenzie und seiner Pressechefin Riley begleitet wurde.

Ich nickte ihm zu und er erwiderte den Gruß.

Ausnahmsweise merkte man ihm seine Anspannung heute an.

Verständlicherweise.

Auf *Titan Racing* lastete als Titelverteidiger mindestens genauso viel Druck, wie auf *Racing Rosso* als Angreifer.

Während Riley die Presse in Schach hielt, warf mir Kenzie verstohlene Blicke zu, die ich bloß deswegen bemerkte, weil ich ihr meinerseits mehr Aufmerksamkeit schenkte, als ich sollte.

Seit dem Grand Prix in Bangkok hatten wir nicht mehr privat miteinander gesprochen. Zwar liefen wir uns gezwungenermaßen andauernd über den Weg, aber wir vermieden es, allein miteinander zu sein.

Einerseits tat es mir leid, da ich mich gern mit ihr ausgesprochen und ihre Unterstellung, ich würde meine Frau betrügen, richtiggestellt hätte.

Andererseits sollte es mir egal sein, was sie von mir dachte.

Um genau zu sein, sollte es mir sogar recht sein, wenn sie mich verachtete.

Denn dieser Umstand reduzierte die Chancen auf ein erneutes verbotenes Abenteuer zu zweit, dem ich trotz aller Vernunftappelle zu meiner Schande nicht abgeneigt war.

Ich schob die Gedanken an die süße rothaarige PA mit den sexy Sommersprossen beiseite und wandte den Blick von ihr ab.

In den kommenden Stunden gab es nur eines, was mich interessieren sollte: Der finale Kampf um die Siegerkrone der *Serie del Rey*.

16

KENZIE

Wie erwartet schenkten sich *Titan Racing* und *Racing Rosso* auch dieses Mal nichts. Alle verfolgten das entscheidende Rennen mit angehaltenem Atem und angespannten Gesichtern.

Die beeindruckende Kulisse dieser Wüstenrennstrecke schien in diesem Jahr niemand zu beachten, da alle Augen auf das Geschehen auf dem Asphalt gerichtet waren.

»Es sieht gut aus für uns.«, murmelte ich mehr zu mir selbst als zu Riley, die neben mir in der Garage stand, von wo aus wir gemeinsam das Renngeschehen auf der Strecke verfolgten.

»Und wieso klingt das so, als würdest du dich nicht darüber freuen?«

Ich errötete. »Was? Wieso? Ich freue mich. Total.«

»Ach ja?« Riley runzelte irritiert die Stirn.

»Ja, natürlich. Total.«

»Du wiederholst dich, Kenz. Ist alles in Ordnung bei dir?«

»Jap. Alles super.«

»Wie ist eigentlich der neue Teamchef von *Racing Rosso*? Du hast ihn doch bestimmt bereits kennengelernt?«

»Nur flüchtig. Er scheint nett zu sein.«

»Flüchtig? Nett?« Riley zog spöttisch eine Augenbraue in die Höhe. »Du hängst andauernd bei der Konkurrenz ab. Und da willst du mir erzählen, dass du ihn nur flüchtig kennst? Außerdem, nett sieht der nicht aus. Er ist heiß wie die Hölle und gleichzeitig kalt wie Stein. Eine interessante Kombination, findest du nicht?«

Ich zuckte mit den Schultern. »Wie gesagt, so gut kenne ich ihn nicht.«

»Lügnerin.«

»Oh, ich glaube Tonis Gäste brauchen mich. Ich sehe mal lieber nach ihnen. Bis nachher.«

Beinahe fluchtartig verließ ich die Garage in Richtung Teamhaus und konnte Rileys prüfenden Blick förmlich auf meinem Rücken spüren.

Vielleicht verhielt ich mich zu auffällig. Ich befürchtete, dass meine Freundinnen in mir lesen konnten, wie in einem offenen Buch. Dass sie wussten, dass Cesare mich reizte. Dass ich mich verbotenerweise zu ihm hingezogen fühlte. Direkt darauf angesprochen hatten sie mich bisher zwar noch nicht, doch ihre Blicke und ihre unterschwelligen Bemerkungen und Sticheleien sprachen Bände.

Die Zuschauer tobten und amüsierten sich während der halsbrecherischen Überholmanöver prächtig. Im krassen Gegensatz dazu, drehte sich bei mir mit jeder Attacke der Magen um. Die Fahrer von *Racing Rosso* und *Titan Racing* kämpften zwar fair, aber dennoch hart und absolut am Limit. Mehrmals touchierten sich die Boliden und riskierten abzufliegen.

Obwohl ich ganz klar *Titan Racing* die Daumen drückte, würde ich mich auch insgeheim ein kleines bisschen für *Racing Rosso* freuen, sollten sie dieses Duell für sich entscheiden.

Selbstverständlich behielt ich diesen verräterischen Gedanken für mich, allein schon deshalb, weil ich dem Ursprung meines verminderten Konkurrenzdenkens nicht näher auf den Grund gehen wollte.

Gegen Mitte des Rennens verschwand die Sonne am Horizont und die Flutlichter ersetzten die warme, goldene Lichtquelle. Dieser märchenhaften Kulisse aus *tausendundeine Nacht* schenkte jedoch in der heißen Phase des Rennens kaum jemand Beachtung.

Nach fünfundfünfzig Runden überquerten Tom Clark und Dante Di Santo auf Position eins und zwei liegend die Ziellinie und sicherten *Titan Racing* so nicht nur einen Doppelsieg, sondern auch die Teamweltmeisterschaft.

Auf den Tribünen brach die Hölle los. Jubelschreie mischten sich mit Buh-Rufen, als die Fan Lager der beiden Teams einander zu übertönen versuchten.

Das laute Knallen der bunten Feuerwerkskörper, die entlang der Strecke in den Himmel schossen und dort in faszinierenden Formationen explodierten, mischte sich in die ohrenbetäubende Geräuschkulisse und machte es nahezu unmöglich zu verstehen, was genau mir die Teammitglieder zuriefen, die mich herzlich umarmten und mir auf den Rücken klopften.

Ich bahnte mir einen Weg an die Pitwall zu Toni, wo er mit glänzenden Augen und einem breiten Grinsen mit den Ingenieuren abklatschte.

Als er mich entdeckte, zog er mich in eine enge Umarmung, bei der mir glatt die Luft wegblieb. Ich konnte mich keinen Zentimeter rühren und wartete röchelnd darauf, dass er mich losließ, bevor ich wegen mangelnder Sauerstoffzufuhr das Bewusstsein verlor.

»Ich gratuliere dir!«, rief er gegen die lärmende Menge an.

»Und ich gratuliere dir. Fantastische Arbeit!«, schrie ich, als er mich endlich losließ und sich meine Lungen wieder mit Luft gefüllt hatten. »Zehn Minuten feiern, danach Verpflichtungen. Und lauf bitte nicht weg«, mahnte ich ihn.

Er verdrehte gespielt genervt die Augen. »Sklaventreiberin.«

»Ich mache bloß meine Arbeit, Boss«, erwiderte ich augenzwinkernd.

»Genug gearbeitet Kenz, gönn dir mal etwas Spaß.«

»Erst die Arbeit, dann der Spaß. Irgendjemand muss dich ja durch den Abend schleusen oder kommst du alleine klar?« Ich hielt ihm die Liste seiner anstehenden Verpflichtungen an Interviews, Telefonaten,

Debriefs und Ansprachen unter die Nase und er verzog missmutig das Gesicht.

»Gib mir wenigstens fünfzehn Minuten Zeit zum Feiern und trink ein Glas Champagner mit mir. Danach machen wir uns an die Arbeit, versprochen.«

»Deal.«

In der Garage war Skye schon fleißig dabei, Champagner an die jubelnden Mechaniker, Ingenieure und Gäste auszuschenken, während die 1000 PS starken Boliden mit reduzierter Geschwindigkeit und röhrendem Motor in die Boxengasse einbogen und unter dem Podium zum Stehen kamen.

Toni beugte sich nach vorn und klatschte Dante und Tom im Vorbeifahren euphorisch zu. Dante und Tom nahmen ihrerseits eine Hand vom Lenkrad und reckten die Siegerfaust in die Höhe.

»Los, los«, drängte Toni und eilte mit dem Pulk an Teammitgliedern in Richtung Podium. Binnen fünf Sekunden hatte ich ihn aus den Augen verloren.

Typisch.

Toni einzufangen und ihn daran zu hindern, sich in Luft aufzulösen und seine Termine zu schwänzen, gehörte zu meinen Kernaufgaben.

Ich kletterte auf die Mauer der Pitwall und scannte den Pulk nach Toni ab.

Die Fahrer hievten sich auf ihre Wagen, jubelten und rannten anschließend auf die hinter der Absperrung wartenden Teammitglieder zu, um ihnen in die Arme zu fallen und ihnen kumpelhaft auf die Schulter zu klopfen.

Ich entdeckte Riley, die Dante einen Schmatzer auf sein Visier drückte und ihn in die Schulter knuffte.

Und dann entdeckte ich Toni, der etwas abseits des immer größer werdenden Pulks stand und sich mit niemand Geringerem als Cesare Cerutti unterhielt.

Ich versuchte Cesares Stimmung auszumachen, konnte sein Gesicht von hier oben jedoch nicht erkennen, da er mir den Rücken zuwandte.

Der Moderator, der die Podium-Zeremonie ankündigte und Tom, Dante, sowie den drittplatzierten Stefano Velucci von *Racing Rosso* unter tosendem Applaus auf dem Podium willkommen hieß, ließ mich für ein paar Minuten ausblenden, dass ich mich noch heute Abend Cesare stellen und während des Dinners mit ihm reden musste, nachdem ich ihm zuvor so erfolgreich aus dem Weg gegangen war. Ein Gedanke, der meine Nerven ordentlich zum Flattern brachte.

17
CESARE

I ch tigerte in meinem kleinen Büro im Teamhaus auf und ab und schluckte meinen Ärger über die Führungsetage von *Nobili* herunter.

Zumindest versuchte ich es.

Nach der verlorenen Weltmeisterschaft ging mein erster Anruf an die Eigentümer von *Racing Rosso*.

Dass sie nicht begeistert sein würden, war mir vollkommen bewusst, aber ihre überzogene, emotionale Reaktion hatte mich die Augen mehrmals genervt verdrehen lassen.

Vor uns lag eine Menge Arbeit.

Wenn ich die Mentalität im Team ändern und zum Positiven wenden wollte, würde ich mit der Chefetage von *Nobili* beginnen müssen. Ein echtes Mammutprojekt.

Das Klopfen an der Tür ließ mich innehalten. »Ja?«

Francas Kopf erschien im Türspalt. »Kenzie ist hier. Darf ich sie reinschicken?«

Bei der Erwähnung von Kenzies Namen verrauchte mein Ärger schlagartig.

»Natürlich«, nickte ich und heftete meine Augen auf die Tür, durch die Kenzie in diesem Moment trat.

»Franca, schließt du bitte die Tür?«, rief ich, getrieben von dem plötzlichen Wunsch, mit Kenzie allein zu sein.

»Hi«, lächelte ich, als das Klicken der Türklinke mir verriet, dass wir die Welt soeben ausgesperrt hatten.

»Hi«, gab Kenzie mit einem zaghaften Lächeln zurück. »Um ehrlich zu sein, weiß ich nicht recht, was ich sagen soll. *Wie geht es dir*, wäre irgendwie unpassend, oder?«

Meine Mundwinkel zuckten belustigt. »Mir geht es gut. Die Welt ist nicht untergegangen und niemand ist gestorben.«

»Aber ihr habt die WM verloren ...«

»Bloß ein weiterer Rückschlag auf dem Weg zum Erfolg. Mehr nicht. Nächste Saison versuchen wir es wieder. Und wieder. So lange, bis wir euch abhängen.«

»Klingt nach einer klaren Kampfansage«, kicherte Kenzie.

»Das ist es auch. Verlass dich drauf. Genießt euren Triumph, solange ihr die Möglichkeit dazu habt.«

Kenzie hob kapitulierend die Hände. »Bevor wir als Gegner in den Ring steigen, könnten wir eventuell noch einen Abend lang Freunde sein?«

»Ist das ein Angebot?« Meine linke Augenbraue schoss in die Höhe.

»Ähm, gewissermaßen. Aber nicht so, wie du jetzt denkst.«

»Was denke ich denn?«, fragte ich unschuldig und griff nach meinem Laptop.

»Toni lädt alle Teamchefs zu Drinks und einem gemeinsamen Dinner ein. Heute Abend«, überging sie meine Bemerkung. Lediglich ihre zittrigen Finger, mit denen sie sich durch die Haare strich, verrieten ihre Nervosität. »Vielleicht hat Franca das schon erwähnt?«

»Hat sie«, bestätigte ich.

»Und?«

»Was und?« Ich spannte sie absichtlich auf die Folter und machte einen Schritt auf sie zu.

»Kommst du?«

Gemächlichen Schrittes ging ich um sie herum zu dem Regal, das sich hinter ihr befand und verstaute seelenruhig meinen Laptop in der dafür vorgesehenen Tasche.

»Würde es dir denn gefallen, wenn ich *komme*?«, flüsterte ich und bemerkte mit Genugtuung die Gänsehaut, die sich bei meiner zweideutigen Bemerkung auf ihrem Hals ausbreitete.

Mein Gesicht wanderte wie ferngesteuert zu Kenzies mit Gänsehaut bedecktem Hals. Ich konnte nicht widerstehen und knabberte sehnsuchtsvoll daran.

»Nicht«, hauchte sie überwältigt, reckte sich mir jedoch gleichzeitig entgegen.

»Soll ich aufhören?«, murmelte ich zwischen zwei Bissen und bedeckte ihre verführerischen Brüste mit meinen Händen, drückte sie, was Kenzie mit einem erstickten Aufschrei quittierte. »Soll ich aufhören?«, wiederholte ich meine Frage und ließ meine Hand an ihrem Bauch hinab, unter ihren Rock und zwischen ihre Beine gleiten.

»Ich ...«, keuchte sie und verstummte, als meine Finger unter den Saum ihres Höschens glitten und den Eingang zu ihrer feuchten Pforte zu umkreisen begannen.

»Du?«, raunte ich und knetete gierig ihre Brust durch den dünnen Stoff ihrer Bluse.

»Wir dürfen das nicht«, wimmerte sie, als mein Zeigefinger in sie hineinglitt.

Augenblicklich entzog ich ihr meine Hand, was sie mit einem protestierenden Laut kommentierte.

»Du hast recht«, stimmte ich ihr heiser zu und löste mich von ihr.

»Warte!« Sie legte ihre Hand auf die meine und hielt mich davon ab, Abstand zwischen uns zu bringen. »Eine Minute«, bat sie.

»Eine Minute was?«

»Berühr mich noch eine Minute. Bitte.«

»Du verdienst so viel mehr, als eine Minute, Baby.« Ich grub meine Zähne in ihren zarten Nacken. »So. Viel. Mehr. Und ich wünschte, ich wäre derjenige, der dir das geben darf.« Ich drängte sie mit dem Bauch gegen die Wand und rieb mich erregt an ihr, genoss ihre Hitze, gestattete mir schwach zu werden.

Ergab mich ihr.

Für einen winzigen Moment.

Dann riss ich mich zusammen und löste mich schwer atmend von ihr. »Es geht nicht, Kenzie. So sehr ich es will, es geht einfach nicht. Tut mir leid, dass ich es herausgefordert habe. Das war falsch.«

Sie ließ ihre Stirn gegen die Wand sinken und ballte die Hände neben ihrem Kopf zu Fäusten. »Ich wünschte, es wäre anders. Ich wünschte ...«

»... ich wäre nicht der Erzfeind deines Bosses?«

»Ja. Und ich wünschte, du wärst nicht *verheiratet*. Ich schlafe grundsätzlich nicht mit verheirateten Männern.«

Ich atmete tief durch und setzte zu einer Antwort an. »Was letzteres betrifft ...«

»Cesare?« Francas Stimme drang von der anderen Seite der Tür zu uns herein.

Ich sah verärgert über dieses miese Timing an die Decke. »Was gibt's?«, rief ich zurück.

»Es sind jetzt alle da«, informierte sie mich.

»In Ordnung.« An Kenzie gewandt sagte ich, »Danke für die Einladung. Ich werde da sein. Lass Franca die Details zukommen. Und was die Abschlussparty von *Titan Racing* betrifft, ist *Racing Rosso* wie jedes Jahr dazu eingeladen?«

»Ja, aber ...«, begann Kenzie und biss sich ertappt auf die Zunge.

»Aber was?«

»Aber bisher war es *Racing Rosso* Mitarbeitern nie erlaubt dorthin zu gehen.«

»Es gibt für alles ein erstes Mal«, erwiderte ich achselzuckend und ging an ihr vorbei zur Tür. »Sie haben hart gearbeitet. Da haben sie sich ein wenig Abwechslung verdient. Heute Abend sind wir alle einfach nur *Serie del Rey* Enthusiasten. Freunde statt

Feinde. Kollegen statt Konkurrenten. Ab morgen beginnt ein neues Kapitel. Bis dahin sollten wir uns alle mal ein bisschen locker machen und das Leben genießen.«

Kenzie sah mich an, als wäre mir plötzlich ein weiterer Kopf gewachsen.

»Was ist?«

»Nichts«, entgegnete sie kopfschüttelnd. »Alles gut.«

»Wie du meinst. Dann bis später«, verabschiedete ich mich und machte mich auf den Weg zu meinen Mitarbeitern.

Darüber, dass ich in Kenzies Gegenwart schon wieder eine klar definierte Grenze übertreten hatte, wollte ich lieber nicht genauer nachdenken.

18

KENZIE

Cesare ging die Treppe hinunter und blieb auf halbem Weg stehen.

Als ich ihm folgen wollte, hielt mich Franca zurück und deutete mit dem Kinn auf das untere Ende der Treppe. Dort standen dicht an dicht sämtliche Mitglieder von *Racing Rosso* und schauten erwartungsvoll auf Cesare.

Instinktiv trat ich einen Schritt zurück und zog mich dezent aus ihrem Sichtfeld.

»Was tut er da?«, flüsterte ich Franca zu.

»Er hält eine kurze Ansprache. Mehr weiß ich auch nicht«, flüsterte sie zurück.

»Wenn ich in eure Gesichter schaue, sehe ich die verschiedensten Emotionen darin«, eröffnete Cesare den Dialog. »Wut, Trauer, Enttäuschung, Verzagtheit und Erschöpfung. Es steht euch zu, euren Emotionen Luft zu machen. Doch vergesst darüber nicht, was

jeder Einzelne von euch in dieser Saison geleistet hat.
Wir haben es am Ende nicht geschafft, uns in dieser
Saison den Titel und die Krone zu sichern. Aber
nächste Saison wird alles auf Anfang gestellt. Jedes
Team beginnt bei null. Ich würde mir wünschen, dass
wir dann wieder als Team zusammen für unseren
gemeinsamen Traum kämpfen. Bis dahin nutzt die
Zeit, um euch zu erholen, um die Akkus aufzuladen
und um zu reflektieren. Statt euch zu verkriechen,
denkt darüber nach, wo und wie wir uns als Team und
als Individuen verbessern können.«

Einige Teammitglieder begannen zu klatschen,
doch Cesare hob die Hand und brachte sie zum
Schweigen.

»*Titan Racing* hat den Titel verdient gewonnen.
Zum Saisonabschluss veranstalten sie heute Abend
eine Party, zu der sie jeden von euch eingeladen haben.
Ich weiß, dass es in der Vergangenheit von der *Racing
Rosso* Führungsetage nicht gern gesehen wurde, dass
ihr an dieser Party teilnehmt und ihr gebeten wurdet,
euch von der Feier fernzuhalten. Diese Auffassung teile
ich nicht. Wer also zu der Party gehen möchte, um
Titan Racing zu gratulieren, um zu feiern, um Spaß zu
haben oder um seine Enttäuschung auf Kosten von
Titan Racing in Alkohol zu ertränken, der soll genau das
tun. Uns alle verbindet letztendlich die Leidenschaft
zum Motorsport. Also lasst uns für einen Abend
vergessen, dass wir Konkurrenten sind und einfach nur
das Leben genießen.«

Franca lächelte verliebt, was meine Laune erheblich verschlechterte.

»Ist er nicht toll?«, schwärmte sie, wobei sie regelrecht schreien musste, um den Applaus und die zustimmenden Pfiffe und Rufe zu übertönen. »Sexy, charismatisch, intelligent und verständnisvoll. Ein absoluter Traummann.«

Ich rang mir eine halbherzige Zustimmung ab und winkte Franca zu. Dann stieg ich die Treppe hinunter, auf der Cesare soeben seine Ansprache gehalten hatte und bahnte mir einen Weg durch die Menge zum Ausgang des *Racing Rosso* Teamhauses.

Cesare war in der Menge verschwunden, wofür ich ausgesprochen dankbar war. Denn seine entschiedene, selbstsichere und aufbauende Ansprache sorgte dafür, dass ich ihn in sein Büro zerren und dort anknüpfen wollte, wo wir vorher aufgehört hatten: Bei seinen geschickten Fingern, die meine Brüste kneteten und meinen erhitzten Eingang zärtlich umkreisten.

Ich flüchtete mich in mein Büro, das ich mir mit der Marketing- und Kommunikationsabteilung teilte und warf eilig die Tür ins Schloss. Mit rasselndem Atem tastete ich mein glühend heißes Gesicht ab. Meine Finger wanderten zu meinem Hals und zu den Stellen, von denen sich Cesare vor ein paar Minuten so ausgehungert bedient hatte.

Oh Gott, ich wollte diesen Mann so sehr.

Und das, obwohl er unser stärkster Konkurrent und noch dazu verheiratet war. Was sagte das über meinen Charakter aus?

Definitiv nichts Gutes.

Enttäuscht von mir selbst, machte ich mich an die

ausstehende Arbeit, um die Gedanken an Cesare Cerutti und dessen verbotene Küsse zu vergessen.

Mit unterirdischem Erfolg.

Von der Strecke eilte ich in das Teamhotel, um mich in Rekordgeschwindigkeit zu duschen, notdürftig zu schminken und mir ein Kleid überzuwerfen, das sowohl für die Drinks, als auch für das darauffolgende Dinner durchging.

Mit feuchten Haaren brauste ich zu dem exklusiven, abseits gelegenen Restaurant, in dem Toni die anderen Teamchefs empfangen würde. Das weitläufige Gelände bot jede Menge Privatsphäre. Dank den milden Temperaturen würde die intime Veranstaltung wie immer draußen mit Blick auf den angrenzenden, beleuchteten Golfplatz stattfinden.

Da wir in den letzten Jahren stets dasselbe Event dort veranstaltet hatten, ging ich davon aus, dass das Personal wusste, was zu tun war und ich mich auf sie verlassen konnte. Und tatsächlich war bei meiner Ankunft alles an Ort und Stelle, was mich ungemein erleichterte. Weil das Rennen in Abu Dhabi jedes Jahr wegen der hohen Temperaturen erst am frühen Abend losging, blieb nach Ende des Rennens und den daran anknüpfenden Verpflichtungen kaum Zeit, alles für die Ankunft der zehn Teambosse zu organisieren.

Umso mehr beruhigte mich das Wissen, dass die

Mitarbeiter des Restaurants genau wussten, was ich von ihnen erwartete und mich nie enttäuschten.

Zwanzig Minuten darauf traf Toni als Erster ein. Genauso gehörte sich das für einen guten Gastgeber, weswegen ich ihm absichtlich eine falsche, frühere Uhrzeit genannt hatte. Natürlich verspätete sich Toni trotzdem, wie so oft, was unter dem Strich bedeutete, dass er eine Viertelstunde vor allen anderen Teamchefs eintraf. Auch diese Eventualität hatte ich miteinkalkuliert. Zurecht, wie sich nun zeigte.

Da er sich aufgrund der gewonnenen Meisterschaft in Hochstimmung befand, nörgelte er ausnahmsweise nicht einmal rum, dass er länger als eine Minute warten musste.

Kurz nach seiner Ankunft trafen drei weitere Teamchefs ein und gratulierten Toni überschwänglich.

Mit jedem Teamboss, der sich präsentierte, wurde ich nervöser. Denn Cesare war bisher nicht aufgetaucht.

Würde er womöglich doch nicht kommen?

Wünschte ich mir, dass er kam? Oder dass er wegblieb?

Bevor ich zu einem Entschluss gelangen konnte, fuhr bereits ein luxuriöser Wagen von *Nobili* vor. Der Fahrer lief um die Limousine herum und öffnete die hintere Tür.

Dem eleganten Traumauto entstieg ein höllisch attraktiver Italiener, dessen selbstbewusstes Auftreten mein Herz ordentlich zum Stolpern brachte.

»Hi«, presste ich mühsam hervor, als Cesare im weißen, legeren Leinenhemd und mit zerschlissenen

Bluejeans vor mir zum Stehen kam und mir ein umwerfendes Lächeln schenkte.

Sein männlicher Duft nach Tabak, Leder, Kiefer und einem Hauch Oudh vernebelte mir auf gefährliche Art und Weise die Sinne. Instinktiv trat ich einen großen Schritt zurück.

»Hast du Angst vor mir?«, flüsterte er und schloss die Lücke zwischen uns.

»Nein. Aber ich habe Angst vor mir«, gestand ich.

»Angst vor dir? Warum?«

»Weil ich in deiner Gegenwart schwach werde. Und es gibt sehr viele gute Gründe, die genau das verbieten«, zischte ich. »Jetzt geh schon. Bis auf den Teamchef von *Sun Chaser* sind bereits alle eingetroffen.«

Der Blick mit dem mich Cesare bedachte, ließ mich erneut zurückweichen. Dieses Mal gleich drei Schritte.

»Kenzie ...«, setzte er an.

»Nein, Cesare. Was auch immer du dazu zu sagen hast, ich will es nicht hören. Wir müssen damit aufhören. Sofort.«

»Eigentlich wollte ich dir bloß sagen, dass du wunderschön in diesem Kleid aussiehst.«

Er streckte seine Hand nach mir aus und fuhr mit dem Daumen bedauernd über meine Wange. Dann ging er ohne ein weiteres Wort an mir vorbei und hüllte mich in die aphrodisierende Duftwolke, die meinen Verstand auf Autopiloten schalten ließ.

Nachdem auch der Teamchef von *Sun Chaser* eingetroffen war, vergewisserte ich mich ein letztes Mal, dass die zehn Oberbosse alles hatten, was sie brauchten. Danach zog ich mich dezent zurück, um ihnen ihre Privatsphäre zu gönnen.

Riley schickte mir Fotos von Dante und ihr auf unserer Teamparty, zu der ich gegebenenfalls später dazu stoßen würde.

Auch Allegra und Byron schienen sich prächtig zu amüsieren, genauso wie Skye.

Lediglich Dakota wirkte auf den Fotos reichlich grüblerisch und abwesend, was mich daran erinnerte, dass ich unbedingt mit ihr reden musste. Mir fehlte lediglich die Gelegenheit. Toni hatte mich darüber in Kenntnis gesetzt, dass Grayson Parker, der CEO von *Parker Resorts & Spas*, Dakota erneut nach Las Vegas einfliegen ließ, um weitere Details des kürzlich abgeschlossenen Sponsorendeals mit ihr zu besprechen. Mir kam das äußerst komisch vor. Aber vielleicht sah ich bloß Geister, wo keine waren.

Ich suchte mir ein Plätzchen auf einer Holzbank, die verborgen zwischen dschungelartigen Topfpflanzen mit Aussicht auf die beleuchtete Grasfläche des großflächigen Golfplatzes in einiger Entfernung stand. Zufrieden mit meinem Versteck, ließ ich mich darauf nieder, um mir nach dem nervenaufreibenden Tag eine ausgiebige Verschnaufpause zu gönnen. Dabei vermied ich es tunlichst, näher über den Zwischenfall in Cesares Büro nachzudenken. Ärgerlicherweise übte diese Erinnerung jedoch eine magnetartige Wirkung auf meine Gedanken aus und ließ mich einfach nicht mehr los.

Warum ich mich ausgerechnet zu diesem Mann hingezogen fühlte - ich verstand es nicht.

Na gut, um ehrlich zu sein, könnten sein übertrieben attraktives Erscheinungsbild, seine machtvolle Aura, sein gewinnendes Lächeln und seine herzliche, einnehmende Art etwas damit zu tun haben. Möglicherweise auch sein geschickter Mund, der lebensgefährliche Stromstöße in meine Mitte sandte, wenn er sich hungrig an mir verging. Und seine Finger, die genau wussten, wie sie meine Perle reiben mussten, um mich in den Wahnsinn zu treiben.

»Heilige Scheiße, warum muss es ausgerechnet der verheiratete Teamchef von *Racing Rosso* sein«, stöhnte ich gequält auf, als die Hitzewallungen mich erneut überfielen und meine Lust mich zu übermannen drohte.

»Warum muss es ausgerechnet die PA des Teamchefs von *Titan Racing* sein? Das ist die Frage, die *ich mir* Tag und Nacht stelle. Vielleicht könnten wir zusammen eine Antwort darauf finden?«

Ich wirbelte herum und entdeckte Cesare, dessen Augen mich an einen herbstlichen Ozeansturm erinnerten und die mich förmlich mit ihrem gierigen Glanz verschlangen.

»Darf ich mich zu dir setzen, Kenzie?«

19

CESARE

Sie wirkte sichtlich erschrocken, mich so unverhofft in ihrem gut gewählten Versteck vorzufinden. Auf der Suche nach meinem ganz eigenen Zufluchtsort war ich auf die abgelegene Bank inmitten eines Pflanzenmeers mit Blick auf den weitläufigen Golfplatz gestoßen und hatte mit einer Mischung aus Freude und Beunruhigung festgestellt, dass auch Kenzie diesen Platz für ein gutes Versteck hielt.

»Bist du nicht bei den anderen? Seid ihr schon fertig?« Sie erhob sich hastig, doch ich signalisierte ihr sitzen zu bleiben und ließ mich neben ihr nieder.

»Alles ist wunderbar, Kenzie. Ich brauchte nur mal eine Verschnaufpause.«

»Geht mir genauso«, murmelte sie und nestelte an dem Träger ihres Kleides.

»Kenzie«, begann ich. »Ich weiß, du willst das

nicht hören, aber mir ist es wichtig, dass du keine falsche Meinung von mir hast. Ich bin verheiratet, ja, aber ich habe mich vor einem halben Jahr von meiner Frau getrennt. Um ehrlich zu sein, war das seit Jahren überfällig. Ich habe es bloß immer wieder aufgeschoben.«

Sie hob den Kopf und schaute mich aus ihren blauen Augen, die den meinen so sehr ähnelten, hoffnungsvoll an.

»Ihr seid nicht mehr zusammen?«

Ich schüttelte den Kopf. »Nein, sind wir nicht. Wir wohnen nicht mehr zusammen, wir schlafen nicht mehr miteinander und wir haben auch sonst kaum Kontakt.«

Sie atmete erleichtert aus. »Das ist gut zu wissen. Dann fühle ich mich nach dem, was wir getan haben, nicht mehr ganz so schlecht. Doch schlussendlich ändert es nichts.«

»Ja«, seufzte ich resigniert, »Ich weiß.«

»Wieso hast du dich von deiner Frau getrennt?«

Ich presste die Lippen nachdenklich aufeinander und dachte über meine Antwort nach. »Unsere Ehe wurde in gewisser Weise von unseren Familien arrangiert. Ich habe das akzeptiert, weil ich Fiona, meine Frau, schon seit Kindertagen kenne und immer gut mit ihr auskam.«

»Du als Mann hast eine Frau geheiratet, die du nicht liebst? In die du nicht einmal verliebst warst? Warum? Ich kenne das nur andersherum.« Kenzie zog die Nase kraus und musterte mich ungläubig.

»Ich habe geglaubt, dass mit der Zeit aus unserer

Freundschaft Liebe wird. Fiona ist nett, intelligent und hübsch. Die besten Voraussetzungen für eine glückliche Beziehung.«

»Ist die Freundschaft zu Liebe geworden?«

»Nein.« Ich ließ zischend die Luft aus meinen Lungen entweichen. »Keine Liebe. Zumindest bei mir. Bei ihr schon. Jedenfalls glaubt sie das.«

»Im Internet steht, dass du seit neun Jahren verheiratet bist. Selbst wenn du seit einem halben Jahr getrennt lebst, wieso hast du über acht Jahre in einer Ehe ohne Liebe ausgeharrt?«

Ich lehnte mich auf der Bank zurück und blickte hinauf in den schwarzen Nachthimmel.

Dieselbe Frage hatte ich mir schon so oft gestellt. Eine wirklich plausible Antwort darauf gab es nicht.

»Ich denke, dass es verschiedenen Umständen geschuldet ist. Ich wollte meine Familie nicht enttäuschen. Und Fiona ebenfalls nicht. Ich wollte so sehr, dass es funktioniert, dass ich lange Zeit selbst an die Lügen geglaubt habe, die ich allen aufgetischt habe.«

»Welche Lügen?«

»Dass ich glücklich und zufrieden in meiner Ehe bin.«

»Hast du sie betrogen? Fiona, meine ich?«

»Nein, nie.«

»Du hast also achteinhalb Jahre lang mit keiner anderen Frau geschlafen?«

»Über neun Jahre, wenn man die Zeit vor unserer Ehe mit dazurechnet.«

»Neun Jahre Sex ohne Liebe, immer mit ein und derselben Frau? Wie geht das?«

»Keine Ahnung. Es geht. Irgendwie. Irgendwann wird es eine Routine, die du abarbeitest, ohne groß darüber nachzudenken.«

»Das klingt furchtbar.«

»Im Nachhinein betrachtet, ja. Wenn du dich mittendrin befindest, prallt es mit der Zeit an dir ab. Du akzeptierst es. Ich meine, letztendlich hatte ich eine hübsche Frau, die mich anziehend und begehrenswert fand. Da gibt es weitaus Schlimmeres. Dass Männer mit Sex ohne Liebe in der Regel weniger Probleme haben als Frauen, ist kein Geheimnis. Allerdings handelt es sich dabei meist um zeitlich begrenzte Affären. Wenn du das jahrelang fortführst, stumpfst du mit der Zeit ab. Du fühlst dich einsam, obwohl du es eigentlich gar nicht bist.«

»Warum hast du dich nicht schon früher getrennt? Warum hast du dich lieber jahrelang allein und einsam gefühlt?«

»Ich weiß es nicht. Das klingt jetzt wahrscheinlich abgedroschen, aber manchmal lässt sich das Leben gut mit einer Zugfahrt vergleichen. Du steigst ein, der Zug fährt los, du siehst aus dem Fenster, machst es dir gemütlich und verpasst darüber deinen Zielbahnhof. Statt am nächsten Bahnhof auszusteigen, um nach einem Weg zu suchen, dein eigentliches Ziel doch noch zu erreichen, fährst du einfach immer weiter. Warum? Weil es so bequemer ist und weil du nicht weißt, was dich an einem fremden Bahnhof erwartet und ob du dein verpasstes Ziel von dort aus jemals erreichen wirst.«

»Du fährst also immer weiter, ohne je anzukommen«, kommentierte Kenzie.

»So könnte man es ausdrücken, ja. Du bleibst in deiner sicheren Komfortzone, in der du dich auskennst und bei der du weißt, was dich erwartet. Es ist weder aufregend noch erfüllend, aber es ist einfach und unkompliziert.«

»Wieso bist du dann nach fast neun Jahren doch aus dem Zug ausgestiegen?«

»Fiona wollte ein Kind mit mir«, antwortete ich knapp.

»Oh.« Kenzie sah auf ihre Hände und schwieg.

Eine Weile saßen wir stumm nebeneinander und hingen unseren Gedanken nach. Zwei Menschen auf einer Bank im Mondschein, die sich, umhüllt von der schützenden Dunkelheit der Nacht, ihre intimsten Geheimnisse offenbarten.

»Willst du keine Kinder?«, fragte Kenzie nach einer Weile.

»Nicht mit einer Frau, die ich nicht liebe, nein.«

»Infolgedessen hast du dich also getrennt? Das war der Auslöser?«

»Ich wollte nicht, dass Fiona wegen mir auf ihren Kinderwunsch verzichten muss. Sie verdient es, aufrichtig von jemandem geliebt zu werden. Dass ich sie respektiere, ihr treu bin, sie beschütze und sie gut behandele, reicht schlichtweg nicht. Und ich werde mir nie verzeihen, dass ich mir das nicht schon viel früher eingestanden habe. Nicht bloß, weil *ich* all die Jahre unglücklich war, sondern weil *sie wegen mir* all die Jahre auf wahre Liebe verzichten musste.«

»Sei nicht so hart zu dir, Cesare. Wenn es für sie so furchtbar gewesen wäre, hätte sie sich längst von dir getrennt, nicht wahr?«

»Fiona liebt mich, Kenzie. Sie hat all die Jahre gehofft, dass sie meine Liebe gewinnen kann, wenn sie sich nur genug anstrengt.«

»Aber Liebe kann man sich nicht erarbeiten. Sie ist entweder da oder eben nicht.«

»Meistens, ja. Doch manchmal wächst Liebe mit der Zeit. Darauf hat Fiona gebaut.«

Kenzie legte ihre Hand auf die meine und drückte sie sanft. »Tut mir leid.«

In ihrer Stimme lag so viel Mitgefühl und Verständnis, dass ich schlucken musste, um den Gewittersturm an Gefühlen, der in mir tobte, unter Verschluss zu halten.

Wieso musste mir eine so sinnliche, loyale und gutherzige Frau wie Kenzie gerade jetzt begegnen? Jetzt, wo ich beruflich enorm unter Druck stand und mich privat vor dem Scherbenhaufen meiner Ehe befand.

Und wieso musste dieses süße, entzückende Wesen ausgerechnet für die Konkurrenz arbeiten?

»Ich wünschte, wir hätten uns zu einem anderen Zeitpunkt in unserem Leben und unter anderen Umständen kennengelernt«, sprach Kenzie das aus, was ich dachte.

»Ja, ich auch«, seufzte ich bedauernd und wandte mich ihr zu.

Sie hob den Kopf und gewährte mir einen tiefen Einblick in ihre Gefühlswelt, die ebenso Kopf stand, wie die meine.

Ich konnte in ihren Augen lesen, dass unsere leidenschaftliche Begegnung auch in ihr eine unerklärliche, übermächtige Sehnsucht ausgelöst hatte.

»Ein letzter Kuss?«, wisperte sie atemlos und befeuchtete mit der Zungenspitze ihre vollen, roten Lippen. »Zum Abschied?«

»Ich hasse Abschiede«, flüsterte ich und fuhr mit dem Zeigefinger die Konturen von Kenzies geschwungenen Lippen nach.

»Ich auch.« Sie öffnete leicht ihre Lippen, sodass mein Zeigefinger in ihren heißen Mund glitt.

»Was tust du?«, krächzte ich, als sie ihre Lippen um meinen Zeigefinger schloss und daran zu saugen begann. »Oh Gott, ja«, entfuhr mir ein primitives Stöhnen, als ich mir vorstellte, dass mein Schwanz meinen Finger in Kenzies Mund ersetzte.

Ich beugte mich vor und entzog ihr meinen Finger, erstickte ihren protestierenden Laut mit meinem hungrigen Mund, der sich gierig auf ihre Lippen legte. Ungeduldig forderte meine Zunge Einlass, den sie mir keuchend gewährte.

Kenzies Finger krallten sich in meine Schultern, eine stumme Aufforderung, ihr mehr zu geben. Ich zog sie auf meinen Schoß, um meinen Kuss zu vertiefen und ihrer Bitte nachzukommen. Die glückseligen Laute, die sie von sich gab, schossen direkt in meine Lenden. Ihre Hände wanderten von meinen Schultern meinen Hals entlang zu meinen Haaren, zogen daran und dirigierten mich zu ihrem nackten Hals.

»Beiß mich«, verlangte sie mit bebender Stimme.
»Wie in deinem Büro.«

»*Holy Shit*, Baby, sag nicht solche dreckigen Sachen zu mir«, bat ich und ließ meine Nase an ihrem Hals entlang gleiten.

»Warum nicht?«

»Weil ich dich sonst auf alle erdenklichen Arten ficken will«, raunte ich und biss in Kenzies Hals, um ihr den verruchten Wunsch zu erfüllen.

»Cesare«, schrie sie heiser und erschauderte.

Meine zuckersüße Kenzie stand also auf derben *Dirty Talk*. Sehr gut.

Weniger gut, dass wir unsere Fantasien zusammen auslebten.

Aber den *Point of no return* hatten wir längst überschritten.

Keiner von uns erinnerte sich daran, wo wir uns befanden und dass wir das hier nicht tun durften.

Da war nichts in unseren Köpfen.

Nichts außer Lust, Verlangen und Sehnsucht. Nichts außer das überwältigende Bedürfnis, einander zu spüren, einander nahe zu sein.

Kenzie reckte ihren Hals, bog sich mir entgegen und wimmerte unter den unzüchtigen Bissen, die ich darauf verteilte.

Meine Hände wanderten zu ihren Hüften, pressten sie gegen meinen pochenden Ständer, der durch die geschlossene Hose an ihre Mitte drückte.

Sie begann, mich aufreizend zu reiten und schob ihr Kleid über die Oberschenkel nach oben. Eine unmissverständliche Aufforderung, die mein Herz bedeutend schneller schlagen ließ.

Ich öffnete mit gekonnten Griffen Knopf und Reißverschluss meiner Jeans. Kenzie griff zielstrebig nach meinem Schwanz und zog ihn aus der Öffnung der Boxershorts.

Bist du dir sicher, wollte ich fragen.

Zu spät.

Meine Frage blieb mir im Halse stecken. Denn Kenzie hatte sich bereits ihr Höschen zur Seite geschoben und ließ sich mit einem erlösenden Schluchzen auf meinem Schwanz nieder.

»Fuck, Baby«, stöhnte ich und biss die Zähne zusammen, um nicht auf der Stelle lautstark fluchend zu kommen.

Kenzie begann, sich auf mir zu bewegen. Sie gab sich keinerlei Zeit, um sich an meine Größe zu gewöhnen. Sie übernahm sofort das Kommando und ritt mich wild, stürmisch und vollkommen ausgehungert.

Meine Zähne gruben sich in ihr empfindsames Fleisch, während sich meine Hände unter den Saum ihres Kleides stahlen und provozierend ihre Perle umkreisten.

»Cesare«, hauchte sie verloren. Eine einzelne Träne rollte aus ihrem rechten Augenwinkel ihre mit Sommersprossen gesprenkelte Wange hinab.

»Nimm es dir, Baby. Fick mich und nimm es dir«, flüsterte ich beruhigend und erhöhte den Druck auf ihre Scham.

Bei dem Gefühl ihrer engen, nassen Pussy, die meinen Schwanz ausquetschte und dem Anblick ihrer langen, roten Haare, die ihr gerötetes, zutiefst erregtes Gesicht umrahmten, konnte ich meinen Orgasmus nur mühsam unterdrücken.

Ihre vollen, lieblichen Lippen waren vor Erregung geöffnet. Ihre lustverschleierten Augen halb geschlossen. Das hier war heiß. So verflucht heiß. Zu heiß.

Ich spürte, wie sich mein Orgasmus zusammenbraute und biss viel zu fest in Kenzies zarte Grube zwischen Schulter und Hals, um meinen rohen Höhepunkt nicht ungezügelt in die Nacht hinauszuschreien.

Kenzie schrie schmerzvoll auf und explodierte noch im selben Moment.

Sie bog ihren Rücken durch, rammte ihre Hüften auf meinen Schwanz und stöhnte ihren Orgasmus schamlos in die Dunkelheit.

Mit meiner freien Hand bedeckte ich ihren Mund, um ihre verräterischen Schreie zu ersticken und erschauderte bei dem Wissen, dass allein mein Schwanz für diese sündhaften, ekstatischen Laute verantwortlich war.

20

KENZIE

»Ich hätte nach dem zehnten Shot aufhören sollen. Warum hast du mich nicht aufgehalten?« Toni rieb sich mit schmerzverzerrtem Gesicht die Schläfen und nahm dankend die Kopfschmerztablette entgegen, die ich ihm hinhielt.

Tja, warum hatte ich ihn nicht daran gehindert, sich mit den anderen Teamchefs bis an den Rand der Besinnungslosigkeit zu betrinken?

Mal überlegen ...

Vielleicht weil ich zu beschäftigt damit war, einen dieser besagten Teamchefs zu vögeln?

Bei der Erinnerung daran, dass ich Cesare so schamlos bestiegen und geritten hatte, bekam ich auch ganz ohne Alkohol unsägliche Kopfschmerzen.

Verdammt noch mal, Kenzie, schalt ich mich. *Was hast du nur getan?*

Schlimm genug, dass ich wider besseres Wissen

mit dem gefährlichsten Konkurrenten meines Bosses geschlafen hatte. Dass ich das Ganze auch noch ungeschützt getan hatte, ließ mich vor Wut zittern.

Zwar nahm ich die Pille und Cesare versicherte mir, nachdem wir uns voneinander lösten, dass er außer mit Fiona, mit der er seit über einem halben Jahr nicht mehr geschlafen hatte, nie ohne Kondom mit einer Frau verkehrte, doch das entschuldigte mein kopfloses Verhalten nicht im Geringsten.

Ich benahm mich in Cesares Gegenwart dermaßen hirnlos und notgeil, dass ich ernsthaft an mir zweifelte.

Wieso setzte ich wegen diesem Mann alles aufs Spiel?

Zugegeben, Cesare war in meinen Augen irrsinnig scharf und sein Schwanz unerhört befriedigend, aber trotzdem ... *kein Grund*, sich mit dem Feind einzulassen.

»Ich sage dem Piloten, dass wir startklar sind«, informierte ich Toni und bahnte mir einen Weg durch den schicken Privatjet hin zum Cockpit.

»Wir sind aber nicht startklar«, hustete Toni und hielt sich den pochenden Kopf. »Cesare fehlt noch.«

Ich erstarrte mitten in der Bewegung. Meine Beine wackelten verdächtig und drohten nachzugeben.

»Cesare?«, rief ich mit schriller Stimme, sodass Toni sich hinter mir in seinem Sitz mit schmerzverzerrtem Gesicht die Ohren zuhielt.

»Schrei doch nicht so«, brummte er verärgert. »Ich bin vielleicht alt, aber nicht schwerhörig.«

»Entschuldige. Wieso fliegt Cesare mit uns?«, fragte ich bemüht desinteressiert.

»Weil er seinen Flug heute Morgen verpasst hat.«

»Wie das?« Hellhörig spitzte ich die Ohren.

»Zu tief ins Glas geschaut. Er war gestern eine Weile verschwunden und als er wiederkam, hatte er einiges aufzuholen. Die anderen haben ihn regelrecht abgefüllt.«

»Die anderen?« Ich verschränkte wissend die Arme vor der Brust.

»Na gut. Möglicherweise habe ich ihn auch dazu genötigt, das eine oder andere Glas zu trinken«, gab Toni zähneknirschend zu.

»Und jetzt hat dich dein schlechtes Gewissen gepackt und du hast ihm einen Platz in deinem Jet angeboten?« Mit einer Mischung aus Unbehagen und Belustigung musterte ich Toni.

»So ungefähr, ja.«

»Wieso ist das Abendessen überhaupt dermaßen aus dem Ruder gelaufen?«, wollte ich wissen.

»Schätze wir wollten nach dieser langen, zermürbenden Saison einfach mal alle ordentlich auf den Putz hauen«, erwiderte Toni schulterzuckend. »Wärst du dageblieben, statt zur Teamparty zu fahren, hättest du dich bestimmt prächtig amüsiert.«

Prächtig amüsiert hatte ich mich auf Tonis kleiner Feier definitiv.

Und wie ...

Wenn Toni wüsste.

Nicht auszudenken.

Nach unserem spontanen Stelldichein auf der Bank, hatten Cesare und ich uns vor Scham kaum in die Augen schauen können.

Er war zu dem Abendessen zurückgekehrt und nach einer Weile stieß auch ich dazu, um mich noch einmal bei Toni zu vergewissern, dass er alles hatte, was er benötigte, bevor ich mich verabschiedete und zu unserer Teamparty fuhr.

Für gewöhnlich blieb ich bei Toni bis seine Verpflichtungen endeten, doch am letzten Abend in Abu Dhabi bestand er in jedem Jahr darauf, dass ich mir frei nahm und mich mit meinen Freundinnen vergnügte.

So auch gestern.

Als ich zehn Minuten nach Cesare zu dem Dinner zurückkehrte, scheuchte mich Toni, bereits sichtlich angetrunken, förmlich davon.

Ich hatte es vermieden, Cesare anzusehen, oder auch nur in seine Richtung zu schauen und war unsagbar dankbar über Tonis Angebot eilig davongebraust.

Für ein paar Stunden war es mir gelungen, vor Cesare zu flüchten.

Aber jetzt ...

Wie sollte ich ihm nach unserem hemmungslosen Fick gestern Abend bloß in die Augen sehen, geschweige denn eine zivilisierte Unterhaltung mit ihm führen?

Entweder würde ich vor Scham im Erdboden versinken, oder vor unbändiger Leidenschaft ein weiteres Mal über ihn herfallen.

Keine dieser beiden Möglichkeiten schien mir angebracht.

»Wir überlegen, uns nächste Saison öfter einen Jet zu teilen«, fuhr Toni fort.

»Seid ihr zwei jetzt auf einmal Freunde, oder was?« Ich legte den Kopf schief und kniff argwöhnisch die Augen zusammen.

»Natürlich nicht. Aber man muss seine Feinde im Auge behalten. Du kennst doch den Spruch: Halte deine Freunde nah bei dir, aber deine Feinde noch näher.«

»Und wieso warst du dann mit Enrico nie so dicke?«, bohrte ich weiter. »Warum hast du Enrico nicht mit derselben Intensität studiert, die du bei Cesare an den Tag legst?«

»Weil ich glaube, dass Cesare weitaus gefährlicher ist, als Enrico es jemals war. Der Kerl hat ordentlich was auf dem Kasten und die Leute mögen ihn.«

»Und jetzt hast du Angst, dass er dir den Rang als beliebtester Teamchef abläuft?« Die kleine Stichelei konnte ich mir beim besten Willen nicht verkneifen.

»So eitel bin ich nicht.«

»Und ob du das bist.«

»Hallo? Wie redest du denn mit mir? Ich bin dein Boss!«

Toni zog eine beleidigte Schnute. Aber ich wusste, dass ihm unsere Wortgefechte insgeheim gefielen und er es schätzte, dass ich ihn, wenn nötig, davor bewahrte, abzuheben.

»Das fällt dir immer dann ein, wenn ich dir die Wahrheit sage und sie dir nicht gefällt. Soll ich lügen? Ist dir das lieber?«

»Du bist die einzige Person, die stets ehrlich zu mir

ist, Kenz«, seufzte Toni. »Selbst meine Frau ist nicht so ehrlich, wie du es bist.«

Autsch.

Ich zuckte ertappt zusammen.

Bis vor knapp einem Monat hätte er mit dieser Aussage voll ins Schwarze getroffen, doch seitdem Cesare in mein Leben getreten war, häuften sich die Notlügen, die ich Toni gezwungenermaßen auftischen musste.

So konnte und durfte es nicht weitergehen. Sonst würde mein Kartenhaus aus Lügen früher oder später in sich zusammenfallen und ernsthaften Schaden anrichten.

Zum Glück hatten wir uns gestern Abend ein für alle Mal voneinander verabschiedet, auch wenn unser Abschiedskuss vollkommen ausgeartet war und Cesares Lippen eher nach ewigem Verderben, statt nach endgültigem Abschied geschmeckt hatten.

Bei der Erinnerung an unseren verbotenen Sex und meinen erlösenden Orgasmus stieg mir schlagartig die Hitze ins Gesicht.

»Hab ich was Falsches gesagt?«, erkundigte sich Toni und kramte nach einem Taschentuch.

»Warum?«

»Weil dein Gesicht knallrot angelaufen ist. Womit habe ich dich jetzt schon wieder geärgert?«

»Nichts. Alles gut. Ich war mit den Gedanken bloß woanders.«

»Ach ja? Wo denn?«

»Nicht weiter wichtig.«

»Wenn sich dein Gesicht in eine rote Tomate

verwandelt, handelt es sich entweder um etwas extrem Peinliches, um etwas furchtbar Schlimmes oder um etwas verflixt Geiles«, bohrte Toni tiefer, während er mich mit seinem wachsamen Blick gnadenlos festnagelte.

»Irgendwie eine Mischung aus all diesen Dingen«, entgegnete ich resigniert und hielt mir kühlend den Handrücken gegen die heißen Wangen.

»Na *die* Geschichte will ich hören. Da steckt doch sicher ein Mann dahinter.« Toni beugte sich interessiert vor.

»In deinem Zustand solltest du viel Wasser trinken und schlafen. Diese Geschichte erzähle ich dir ein anderes Mal«, versuchte ich meinen Kopf aus der Schlinge zu ziehen. »Vielleicht.«

»Ach komm schon, Kenz. Raus damit. «

Die Schritte im vorderen Teil des Jets unterbrachen Tonis Inquisition und ließen mich erleichtert aufatmen.

»Guten Morgen, beziehungsweise wohl eher guten Mittag, Cesare. Du kommst genau rechtzeitig. Ich war gerade dabei, Kenzie eine überaus spannende Geschichte über ihr Liebesleben zu entlocken.«

21

CESARE

Bei Tonis süffisantem Grinsen schnellte mein Blick zu Kenzie, deren Gesichtszüge in einem Anflug von Panik entgleisten.

»Ich glaube nach der kurzen Nacht brauche ich erst mal einen Kaffee«, versuchte ich Kenzie zur Hilfe zu eilen. »Nimmst du auch einen, Toni?«

»Ich verabschiede mich ins Land der Träume, sobald wir abheben. Da wäre ein Kaffee kontraproduktiv.«

»Ich hole dir deinen Kaffee«, beeilte sich Kenzie zu sagen und hastete davon, bevor Toni das unrühmliche Gesprächsthema wieder aufgreifen konnte.

Wusste er von uns?

Hatte uns jemand bei unserem sensationellen Quickie auf der Bank beobachtet?

Ich setzte mein Pokerface auf und ließ mich Toni gegenüber auf dem Lounge-Sessel nieder.

»Danke nochmal, dass ich mit nach Italien zurück-fliegen kann.«

»Kein Problem«, grunzte Toni.

Er schaute aus dem Fenster und schwieg.

Ich tat es ihm gleich.

»Hier ist dein Kaffee, Cesare. Habe ich mich eben verhört, oder seid Toni und du jetzt auch per *Du*?«, lächelte sie nun deutlich gefasster.

»Ich glaube, dass er es mir irgendwann zwischen dem sechsten und dem zehnten Tequila Shot ange-boten hat«, schnaubte ich, was Toni ein Grinsen entlockte und Kenzie ungläubig den Kopf schütteln ließ.

»Sind jetzt alle an Bord? Dann sage ich Bescheid, dass wir los können.«

Toni nickte. »Tu das. Es kann losgehen.«

Kurz darauf wurden die Türen verriegelt und die Maschine rollte in Richtung Startbahn.

Kenzie bahnte sich einen Weg zurück zu uns und nahm auf einer weißen Ledercouch hinter uns Platz.

Toni konnte sie so nicht sehen und demnach nicht in ein Gespräch verwickeln, aber da ich Toni gegen-übersaß und den hinteren Teil des Jets überblickte, saß Kenzie genau in meinem Sichtfeld.

Ich sog ihren Anblick gierig in mich auf. Nach unserem Spiel mit dem Feuer in der letzten Nacht war ich süchtig.

Süchtig nach ihr. Berauscht von Lust. Beschwipst vor Glück.

Keine Ahnung, ob ich mich schon jemals so gut und so glücklich gefühlt hatte, wie in diesen intimen, wert-

vollen Minuten mit Kenzie. In diesen intimen, wertvollen Minuten, in denen unsere Körper miteinander
verbunden und unsere Seelen ineinander verschlungen
waren.

Mein Orgasmus hatte mich bis ins Mark erschüt-
tert. Jede Millisekunde dieses fulminanten Sturms der
Leidenschaft würde mich bis in alle Ewigkeit in
meinen Träumen heimsuchen. So wie gestern Nacht,
oder besser gesagt, so wie heute Morgen.

Ich war rechtzeitig aufgewacht, um den Flieger
nach Turin noch zu erwischen. Das Problem war, dass
mich mein pochender Ständer geweckt hatte, der im
Traum das lustvolle Abenteuer mit Kenzie ein weiteres
Mal durchlebte.

Im Dämmerzustand hatte ich mir Abhilfe
verschafft und bei der Erinnerung an Kenzies feuchte
Enge heftig abgespritzt.

Leider beging ich danach den fatalen Fehler, die
Augen zu schließen, um die Nachbeben mit Kenzie vor
meinem inneren Auge zu genießen.

Als ich das nächste Mal die Augen aufschlug, war
der Flieger längst in der Luft und die verpassten Anrufe
auf meinem Handy im mittleren zweistelligen Bereich.

Dass ich das Hoteltelefon abgeschaltet und den
Bitte-Nicht-Stören Knopf gedrückt hatte, machte das
Chaos perfekt.

Zutiefst beschämt und fassungslos über mein
Verhalten hatte ich mich unter die Dusche gestellt und
mir überlegt, wie ich aus dieser Sache wieder heraus-
kam, ohne mich restlos zu blamieren.

Schlussendlich gelang es mir, die Situation so zu

drehen, dass ich mit Toni in dessen Jet zurückflog und meiner Reiseabteilung mitteilte, ich würde die Zeit für ein wichtiges Meeting mit ihm nutzen.

Kompletter Bullshit.

Aber so ziemlich alles, was ich in Kenzies Gegenwart tat, glich astreinem Bullshit.

Ich seufzte verdrossen, was dazu führte, dass Kenzie den Kopf hob und ihr Blick den meinen traf. Der fiebrige Glanz darin verriet mir, dass wir beide an genau dasselbe dachten.

Unfähig, den Blick abzuwenden, schauten wir einander in die erregt funkelnden Augen und verloren uns in dem erotischen Film der letzten Nacht, der sich darin abspielte. Schliefen in Gedanken ein weiteres Mal miteinander.

Der Drang, mich aus meinem Sitz zu erheben, Kenzie in den hinteren Teil des Jets zu zerren und sie ausgiebig zu lieben, raubte mir schier den Verstand.

Natürlich würde ich das nicht tun.

Schließlich befand sich Toni mit uns im Flieger.

Und davon abgesehen waren wir uns einig, dass wir nicht mehr schwach werden durften. Dass wir uns voneinander fernhalten mussten.

Leider schmeckte Kenzies Abschiedskuss wie der Apfel im Paradies und ich fürchtete, dass der Teufel mich unter diesen Umständen dazu verleiten könnte, sämtliche Apfelbäume im Paradies zu plündern, wenn er mich nicht bereits vorher auf direktem Weg in die Hölle schickte.

Nach wie vor war mir schleierhaft, wie ein ernüchternder, brutal ehrlicher Seelenstriptease meinerseits nur Minuten später in schmutzigem, primitivem Sex enden konnte.

Nachdem ich mich in Kenzie ergossen hatte und sie kraftlos auf meinem Schoss zusammengebrochen war, hatten wir eine Weile gebraucht, um wieder zu Atem und zu Sinnen zu kommen.

Die Minuten danach würde ich gerne für immer aus meinem Gedächtnis verbannen.

Es reichte schon, dass ich mit der PA meines ärgsten Kontrahenten auf dessen Party geschlafen hatte. Aber um dem Ganzen die Krone aufzusetzen, hatte ich das auch noch vollkommen ungeschützt getan. Zwar wusste ich, dass ich gesund war, doch ich hatte keine Ahnung, ob Kenzie verhütete, oder ob ich ihr auf der Siegerparty von *Titan Racing* ein *Racing Rosso* Baby gemacht hatte.

Die Erleichterung, die mich durchflutete, als sie mir eröffnete, dass sie die Pille nahm, war meiner Reaktion deutlich anzumerken gewesen.

In sicherem Abstand waren wir anschließend zum Abendessen zurückgekehrt, bevor sich Kenzie verabschiedete und ich mich nur zu gern abfüllen ließ, um meine Fassungslosigkeit über mein kopfloses Verhalten in Alkohol zu ertränken.

Keinen Tag später saßen wir uns nun erneut gegenüber und mussten die nächsten sechs Stunden auf engstem Raum miteinander ausharren, ohne ein weiteres Mal wie zwei wilde Tiere übereinander herzufallen.

»Wie sehen deine Pläne für die kommende Woche aus?«, wandte sich Toni an mich und zwang mich so,

den prickelnden Blickkontakt mit Kenzie zu unter-
brechen.

»Ich lande am Donnerstagnachmittag in Paris, bin
am Freitag auf der *AOS* Gala und fliege wahrscheinlich
am Samstag oder Sonntag wieder nach Italien
zurück.«

»Hmm, wir auch«, brummte Toni und kramte in
der Aktentasche neben ihm nach seiner Schlafmaske.

»Wir?«

»Meine Frau, Kenzie und ich. Kenzie liebt Weih-
nachtsshopping in Paris. Deshalb muss ich sie jedes
Jahr dorthin mitnehmen. Im Jet. In den Koffer eines
normalen Passagierflugzeugs mit Kilobeschränkung
würde ihre Ausbeute nämlich nie und nimmer
passen.«

Hinter Toni ertönte ein entrüstetes Schnauben, was
ihn belustigt das Gesicht verziehen ließ.

»Mindestens die Hälfte der Taschen sind für dich,
mein Freund. Weihnachtsgeschenke für deine Frau, die
ich für dich im Weihnachtstrubel auf der *Champs-
Élysées* kaufen und schleppen muss, weil der Herr lieber
Croissants mit Blick auf den Eiffelturm futtert, statt bei
Prada in der Schlange zu stehen.«

»Dafür darfst du dir in jedem Geschäft, in das ich
dich schicke, auch ein Geschenk für dich selbst aussuchen«, warf Toni ein.

»Schmerzensgeld. Das ist mehr als gerecht«,
konterte Kenzie.

»Und eine ausgesprochen effektive Bestechung«,
flüsterte mir Toni hinter vorgehaltener Hand zu.

Kenzie würde also ebenfalls nach Paris kommen.

Bei diesem Wissen umfasste ich die Lehne meines luxuriösen Ledersessels fester.

»In welchem Hotel steigt ihr ab?«

»Im *Parker De Luxe* an der *Champs-Élysées*. Das Hotel gehört Grayson Parker.«

»Dem neuen *Titan Racing* Sponsor?«

»Genau.«

Ich lehnte mich in meinem Sitz zurück und lockerte meinen Klammergriff in dem Wissen, dass wir in Paris in verschiedenen Hotels wohnen würden.

Außer auf der *AOS* Gala würden sich unsere Wege also nicht kreuzen und somit bestand keine Gefahr, dass Kenzie und ich der verbotenen Versuchung erneut erlagen.

»Ich mache für ein paar Stunden die Augen zu«, informierte uns Toni und zog sich die Schlafmaske über das Gesicht. »Meine Frau muss nicht wissen, dass ich eine durchzechte Nacht hinter mir habe.«

»Gib dir keine Mühe. Ich habe ihr längst von deiner wilden Sause erzählt«, neckte Kenzie ihren Boss.

»Petze«, moserte dieser, was Kenzie ein zuckersüßes Kichern entlockte, das mein Herz schneller schlagen ließ.

Kenzie stand auf und nahm eine der Wolldecken von dem Stapel neben der Lounge Garnitur. »Wenn du im Moment nichts brauchst, Cesare, werde ich mich auch mal ein Stündchen hinlegen.«

»Alles okay. Schlaf dich aus«, gab ich zurück und beobachtete sie verstohlen dabei, wie sie sich auf dem weißen Ledersofa ausstreckte und eine der Decken über sich ausbreitete.

Sie rollte sich wie ein Wollknäuel zusammen und es dauerte keine fünf Minuten, bis sich ihr Brustkorb unter der Decke regelmäßig hob und senkte.

Auch Toni schien ins Traumland abgedriftet zu sein und murmelte leise im Schlaf vor sich hin.

Nach einer Weile erhob ich mich, um mir die Beine zu vertreten. Im Vorbeigehen zog ich Kenzies Decke vorsichtig über ihre Schultern und strich ihr zärtlich eine ihrer zimtfarbenen Haarsträhnen aus dem Gesicht, die in der Sonne einen kupferroten Ton annahmen.

Selbst im Schlaf war diese Frau bezaubernd. So bezaubernd, dass ich mich insgeheim fragte, wie es wohl wäre, mit ihr im Arm einzuschlafen und an ihren warmen Körper geschmiegt wieder aufzuwachen.

In einem anderen Leben vielleicht ...

22

KENZIE

Paris im Dezember.

Ein Traum aus Beige und Weiß.

Fasziniert starrte ich aus dem Fenster des Jets als Toni, dessen Frau Hanna und ich ein paar Tage später, am Donnerstag, im verschneiten Paris landeten.

Ich liebte Paris. Vor allem zu dieser Jahreszeit.

Jedes Jahr Mitte Dezember kamen wir zur *AOS* Gala für ein paar Tage nach Paris. Ich nutzte die Zeit neben den beruflichen Verpflichtungen dazu, durch die weihnachtlich geschmückten Gassen Paris' zu schlendern, die Lichterkettenpracht zu bestaunen und den winterlichen Chansons zu lauschen, die aus den kleinen Boutiquen und Bistros auf die Straßen drangen. Für mich gehörte ein Kurztrip nach Paris zu Weihnachten, wie für andere Menschen die Plätzchen und der Tannenbaum.

Ein vorfreudiges Kribbeln befiel mich, als wir die

Gangway hinunterschritten und in dem für uns bereitstehenden Wagen Platz nahmen.

Für heute stand einiges auf dem Programm.

Ich musste Hannas Kleid und Tonis Anzug abholen, die in einer Pariser Boutique für sie bereitlagen. Danach galt es wie in jedem Jahr, ein Kleid für mich zu finden. Zugegeben, es war mutig, einen Tag vor der *AOS* Veranstaltung noch ohne Kleid dazustehen, aber ich liebte die Herausforderung und den damit einhergehenden Adrenalinkick, den dieses Wissen in mir hervorrief. Außerdem gab es auf der ganzen Welt wohl keinen besseren Ort, nach einem wunderschönen Abendkleid zu stöbern, als in Paris.

Schlussendlich lief es in jedem Jahr auf dasselbe hinaus: Dass ich mich nie zwischen all den Schätzen entscheiden konnte und meine Freundinnen zu Rate zog.

Sobald mein Outfit gesichert war, würde ich den Friseur und den Make-up-Artist besuchen, die Hanna für die Gala frisierten und schminkten. Nach all den Jahren, die wir nun schon bei ihnen einkehrten, hatte sich zwischen uns eine vertraute, freundschaftliche Beziehung entwickelt, sodass ich ganz selbstverständlich mitfrisiert und mitgeschminkt wurde. Ein Angebot, das ich gewiss nicht ablehnte.

Als letzten Tagespunkt galt es die Restaurantreservierungen für Toni und Hanna zu bestätigen, die, wie ich ebenfalls, bis Sonntag in Paris verweilen würden.

Zwischendurch arbeitete ich Tonis Geschenkeliste ab und kaufte geschätzt halb Paris auf. Natürlich ging ich dabei selbst nicht leer aus. Denn Toni bedachte mich stets großzügig.

Ich schaute voller Vorfreude aus dem Fenster der luxuriösen Limousine, die uns vom Privatjet Terminal des Pariser Flughafen *Charles de Gaulles* in die Pariser Innenstadt fuhr.

Je näher wir dem achten Arrondissement kamen, desto festlicher wurde die Dekoration, die die beige getünchten, prunkvollen Gebäude schmückte.

Im *Parker De Luxe* angekommen, erledigte ich den Check-In für alle und überzeugte mich davon, dass die Suite von Toni und Hanna keine Wünsche offenließ.

Toni war weder speziell noch abgehoben was Hotelzimmer anging, aber bei all der Verantwortung, die auf seinen Schultern lastete, gehörte es zu meinen Hauptaufgaben, ihm den Rücken freizuhalten und ihm das Leben so einfach wie möglich zu gestalten. Mich davon zu überzeugen, dass er in seiner Suite alles vorfand, was er zum Arbeiten und Entspannen benötigte, stellte für mich somit eine absolute Selbstverständlichkeit dar.

Dankend verabschiedeten sich Toni und Hanna, die den Rest des Tages in trauter Zweisamkeit verbringen würden. Ich meinerseits machte mich auf den Weg zu meinem Zimmer und ließ mich glücklich auf das kuschelige Himmelbett fallen.

Paris.

Meine Sehnsuchtsstadt.

All meine Probleme und Sorgen erschienen in dieser Stadt seltsam fern und nichtig.

Ein warmes, wohliges Kribbeln breitete sich in

meinem Bauch aus. Beschwingt rollte ich mich vom Bett und zog mich für einen winterlichen Spaziergang entlang der *Champs-Élysées* um.

Vom *Arc de Triomphe*, in dessen unmittelbarer Nähe sich das *Parker De Luxe* befand, spazierte ich die vornehme Straße entlang zu der Boutique, in der die Abendgarderobe von Toni und Hanna auf mich wartete. Ich inspizierte sie, unterschrieb die Rechnung und ließ sie in unser Hotel liefern.

Während ich die stark frequentierte Einkaufsstraße hinunter in Richtung *Place de la Concorde* schlenderte, hakte ich weitere Geschäfte und *To-Dos* auf meiner Liste ab.

Von dem charakteristischen *Luxor Obelisk* nahm ich den Bus zur pompösen Oper, dem *Palais Garnier*, und schlenderte von dort zum *Boulevard Hausmann*, wo ich schon von weitem die extravagante und golden beleuchtete *Galeries Lafayette* entdeckte.

Galeries Lafayette prangte in weißen Buchstaben über dem Eingang. Auch ohne diesen unübersehbaren Hinweis hätte man zweifelsohne gewusst, dass es sich bei diesem feudalen Gebäude um eines der exklusivsten, wenn nicht sogar um *das* exklusivste Kaufhaus Paris' handelte.

Ehrfürchtig betrat ich die heiligen Hallen der *Galeries Lafayette* und blieb mit offenem Mund vor dem exorbitanten XXXL-Weihnachtsbaum stehen, der sich über mehrere Etagen erstreckte und so vollbehangen mit exquisitem Weihnachtsschmuck war, dass man vor lauter Deko den Baum nicht mehr sah.

Der dekadente Geruch von teurem Parfum stieg

mir in die Nase und ließ mich tief einatmen. Mein Blick wanderte bewundernd durch das palastartige Gebäude, dessen Interieur mich jedes Mal an eine luxuriöse Oper erinnerte. Die goldenen Balkone mit ihren geschmückten Balustraden, die bunte Glaskuppel und die schnörkeligen Verzierungen an den zahlreichen goldenen Rundbögen.

Es fiel mir schwer, mich von diesem surrealen Anblick loszureißen, aber ich hatte eine Mission zu erfüllen: *Mission Ballkleid kaufen.*

Nach all der Zeit als Tonis Assistentin, in der ich jedes Jahr im Dezember einen Abstecher nach Paris machte, kannte ich die Marken, bei denen ich fündig wurde. Zielstrebig hielt ich darauf zu und versuchte dabei nicht verstohlen nach links und rechts zu schielen und so Gefahr zu laufen, mich von meiner Mission ablenken zu lassen.

Bei den vielen Versuchungen in diesem Schlaraffenland durchaus eine Meisterleistung.

Wie erwartet konnte ich mich kaum zwischen all den wunderschönen Roben entscheiden.

Ich schaffte es immerhin, meine engere Wahl auf drei Kleider zu reduzieren. Bei der finalen Auswahl jedoch, war ich auf die Hilfe meiner Freundinnen angewiesen.

Ich fotografierte mich vor der Spiegelwand eines

meiner Lieblingslabels und schickte die Fotos in den Gruppenchat, den ich mit Allegra, Riley, Dakota und Skye führte.

Eigentlich sollten auch Allegra und Riley mit ihren Lebensgefährten Byron und Dante an der *AOS* Veranstaltung in Paris teilnehmen. Doch aufgrund des aufregenden und enorm stressigen Jahres, das hinter uns lag, hatte Toni sie ausnahmsweise von ihren Pflichten entbunden.

So waren Allegra und Byron im Anschluss an ihren Kurzurlaub in Dubai nach New York weitergeflogen und Dante und Riley nach Südamerika, zu Dantes Familie.

Dieses Jahr würde ich Paris also ohne die Mädels unsicher machen müssen.

Zum allerersten Mal ...

Alles im Leben hat seine Zeit, schlich sich der Spruch, den meine Großmutter zu ihren Lebzeiten stets zu sagen pflegte, in meine Gedanken.

Ja, das stimmte wohl. Alles im Leben hatte seine Zeit. Alles im Leben war vergänglich. Deshalb musste man die Feste feiern, wie sie fielen. Deshalb musste man das Leben zelebrieren, wenn sich einem die Möglichkeit dazu bot.

Warum?

Weil man ganz sicher nicht mehr so jung und unbeschwert zusammenkam, wie in jenem einzigartigen, vergänglichen Moment des Glücks und der Unbeschwertheit.

Ich schob den melancholischen Philosophen in mir zur Seite und konzentrierte mich stattdessen auf das

Hier und Jetzt. Denn es brachte nichts, in der Vergangenheit zu leben. Und was die Zukunft betraf: Wer wusste schon, was einen dort erwartete.

Letzten Endes entschieden wir uns gemeinsam für ein dunkelgrünes, enganliegendes Kleid aus Satin mit filigranen Trägern und seitlichem Schlitz. Das elegante, schlichte Kleid reichte mir bis zu den Waden und schmiegte sich wie eine zarte, zweite Haut an meinen Körper.

Zufrieden mit meiner Wahl sicherte ich mir die dazu passenden Schuhe, sowie eine kleine Handtasche. Anschließend hakte ich in fünf gut frequentierten Geschäften der *Galeries La Fayette* weitere Punkte auf Tonis Liste ab und schmunzelte, als ich meinen Namen auf der Geschenkeliste entdeckte.

Beladen mit Tüten stieg ich in ein Taxi, das mich zum Hotel zurückfuhr, wo ich alles in meinem Zimmer verstaute, bevor ich Friseur, Make-up-Artist und Restaurants abklapperte und meine Reservierungen bestätigte.

Sichtlich erschlagen kehrte ich zu später Stunde in einem meiner Lieblingsbistros im *Quartier Marais* ein, wo ich den Tag gemütlich ausklingen ließ und mir zu meinem Glas Pinot Noir ein frisches Baguette mit Comté gönnte.

Am nächsten Tag unterstützte ich Toni bei einigen virtuellen Konferenzschaltungen, bevor ich nach dem Mittagessen mit Hanna zum Friseur und zu dem Make-up-Artist aufbrach, die uns in den darauffolgenden Stunden in zwei elegante und sinnliche Weihnachtsengel verwandelten.

Normalerweise hasste ich es, lange stillzusitzen, aber da ich das umwerfende Ergebnis kannte, das die Zauberhände dieser Herren vollbrachten, hielt ich brav still, bis sie ihre Magie vollendet hatten.

Ungläubig lächelnd schauten Hanna und ich in den Spiegel und konnten wie in jedem Jahr kaum fassen, dass es unser eigenes Spiegelbild war, das uns da aus dem Spiegel entgegen lächelte.

Zurück im Hotel erwartete uns Toni bereits ungeduldig. Als er seine Frau erspähte, weiteten sich seine Augen und sein strenger Blick wurde weich. Er flüsterte ihr etwas ins Ohr, woraufhin sie kicherte und ihn mit einem innigen Kuss bedachte.

Gerührt darüber, dass die beiden auch nach all den Ehejahren noch immer eine harmonische und liebevolle Ehe führten, ging ich auf mein Zimmer, um mich für die bevorstehende Veranstaltung umzuziehen. Jedoch rief mir Hannas und Tonis vertrauter Umgang miteinander unweigerlich mein eigenes Liebesleben ins Gedächtnis.

Die Gedanken an Cesare und das Wissen, dass ich

ihn in weniger als zwei Stunden wiedersehen würde,
ließen sich fortan nicht länger verdrängen. Das unter-
schwellige Kribbeln in meiner Brust, das ich gestern
und heute Vormittag erfolgreich in die hinterste Ecke
meines Bewusstseins verbannt hatte, wurde mit jeder
Minute stärker und sorgte dafür, dass ich bis zu
unserer Abfahrt nervös in meinem Zimmer auf und ab
lief.

23
CESARE

Nach einem arbeitsreichen Freitag, den ich größtenteils in Video-Konferenzen verbracht hatte, stieg ich am Freitagabend mit drei Mitgliedern des Vorstands von *Automobili Nobili*, unseren beiden Starfahrern und zwei Assistentinnen aus dem Limousinenkonvoi, der uns zu der alljährlichen Preisverleihung der *AOS* chauffierte.

Auf der *AOS* Gala wurde sowohl der Fahrerweltmeister, als auch der Weltmeister der Konstrukteure der *Serie del Rey* gekürt und offiziell ernannt. Sämtliche Teamchefs, Management und Fahrer der zehn *Serie del Rey* Teams reisten zu dieser Pflichtveranstaltung und zollten einander Respekt.

Außerdem wurden dort noch weitere Motorsportserien ausgezeichnet und geehrt, sodass sich nahezu die gesamte Crème de la Crème des Motorsports dort einfand.

Wir liefen über den roten Teppich, auf dem ich mir unter dem Blitzlichtgewitter der zig anwesenden Fotografen wie auf einer Filmpremiere in Hollywood vorkam: völlig fehl am Platz.

Ich mochte den Rummel nicht, der um meine Person gemacht wurde. Im Gegensatz zu Enrico, der es geliebt hatte, sich im Fernsehen und in sämtlichen Zeitungen zu präsentieren.

So schnell wie möglich, ohne jedoch übereilt zu wirken, ließ ich den roten Teppich hinter mir und verschwand im Inneren des festlich geschmückten Gebäudes, zu dem nur ausgewählte Fotografen Zugang genossen. Dementsprechend weniger Blitzlichter warteten dort auf mich.

Einer der umhergehenden Kellner reichte mir eine Champagnerflöte, die ich dankend entgegennahm, bevor ich mich dem obligatorischen Smalltalk widmete, der von mir als Teamchef bei solchen Veranstaltungen erwartet wurde.

Zum Glück hatte ich gestern ein paar Stunden Kraft für den bevorstehenden Abend tanken können. Ich war am späten Donnerstagnachmittag in Paris angekommen. Hinter mir lagen drei Tage vollgepackt mit langatmigen und teils emotionalen Meetings mit der Führungsetage von *Nobili* und *Racing Rosso*.

Wie erwartet machten alle ihrem Ärger über die verlorene Weltmeisterschaft Luft. Es kostete mich einiges an Mühe und Geduld, die Energie und das Augenmerk der Entscheidungsträger von der verlorenen, vergangenen Saison auf die bevorstehende, neue

Saison zu lenken. Doch zu guter Letzt konnte ich mich am späten Donnerstagmorgen mit meinem ausgeklügelten Strategieplan durchsetzen und mit einem kleinen, vorläufigen Sieg nach Paris reisen.

Am späten Donnerstagnachmittag schaltete ich mein Handy aus und gönnte mir in der Abenddämmerung einen ausgedehnten Spaziergang entlang der Seine. Vom Eiffelturm, in dessen unmittelbarer Nähe sich mein Hotel befand, schlenderte ich an der *Pont Alexandre III*, dem *Musée d'Orsay* und am *Louvre* vorbei bis hin zur Île de la Cité, auf der die *Notre Dame* Kathedrale stand.

Ich liebte Paris. Vor allem im Winter, wenn die Straßen und Bauten schneebedeckt und weihnachtlich geschmückt waren, übte es eine ganz besondere Wirkung auf mich aus.

Aus diesem Grund hatte ich mich auch dazu entschlossen, noch bis Sonntag in Paris zu verweilen. Ob ich mein Wochenende nun allein in Turin, in Bologna oder in Paris verbrachte, was machte das schon für einen Unterschied?

Nächste Woche stand Weihnachten vor der Tür. Viele der Ingenieure hatten sich bereits in die wohlverdiente Winterpause verabschiedet. Eine Hauruck-Aktion vor Weihnachten würde deswegen mehr Schaden als Erfolg nach sich ziehen.

Meine Pläne konnten bis nach Weihnachten warten. Wenn die Mitarbeiter erholt und entspannt aus ihrem Urlaub zurückkehrten, würde es mir eher gelingen, sie für meinen Plan zu begeistern, als übermüdet und abgekämpft nach einer anstrengenden und letztendlich enttäuschenden Saison.

Die kommenden Monate würden von uns allen, mich eingenommen, alles abverlangen. Deswegen verdienten alle Beteiligten ein paar Tage der Ruhe, der Besinnlichkeit und der Erholung, bevor es mit Vollgas in eine neue Saison ging.

Scheinbar beiläufig ließ ich den Blick durch den Raum schweifen.

Der Tisch von *Nobili* und *Racing Rosso* befand sich direkt neben dem von *Titan Racing*. Wann immer ich an *Titan Racing* dachte, erschien Kenzie vor meinem inneren Auge und ließ mich erschaudern. So sehr ich auch versuchte, die betörende, verlockende und süße PA aus meinen Gedanken zu verbannen, es gelang mir nicht.

Als sie ein paar Minuten darauf in einem sündigen Traum aus Smaragdgrün den Saal betrat, entfuhr mir ein überwältigter Seufzer, der dafür sorgte, dass sich mein Gesprächspartner neugierig umdrehte und meinem viel zu auffälligen Blick folgte.

»Ahh, Kenzie. Wunderschön und wundervoll. Toni kann sich glücklich schätzen, dass er sie an seiner Seite hat. Die anderen Teamchefs reißen sich um sie«, brummte er bewundernd.

»Hmm«, murmelte ich und zwang mich, den Blick von meiner heimlichen Traumfrau abzuwenden.

Egal mit wem man im Paddock sprach, alle lobten Kenzie über den grünen Klee. Niemand hatte ein böses Wort über sie zu verlieren, was in dem Haifischbecken der

Serie del Rey einem Wunder gleichkam. Alle beschrieben Kenzie als charmant, loyal, diplomatisch und empathisch. Dass sie ihre außergewöhnlichen inneren Werte in einer unerhört attraktiven Hülle versteckte, entging ebenfalls niemandem. Sehr zu meinem Leidwesen.

Es war schlichtweg unmöglich, die bewundernden, verliebten Blicke, die die männlichen *Serie del Rey* Mitarbeiter ihr zuwarfen, nicht zu bemerken.

War mir in Bangkok im Fahrstuhl zunächst nur ihr hübsches Erscheinungsbild ins Auge gestochen, so hatte ich seitdem mehrmals hinter diese anziehende Fassade schauen dürfen. Hätten wir uns unter anderen Umständen kennengelernt, wäre Kenzie mit an Sicherheit grenzender Wahrscheinlichkeit die Frau gewesen, nach der ich mein ganzes Leben lang gesucht, sie aber nie gefunden und deshalb die Hoffnung auf die wahre Liebe aufgegeben hatte.

Ich wusste, wie sich Sex ohne Liebe anfühlte. Sex ohne Gefühle. Bedeutungsloser Sex, der lediglich dem Zweck der körperlichen Befriedigung diente.

Der Sex mit Kenzie überstieg all das um Welten.

In ihr zu sein hatte mich mit purem Glück erfüllt. Mit Faszination. Mit unbeschreiblicher Überwältigung. In ihr zu kommen katapultierte mich direkt ins Paradies. In mein Paradies.

»Cesare? Was halten Sie davon?«

»Hm?« Ich blinzelte und realisierte, dass ich mich erneut einem Tagtraum hingegeben hatte, in dem Kenzie die Hauptrolle spielte. Wie so oft.

Verärgert schüttelte ich den Kopf und wandte mich

meinem Gegenüber zu, der seine Frage nun
wiederholte.

Während des Abends, dessen Ablauf aus Ansprachen, Auszeichnungen und einem Fünf-Gänge-Menü
bestand, vermied ich es weitestgehend, zum Nachbar-
tisch zu schauen. Erst bei der Preisverleihung der Welt-
meisterschaftstrophäen sah ich mich gezwungen, dem
Tisch von *Titan Racing* samt seinen Fahrern und dem
Top-Management meine Aufmerksamkeit zu schenken
und anerkennend zu applaudieren.

Kenzie fing meinen Blick auf und raubte mir ein
weiteres Mal den Atem.

Obwohl sie eine natürliche Schönheit war, die kein
Make-up benötigte um sich in Szene zu setzen, gefiel
mir die geschminkte Kenzie mit ihren funkelnden
Augen so unfassbar gut, dass ich auf der Stelle steif
wurde.

Das Verlangen und die Sehnsucht in meinem Blick
mussten mich verraten haben, denn Kenzie errötete
und biss sich verlegen auf ihre Unterlippe. Die Röte
kroch ihren Hals hinab, während sie dem Blickkontakt
standhielt und wir uns in Gedanken eng umschlungen
ineinander verloren.

Ich schluckte hart und widerstand dem Drang, zu
ihr zu gehen.

Im Gegensatz zu dem Teammanager von *Sun
Chaser*, der sich neben ihr auf dem freien Platz niederließ und ihr einen Kuss auf die Wange hauchte.

Mit zusammengekniffenen Augen behielt ich ihn
so lange im Blick, bis Toni von der Bühne zu seinem

Platz zurückkehrte und ihn infolgedessen zwang, das Feld zu räumen.

Was zur Hölle dachte sich dieser Typ eigentlich?

Kenzie sah auf und zuckte erschrocken zusammen, als ihr Blick dem meinen ein weiteres Mal begegnete.

Lagen in meinen Augen bis eben noch zügellose Leidenschaft und unbändiges Verlangen, zeichneten sich nun grenzenlose Eifersucht und kalte Wut darin ab.

Ich erhob mich und nickte den anwesenden Bossen von *Nobili* brüsk zu. »Ich muss telefonieren. Wir sehen uns draußen.«

Zum Glück würde diese Veranstaltung in den nächsten fünfzehn Minuten enden. Das erlaubte es mir, die Abschlussrede des *AOS* Präsidenten zu schwänzen und mich draußen abzureagieren.

Am liebsten wäre ich sofort in mein Hotel zurückgefahren, um Abstand zwischen Kenzie, mich und diese verdammte Verliebtheit zu bringen, die mir den letzten Nerv raubte und die mich zu einem eifersüchtigen, schwachen und kopflosen Idioten mutieren ließ. Bereits jetzt führte diese Schwärmerei zu nichts als Ärger und Problemen.

Leider musste ich nach dem offiziellen Teil der Gala noch bei der obligatorischen After-Show-Party vorbeischauen, um dort ein paar Hände zu schütteln und mein Netzwerk weiter auszubauen. Ich würde mich Kenzie also notgedrungen ein zweites Mal an diesem Abend stellen müssen. Daran ließ sich zu meinem Leidwesen nichts ändern.

Bis dahin würde ich mir jedoch die kühle Dezemberluft Paris' um die Nase wehen lassen, die hoffentlich dafür sorgte, dass mein kochendes Blut auf Normaltemperatur abkühlte und mein Verstand die Kontrolle über meine ausartenden Gefühle zurückgewann.

24

KENZIE

ls wir auf der After-Show-Party ankamen, entdeckte ich Cesare auf der gegenüberliegenden Seite des exklusiv für die *AOS* gebuchten Clubs.

Als er uns bemerkte, stieß er sich von der Wand ab, entschuldigte sich bei seinem Gesprächspartner und kam auf direktem Weg auf uns zu.

Ich sollte wegsehen. Und ich wollte wegsehen. Aber ich konnte es nicht.

Cesare in seinem hellgrauen Dreiteiler mit weißem Hemd und passender Krawatte zog mich vollkommen in seinen Bann.

Den gesamten Abend hatte ich halbwegs erfolgreich versucht, seine Anwesenheit auszublenden. So lange ich mich in sicherem Abstand zu ihm befand, bestand zumindest der Hauch einer Chance, dass mir das gelang. Doch in seiner unmittelbaren Nähe würde ich kläglich scheitern. Das spürte ich lange bevor er vor Toni, Hanna, Tom Clark samt Freundin und mir zum Stehen kam.

»Toni – ich hatte heute noch keine Möglichkeit, dir offiziell zu gratulieren«, begann er und schüttelte meinem Boss aufrichtig die Hand.

»Das hast du doch schon in Abu Dhabi getan«, wiegelte Toni ab. »Alles gut.«

»Ich möchte es jetzt, da es offiziell ist, noch einmal gesagt haben: Verdient gewonnen.«

»Danke, Cesare. Nächste Saison werden wir wieder nach dem Titel greifen.«

»Und ich werde alles daransetzen, um das zu verhindern«, entgegnete Cesare.

Die beiden Bosse duellierten sich für einen quälend langen Moment mit stechenden Blicken, bevor sie einander erneut die Hände reichten und sich darauf einigten, dass das bessere Team am Ende der Saison gewinnen sollte.

Cesare plauderte einen Moment mit Hanna und wurde dann von dem Direktor der *AOS* in ein Gespräch verwickelt. Toni nutzte diesen Augenblick, um Hanna mit sich auf die Tanzfläche zu ziehen. Tom Clark und dessen Freundin folgten seinem Beispiel.

Ich trat den Rückzug an und stellte mich in eine spärlich beleuchtete Ecke, um den verliebten Paaren beim Tanzen zuzusehen.

Von seinem Seelenverwandten in den Armen gehalten und mit zärtlichen Küssen bedacht zu werden, während die Musik diesen Tanz der Liebe perfektionierte, musste einen vor Glück zerbersten lassen.

Ich gönnte es jedem einzelnen von ihnen und wünschte mir, dass auch mir eines Tages diese Art von Glück und Liebe zuteil wurde.

»Saisonabschlusstanz?«

Toni war unbemerkt vor mich getreten und hielt mir auffordernd die Hand hin.

»Gern«, lächelte ich und ließ mich von ihm auf die Tanzfläche führen, wo der Teamchef der *Roaring Bulls* Hanna umherwirbelte und Cesare wiederum die Frau des Teamchefs der *Roaring Bulls*.

»Hast du alles bekommen gestern?«, fragte mich Toni, während wir mühelos über die Tanzfläche schwebten.

»Jap, habe ich. Restlos«, bestätigte ich ihm.

»Warum nimmst du dir dann nicht den Rest der Woche frei und wir sehen uns am Sonntag am Flughafen?«

»Ich stehe gerne auf Standby für euch. Dafür bin ich schließlich mitgekommen und nicht, um mir von dir einen Urlaub in Paris bezahlen zu lassen.«

Toni setzte seinen entschlossenen *Ich-entscheide-was-gemacht-wird* Gesichtsausdruck auf und schüttelte vehement den Kopf. »Nach dieser Saison und dem heutigen Abend hast du dir dein Wochenende redlich verdient. Morgen haben Hanna und ich sowieso nur Freizeit auf dem Programm stehen. Das bekommen wir auch alleine hin.«

»Bist du dir sicher?«

Toni zog als Antwort auf meine Frage amüsiert eine Augenbraue in die Höhe.

»Also gut. Aber falls etwas ist oder ihr mich braucht, ruft ihr an.«

»Abgemacht«, strahlte Toni und wirbelte mich so überschwänglich im Kreis, dass ich den Halt verlor und direkt in die Arme eines anderen Mannes fiel.

»Was für ein stürmischer Partnertausch«, knurrte eine dunkle Stimme an meinem Ohr.

Oh nein!

Cesare. Ausgerechnet.

»Danke für die reizende Tanzpartnerin«, wandte er sich an Toni und zog mich mit sich, ohne auf Tonis Reaktion zu warten.

»Hi Baby«, murmelte er an meinem Ohr und streifte unmerklich mit seinen Lippen über meine Ohrmuschel.

»Nicht«, flehte ich heiser. »Bitte nicht.«

Mein Handgelenk und meine Hüfte, die Stellen, an denen mich Cesare berührte, entflammten sofort. Entflammten für ihn.

»Ein Tanz«, bat er und ließ mein Handgelenk los, um seine Hand auf meinem unteren Rücken zu platzieren und mich an sich zu ziehen.

»Ich will nicht, dass Gerede entsteht«, stieß ich verzweifelt hervor.

»Ist denn Gerede entstanden, als der Teammanager von *Sun Chaser* dich vorhin angemacht hat?«, konterte Cesare sarkastisch.

Ich schnaubte entrüstet. »Wir sind bloß Freunde.«

Cesare hob den Kopf und lachte laut auf. »Ernsthaft, Kenzie? Ihr seid nur Freunde?«

Ich versteifte mich in seinen Armen und versuchte mein rasendes Herz zu beruhigen.

»Bist du eifersüchtig?«

Verärgert biss ich mir auf die Zunge, denn mein Bestreben desinteressiert zu klingen, scheiterte kläglich.

»Ja«, zischte er. »Wenn er dich noch einmal küsst, ist er fällig.«

»Du hast kein Anrecht auf mich, vergiss das nicht.« Ich bemühte mich, sachlich zu klingen, was mir reichlich schwerfiel, denn Cesares Geständnis brachte mich völlig aus dem Konzept.

»Was, wenn ich ein Anrecht will?«, schockte mich Cesare mit seinem zweiten Geständnis an diesem Abend, während er mich unbeirrt über die Tanzfläche führte.

»Das geht nicht. Du weißt, warum«, versuchte ich standhaft zu bleiben.

Seine Fingerspitzen wanderten über meinen Rücken, trafen auf die nackte Haut an meinen Schultern und ließen mich leise aufstöhnen.

Cesare erschauderte und schloss die Augen. »Ich werde jetzt gehen«, flüsterte er in mein Ohr.

»Warum?« Ich konnte die Erregung in meiner Stimme nicht verbergen.

»Weil ich mich nicht mehr lange zurückhalten kann. Ich will dich so sehr, Kenzie und das Wissen, dass ich dich nicht haben darf, bringt mich um.«

Er presste mich für einen winzigen Moment an

sich. Lange genug, um seinen massiven Ständer an meiner Mitte zu spüren, aber zu kurz, um ihn zu genießen.

Cesare ließ mich los und hauchte mir einen flüchtigen Kuss auf die Wange. »Pass bitte auf dich auf, Kenzie. Wir sehen uns nächstes Jahr.«

Ohne sich noch einmal umzudrehen, ging er zielstrebig in Richtung Ausgang.

25
CESARE

An der Garderobe wartete ich, ungeduldig mit den Fingern trommelnd, auf meinen Mantel. Ich musste hier raus.

Sofort.

Mit Kenzie zu tanzen glich einem aufregenden Vorspiel ohne den darauffolgenden, erlösenden Sex. Sie zu spüren, ohne sie haben zu dürfen, kam einer schier unerträglichen Qual gleich.

Bis zur kommenden Saison musste ich für dieses fatale Verlangen unbedingt eine Lösung finden.

Dankbar nahm ich meinen Mantel entgegen und wandte mich zum Gehen, nur um zwei Schritte später mit Kenzie zusammenzustoßen.

Mit geweiteten Augen und geröteten Wangen schaute sie zu mir hinauf. »Ich gehe auch.«

»Warum?«, fragte ich überrascht.

»Weil ich ohne dich nicht hierbleiben möchte.«

»Wie meinst du das, Kenzie?« Ich bemühte mich, mir nicht anmerken zu lassen, wie sehr mich ihre Aussage um meine Beherrschung ringen ließ.

»Ich will mit dir kommen«, konkretisierte sie.

»Mit mir? In mein Hotel?«

Kenzie senkte ertappt die Augenlider. »Ja.«

»Hast du vorhin nicht selbst gesagt, dass das nicht geht?«, vergewisserte ich mich, da ich meinem Verstand in Kenzies Gegenwart nicht über den Weg traute.

»Ich habe gesagt, dass du kein Anrecht auf mich haben kannst. Aber wir könnten ganz unverbindlich die Nacht zusammen verbringen. Ein erweiterter Abschied sozusagen.«

»Haben wir uns nicht schon in Abu Dhabi voneinander verabschiedet?«

»Hat sich das für dich wie ein Abschied angefühlt?«

»Nein«, gab ich offen zu. »Eher wie der Anfang von etwas, von dem ich mir wünsche, dass es nie endet.«

»Aber das muss es ...«, antwortete Kenzie bedauernd. »Geben wir uns eine Nacht. Eine Nacht, in der wir einander alles schenken. Ohne uns zu verstecken. Und ohne uns zu beeilen, weil wir fürchten, erwischt zu werden.«

»Du glaubst im Ernst, dass uns eine Nacht reichen wird?« Ich ballte meine Hände zu Fäusten, um mich davon abzuhalten, Kenzie zu berühren.

»Wahrscheinlich nicht. Doch etwas anderes kann ich dir nicht anbieten«, flüsterte sie und spielte mit dem Träger ihres sexy Abendkleides.

»Du wirst keine Minute schlafen, Baby. Das muss dir bewusst sein«, raunte ich ihr zu und zog sie zur Garderobe.

Die Härchen auf ihren Armen stellten sich auf und auch der Schauer, der bei meinen Worten über ihren Körper rieselte, entging mir nicht.

»Ich nehme mir ein Taxi und treffe dich im Hotel«, sagte sie, als wir aus dem Gebäude traten und ich sie in die Richtung meiner Limousine dirigieren wollte. »Ich will nicht, dass man uns gemeinsam davonfahren sieht und meinen Wagen kann ich ebenfalls nicht nehmen, ohne dass der Chauffeur unter Umständen Wind von uns bekommt.«

Ich setzte an, um ihr zu widersprechen. »Nimm meinen Wagen und ich nehme das Taxi ...«

Doch Kenzie schüttelte entschieden den Kopf. »Das ist zu auffällig, Cesare. Ich will nichts riskieren.«

»Okay«, lenkte ich zähneknirschend ein. »Dann treffe ich dich im Hotel.«

»Was ist mit deinen beiden Fahrern, Velucci und Cabrera, und den *Nobili* Direktoren?« Kenzie hielt inne und schaute vorsichtig über ihre Schulter.

»Die sind alle in einem anderen Hotel, keine Sorge«, beschwichtigte ich sie und winkte eines der wartenden Taxis herbei. Ich gab dem Fahrer die Adresse, bezahlte ihn und verdeutlichte ihm auf Französisch, Kenzie ohne Umwege dort abzuliefern.

Eine Minute nachdem das Taxi anfuhr und ich mich davon vergewissert hatte, dass uns weder jemand beobachtet, noch fotografiert hatte, stieg ich in eine der für *Nobili* und *Racing Rosso* bereitstehenden Limousinen, um Kenzie zu folgen.

Mit jedem Kilometer, den wir uns dem kleinen Boutique Hotel näherten, beschleunigte sich mein Puls. Ich war aufgeregt. Aufgeregt wie ein Teenager vor seinem ersten Date.

Nur dass das hier kein Date werden würde, sondern eine verbotene, heiße Nacht voller Sex, Lust und Leidenschaft.

Obwohl mich allein der Gedanke an Kenzie in meinem Bett den Verstand verlieren ließ, verspürte ich bei dem Wissen, dass es bei verstecktem Sex bleiben musste, einen bedrückenden Stich in der Brust.

Ich wollte mehr. Mehr als nur Sex. Ich wollte Dates mit Kenzie. Wollte sie ausführen. Sie erobern. Mir das Anrecht auf sie sichern.

Aber ich durfte nicht. Nichts davon.

Ich konnte lediglich nehmen, was sie mir zu geben bereit war oder mich von ihr fernhalten. Da mir letzteres offensichtlich nicht gelang, entschied ich mich also für ersteres.

Für den Moment.

Denn mir war unlängst klar geworden, dass Kenzie und ich immer wieder schwach werden würden. Die Anziehung zwischen uns ließ sich nicht abschalten und wir schafften es nicht, sie zu kontrollieren, waren nicht in der Lage, sie im Zaum zu halten.

Was mich betraf, so spürte ich, dass sich mehr als sexuelle Anziehung hinter meinem Verlangen nach Kenzie verbarg. Was Kenzie betraf, konnte ich bloß spekulieren.

So wie der Wagen vor meinem Hotel hielt, riss ich die Tür auf und sprang heraus, eilte auf direktem Wege in die Lobby, wo ich Kenzie jedoch nirgendwo entdecken konnte.

Hatte sie es sich womöglich im letzten Moment anders überlegt?

Bittere Enttäuschung machte sich in mir breit, nachdem ich die Lobby ein zweites Mal ohne Erfolg nach ihr abgesucht hatte. Gedankenverloren begab ich mich zu den Aufzügen und betätigte den Knopf, als sich von hinten zwei Hände um meine Hüften legten und mir Kenzies berauschender Duft nach Honig und Rose in die Nase stieg.

»Wenn wir den Aufzug nehmen, musst du mich ablenken, damit ich keine Angst habe«, schnurrte sie und schob mich in den Fahrstuhl, dessen Türen sich mit einem leisen *Pling* öffneten.

Ich umfasste ihre Hände und löste sie von meinen Hüften. Blitzschnell drehte ich mich zu ihr um und legte meine Lippen auf die ihren. Gierig naschte ich an ihr und vergaß darüber beinahe, den Knopf für mein Stockwerk zu drücken.

»Fahr schneller«, brummte ich ungeduldig, als der Aufzug sich in Bewegung setzte und ein Stockwerk nach dem nächsten passierte.

Meine Hand glitt unter Kenzies Mantel und kontrollierte, was ich den ganzen Abend schon vermutet hatte: Sie trug keinen BH unter diesem sündigen Traum aus grünem Satin.

»Che merda«, stöhnte ich. »Verdammte Scheiße, Kenzie.«

Meine Hände massierten ihre weichen Brüste durch den Satinstoff und ich verfolgte gebannt, wie ihre Knospen sich verhärteten und sich durch den dünnen Stoff des Kleides drückten. Ich senkte meinen Kopf und biss in eine der herrlichen, kleinen Knospen. Durch den Stoff hindurch leckte und saugte ich an ihrer süßen Brustspitze, was dafür sorgte, dass sich der grüne Stoff darum noch dunkler färbte.

Kenzie bog ihren Rücken durch und reckte sich mir entgegen. »Mehr«, forderte sie heiser, als sich die Aufzugtüren öffneten und hinderte mich daran, auszusteigen.

»Wir sind da«, lächelte ich, doch Kenzie hielt mich weiterhin zurück. »Nicht aufhören«, bat sie und vergrub die Hände in meinem Haar, um meinen Kopf wieder an Ort und Stelle zu ziehen.

Die Türen schlossen sich und ich hatte Mühe, mir ein zufriedenes Grinsen über Kenzies plötzliche *Aufzugangst-Überwindung* zu verkneifen. Stattdessen bedachte ich nun auch ihre linke Knospe mit der Zuwendung, die ihre rechte Knospe bereits zuvor genossen hatte.

Als Kenzie meine Hand nahm und sie durch den Schlitz ihres Kleides zu ihrer heißen Pussy führte, entschied ich, dass ich umgehend die Notbremse ziehen musste, wenn ich nicht riskieren wollte, dass man uns bei ausschweifendem Aufzugsex erwischte.

Ich schlug mit der Faust auf die Knöpfe des Fahrstuhls und die Türen öffneten sich ein zweites Mal. Eilig hob ich Kenzie auf meine Arme und legte sie mir über die Schulter.

Sie quietschte überrascht und trommelte lachend auf meinen Rücken. »Lass mich runter, du Höhlenmensch.«

Ich gab ihr einen Klaps auf den knackigen Po und öffnete die Tür der Suite mit meiner Keycard. Dann ging ich auf direktem Wege zu meinem Balkon und öffnete die Tür nach draußen.

Vor dem Geländer setzte ich Kenzie ab und verdeckte ihre Augen mit meinen Händen.

»Was wird das, wenn es fertig ist?«, kicherte sie und suchte mit ihrem Mund nach meinen Lippen.

Ich drehte sie zu der Brüstung meines schneebedeckten Balkons, platzierte mich unmittelbar hinter ihr und nahm die Hände von ihren Augen, um sie um ihre Taille zu schlingen und mich an sie zu schmiegen.

»Ich ... was ... das ist ... ich ... wow«, stammelte Kenzie vollends überwältigt von dem Ausblick, der sich ihr bot.

Unmittelbar vor uns erhob sich der golden leuchtende Eiffelturm in all seiner nächtlichen Pracht und Schönheit.

Ich liebte diesen Ausblick. Deshalb stieg ich bei jedem Paris-Aufenthalt in genau diesem Hotel und Zimmer ab, auch wenn die Preise dafür bisweilen eine ähnlich schwindelerregende Höhe erreichten wie der Eiffelturm selbst.

»Schlaf mit mir«, flüsterte Kenzie und drehte ihr Gesicht suchend zu mir.

»Komm«, wisperte ich an ihren Lippen und wollte sie mit mir zurück in meine Suite ziehen.

»Tu es hier.« Ihre Wangen färbten sich in einem

entzückenden Rot. Wie immer, wenn die Nervosität sie überfiel.

»Du willst es hier tun?«, fragte ich überrascht. »Es sind Null Grad und es liegt Schnee.«

»Ich will den Eiffelturm sehen, wenn ich komme«, sagte sie leise. »Findest du das seltsam?«

Ich strich ihr die vereinzelten Haarsträhnen hinter die Schultern und küsste lächelnd die empfindliche Stelle unterhalb ihres Ohrs. »Ich finde das süß, nicht seltsam.«

Mit einer Hand öffnete ich meine Hose, während ich mit der anderen Hand unter den Mantel und den Schlitz von Kenzies Kleid glitt, um mir einen Weg zu ihrer bereiten Mitte zu bahnen.

»Hast du Kondome dabei?«, schoss es mir bei der Erinnerung an unseren letzten, ungeschützten Sex in den Kopf.

»Nein. Hast du welche?«

»Nein«, gestand ich bedauernd. »Es gab keinen Grund, welche zu kaufen, nachdem wir uns in Abu Dhabi voneinander verabschiedet haben.«

»Brauchst du die nicht für andere Frauen?«, wunderte sich Kenzie scheinbar beiläufig, doch ich erkannte die Hoffnung, die in ihrer Stimme schwang und hatte keine Lust, Spielchen mit ihr zu spielen.

»Ich will nur dich. Wenn ich dich nicht haben kann, verzichte ich auf Sex«, legte ich meine Karten offen auf den Tisch.

Kenzies Augen weiteten sich bei meinen Worten. »Ich will dich spüren, Cesare. Scheiß auf die Kondome.

Ich nehme die Pille, wir sind beide gesund. Lass mich dich spüren, ohne, dass etwas zwischen uns ist.«

Ihre ermutigenden Worte ließen meinen harten Schwanz noch härter werden.

»Stütz dich mit den Händen auf der Brüstung ab und sieh auf den Eiffelturm«, wies ich sie mit rauer Stimme an.

Sie leistete meinem Befehl sofort Folge, atmete flach und geräuschvoll in der freudigen Erwartung, dass ich endlich in sie eindrang.

Bis auf meinen offenen Hosenschlitz und ihren angehobenen Mantel waren wir vollkommen bekleidet. Das hielt sowohl die Kälte als auch neugierige Zuschauer davon ab, uns bei unserem Liebesakt zu stören.

Ich schob ihr Höschen beiseite und platzierte meinen Schwanz direkt an ihrer nassen Pforte.

»Da ist aber jemand feucht«, seufzte ich leise an ihrem Ohr. »Bist du scharf darauf von mir gefickt zu werden, Baby?«

Mein schmutziger *Dirty Talk* entlockte Kenzie ein aufgewühltes Keuchen.

»Ja«, stieß sie schwer atmend hervor. »Ja, das bin ich.«

26

KENZIE

Als Cesare sich mit seiner gesamten Länge gemächlich in mich schob, sah ich Sterne. Konnte man bereits nach einer Sekunde Sex einen Orgasmus erleben?

Mir kam es jedenfalls so vor.

Ich beugte mich nach vorn, um Cesare besseren Zugang zu meiner wild pochenden Mitte zu ermöglichen und richtete meinen Blick auf den majestätischen Eiffelturm, der hell und golden in der dunklen Winternacht leuchtete.

Cesares Schwanz, der mich sanft von hinten vögelte, fühlte sich an wie das Paradies auf Erden. Ich liebte seinen köstlichen Ständer und wie er ihn benutzte, um mir damit absoluten Hochgenuss zu verschaffen.

»Gefällt dir das?«, raunte er erstickt und stöhnte lüstern, als ich ihm mit meinen Hüften entgegenkam.

»Ja«, hauchte ich. »Und wie.«

Cesare umfasste mein Becken und begann, härter in mich zu stoßen. Die Sterne vor meinen Augen kehrten unter seinen unnachgiebigen Stößen schlagartig zurück.

»Fass dich an, Baby«, befahl er. »Ich will, dass du deine Perle für mich reibst.«

»Dann komme ich«, widersprach ich und unterdrückte ein lautes Stöhnen, weil sein Schwanz nun mit jedem Stoß meinen G-Punkt traf.

Cesare wusste ganz genau, was er mir damit antat.

»Du wirst heute Nacht noch öfter kommen, als du zählen kannst, Kenzie. Das verspreche ich dir«, knurrte er. »Und jetzt tu, was ich dir sage, damit ich endlich in dir abspritzen kann.«

Cesares derbe Worte standen in einem so krassen Kontrast zu dem höflichen, anständigen und kultivierten Mann, den er stets in der Öffentlichkeit mimte, dass mir vor lauter Verlangen die Luft wegblieb.

Ich nahm eine Hand von der Brüstung und schob sie unter mein Kleid, begann meine pochende Perle zu reiben, so wie er es mir befohlen hatte. Die Kälte meiner Finger, die auf die Hitze meiner Scham traf, ließ mich zusammenzucken.

»So ist es richtig. Verwöhn dich«, feuerte er mich an.

Ich warf meinen Kopf in den Nacken und versuchte verzweifelt, meine Emotionen nicht lauthals in die Nacht zu schreien.

Cesare nahm seine rechte Hand von meinem Becken und umfasste gebieterisch meine Kehle. Er beugte sich nach vorn und hinterließ mit seiner Zunge eine heiße Spur der Gier an meinem Hals.

Ich drehte meinen Kopf zu ihm und verlangte flehend nach seinen Lippen.

»Ich küsse dich erst, wenn du gekommen bist. Schau auf den Eiffelturm«, keuchte er und bahnte sich mit seiner Hand einen Weg von meinem Hals unter meinen Mantel zu meiner Brust.

Ungeduldig schob er den dünnen Satinstoff zur Seite und zwirbelte meine aufgerichtete Knospe, neckte sie, provozierte sie, streichelte sie.

»Ich liebe deine weichen Titten«, flüsterte er an meinem Ohr und ließ meine Brust besitzergreifend durch seine Hand gleiten. »Ich kann es kaum erwarten, nachher ausgiebig mit ihnen zu spielen.«

»Cesare ...«, wimmerte ich gequält.

»Ich weiß, Baby. Ich weiß, dass du kommen willst. Gleich darfst du. Aber vorher will ich mich noch ein bisschen mit deinen süßen Brüsten vergnügen.«

»Ich will sofort kommen.« Meine Stimme klang so entrückt, dass ich sie kaum wiedererkannte. »Bitte lass mich kommen. Bitte.«

Cesare richtete sich auf und ließ von meiner Brust ab. Er platzierte erneut beide Hände an meinen Hüften und begann rhythmisch und fest in mich zu pumpen.

»Es macht mich tierisch an, wenn du bettelst, Kenzie«, zischte er erregt. »Du hast ja keine Ahnung, wie verrückt ich nach dir bin.«

Ich warf einen Blick über meine Schulter und erschauderte bei dem feurigen Italiener, der mich unter dem Pariser Nachthimmel so hingebungsvoll von hinten nahm.

Cesares Lider waren halb geschlossen. Seine Lippen vor Anstrengung leicht geöffnet. Dass er nach wie vor seinen maßgeschneiderten Anzug und seinen eleganten Mantel trug, trieb mich an den Rand des Orgasmus.

Ich riss meine Augen schweren Herzens von ihm los und richtete meine Aufmerksamkeit auf den alles überstrahlenden Eiffelturm vor mir.

Dann ließ ich los und erlaubte mir, alles um mich herum zu vergessen. Alles, außer meine explosive Lust und den Mann, der sie mir verschaffte und der nun ebenfalls erschauderte.

Heftig nach Atem ringend standen wir ineinander verschlungen auf dem Balkon und genossen gedankenverloren unsere Nachbeben.

»Wunderschön«, murmelte Cesare und schob meine Haare beiseite. Langsam und genussvoll küsste er sich an meinem Hals hinab.

»Der Eiffelturm?«, erkundigte ich mich mit zitternder Stimme und schloss die Augen unter Cesares zärtlicher Zuwendung.

Ein leises Lachen unterbrach seine liebevollen Küsse. »Ja, der auch. Aber den meinte ich nicht.«

»Was dann?«

Cesare zog sich aus mir zurück und drehte mich in seinen Armen. Nahezu ehrfurchtsvoll legte er seine Lippen auf die meinen und schenkte mir den sehnsüchtigen, innigen Kuss, den er mir vorhin versprochen hatte. Ich zerfloss förmlich in seinen starken Armen, die mich fest umschlossen hielten und erlaubte mir, mich seinem belohnenden Kuss voll und ganz hinzugeben.

»Dich, Kenzie«, flüsterte er, als wir nach schier endlosen Minuten voneinander abließen.

Sein mitreißender Kuss sorgte dafür, dass ich mich nicht einmal mehr an meine Frage erinnerte, zu der er mir die Antwort lieferte. Doch bevor ich weiter darüber nachdenken konnte, ergriff er meine Hand und führte mich zurück in die Suite.

Erst jetzt bemerkte ich die Kälte, die sich unbemerkt in meine Glieder geschlichen hatte. Ich rieb mir die kalten Hände und pustete wärmend dagegen, während ich meinen Blick durch Cesares Suite schweifen ließ.

Neben dem Kingsize Bett, das in der Mitte des weitläufigen, überaus luxuriösen Zimmers stand, befand sich in dem Schlafzimmer auf einem gläsernen Podest noch eine ovale Badewanne auf goldenen Klauenfüßen, in die Cesare gerade heißes Wasser einließ. Er befühlte die Temperatur des Wassers, das in die Wanne lief, erhob sich dann vom Badewannenrand und kam zu mir zurück.

»Wollen wir gemeinsam baden und uns aufwärmen?« Cesare nahm eine meiner wirren Haarsträhnen und wickelte sie um seinen Zeigefinger, betrachtete mich abwartend. »Du bist nervös, Kenzie. Warum?«

Ich lächelte beschämt über meine Scheu und deren Ursprung. »Das klingt jetzt wahrscheinlich lächerlich, aber um zu baden, müssen wir wohl oder übel unsere Kleidung ablegen.« Meine Stimme glich dem schüchternen Piepsen eines kleinen Rotkehlchens.

Cesare hob belustigt einen Mundwinkel. »Baby, ich war in dir. Habe mich in dir ergossen. Mehrmals. Warum machst du dir Gedanken darüber, dass ich dich nackt sehe?«

Ich zuckte die Achseln. »Vielleicht will ich dir ja gefallen und habe Angst, dass ich es nicht tue. Ich bin kein Topmodel, Cesare.«

»Das lässt sich nur herausfinden, indem du dich für mich ausziehst, fürchte ich.« Er versuchte ernst zu klingen, doch der Schalk in seinen Augen war nicht zu übersehen.

Cesare schob mir meinen Mantel von den Schultern und kniete sich auf den Boden, um die Schlaufen meiner High Heels zu lösen, aus denen ich zögernd hinausschlüpfte. Er richtete sich auf und ging um mich herum. Hinter mir blieb er stehen und strich bedächtig meine Haare zur Seite, öffnete den Reißverschluss meines Kleides. Dann schob er die Träger von meinen Schultern und sog scharf die Luft ein, als das Kleid zu Boden fiel und ich lediglich mit einem hauchdünnen Slip bekleidet vor ihm stand.

Anerkennend ließ er seine Hand über meine Pobacken gleiten und knetete sie aufreizend.

»Dreh dich zu mir um, Kenzie«, verlangte er.

Ich biss mir auf die Unterlippe und wandte mich ihm in Zeitlupe zu.

»Schau mich an.«

Zaghaft hob ich den Kopf und erschrak bei den lodernden Flammen, die in seinen Augen brannten, bereit mich auf der Stelle zu verschlingen.

»Sieht so ein Mann eine Frau an, die er nicht attraktiv findet?«

Ich schluckte und schüttelte verneinend den Kopf.

»Na siehst du. Und jetzt komm her. Ich möchte dir etwas zeigen.«

Cesares eiserner Befehlston, mit dem er mich bedachte, sandte elektrische Stromstöße direkt in meine Mitte, aus der Cesares Saft in dicken Tropfen in mein Höschen fiel.

Er griff nach meiner Hand und führte sie zu seinem nach wie vor offenen Hosenschlitz.

»Was spürst du?« fragte er, nachdem ich meine Hand in seinen Schlitz geschoben und seine stahlharte Erektion umfasst hatte.

»Deinen Schwanz«, sagte ich kaum hörbar.

»Ich habe dich nicht verstanden. Was hast du gesagt?«

»Deinen Schwanz«, wiederholte ich nun eine Spur lauter.

»Meinen steinharten, geladenen und hungrigen Schwanz, der es kaum erwarten kann, dass sich dein Traumkörper ausgiebig um ihn kümmert, um genau zu sein«, verbesserte er mich. »Wie kannst du auch nur eine Sekunde lang glauben, dass du mir nicht gefällst? Ich muss mich schwer beherrschen, um dich nicht augenblicklich auf mein Bett zu werfen und mich an dir zu vergehen. Und zwar so lange, bis deine Pussy jeden verdammten Tropfen aus meinem Schwanz gequetscht hat. Reicht dir das als Antwort oder soll ich weiterreden?«

»Ich glaube dir«, antwortete ich mit vor Erregung bebender Stimme und wurde dafür mit einem wütenden, eindringlichen Kuss belohnt.

Ich ließ zu, dass Cesare meine Hand von seiner Erektion löste, mir meinen mit seinem Saft getränkten Slip auszog und mich zur mittlerweile gefüllten Wanne führte. Während er mir in das warme, schäumende Badewasser hineinhalf, lag sein Blick voller Verlangen auf mir. Zum Glück bedeckte der Badeschaum die Gänsehaut, die seine sehnsüchtige Inquisition auf meiner Haut hinterließ.

Cesare blieb vor der Wanne stehen und löste seine Krawatte. Jackett und Gilet folgten. Meine Augen klebten förmlich auf ihm, als er begann, sein Hemd aufzuknöpfen und einen durchtrainierten, klar definierten Brustkorb entblößte.

Er streifte sein Hemd ab und entlockte mir bei dem Anblick seiner wohlgeformten Schultermuskulatur samt ansehnlichem Bizeps und Sixpack ein überwältigtes Stöhnen. Aus gesenkten Augenlidern beobachtete ich, wie er seine Hose öffnete und sie zusammen mit den Boxershorts nach unten schob. Voller Vorfreude leckte ich mir über die Lippen und robbte nach vorn, um Cesare in die Wanne zu ziehen.

Er lachte bei meinem stürmischen Angriff und ließ sich von mir in die Wanne locken. Ich überfiel ihn wie eine Raubkatze ihre hilflose Beute, setzte mich rittlings auf ihn und presste meine Lippen auf seinen Mund. Getrieben von Gier küsste ich ihn, als wäre er meine rettende Sauerstoffflasche in fünftausend Metern Tiefe. Seine Hände wanderten über meinen Rücken zu meinem Po und streichelten ihn beruhigend, animierten mich dazu, die Nerven zu behalten.

»Komm, wir machen dich sauber«, forderte er sanft und entzog sich mir.

Ich gab einen protestierenden Laut von mir und hielt mich an ihm fest.

»Vertrau mir, Kenzie. Lass mich dich sauber machen. Ich verspreche dir, dass es dir gefallen wird.«

Ich drehte mich widerwillig um, sodass ich mit dem Rücken an Cesares starker Brust lehnte. Was bitte könnte mir besser gefallen, als Cesares Schwanz zu reiten, während er mich küsste und meine mit Schaum bedeckten Brüste massierte?

»Spreiz die Beine für mich«, bat er und griff nach dem Duschkopf. Er drehte den Duschhahn auf, sodass aus dem Duschkopf ein warmer Strahl Wasser schoss.

Anstandslos gehorchte ich.

»So ist es gut. Jetzt schließ die Augen, Kenzie.« Cesare pustete sachte in mein Ohr und knabberte an meinem Ohrläppchen. »Dann bekommst du auch deinen nächsten Orgasmus. Ich verspreche es dir.«

Ich schloss eilig die Augen, was Cesare ein erneutes Lachen entlockte.

»So unglaublich gierig und geil. Das ist so heiß, Kenzie. *Du* bist so heiß ...«

Völlig unverhofft spürte ich einen köstlichen Druck

an meiner Perle. Ich keuchte genießerisch auf und identifizierte den Lustspender als den Wasserstrahl des Duschkopfes, mit dem Cesare unter Wasser meine Klit massierte.

Mit einer Hand hielt er den Duschkopf in Position, mit der anderen Hand begann er, meine Brüste zu streicheln. Ich drehte meinen Kopf und seufzte zufrieden, als seine Lippen auf die meinen trafen und seine Zunge träge in meinen Mund glitt.

Hatte ich mich eben gefragt, was mir besser gefallen könnte, als Cesares Schwanz zu reiten, während er mich küsste und meine Brüste massierte? Nun ja, von Cesare klitoral verwöhnt zu werden, während er mich küsste und meine Brüste massierte, beantwortete wohl diese Frage.

Ich durfte kommen und Cesare machte die ganze Arbeit.

Perfekt.

Ich war eindeutig im Paradies gelandet.

Es dauerte keine Minute, bis ich meinen Höhepunkt erreichte und dieses Mal hielt ich mich nicht zurück. Ich löste meine Lippen von Cesares Mund und stöhnte meinen Orgasmus in die Stille der luxuriösen Pariser Suite.

Cesare presste seine Lippen an meine Schläfe und knurrte bedrohlich, angestachelt von meinen lustvollen Lauten.

»Oh mein Gott, du hast mich fast *umgebracht*.« Ermattet ließ ich meinen Kopf gegen Cesares nackte Brust fallen und genoss die Blitze, die durch meinen Körper schossen und zu meiner totalen

Entspannung beitrugen. »Danke, Cesare. Ich danke
dir.«

Er stellte das Wasser ab und schlang seine Arme
um mich. Hielt mich fest. Ganz fest. »Bedank dich
nicht zu früh. Denn gleich darfst du dich revanchie-
ren«, flüsterte er und gab mir einen weiteren Kuss.

In stillem Einklang genossen wir die Nähe des
anderen, bis das Wasser langsam abkühlte und uns
dazu animierte, unser erotisches Bad zu beenden.

»Lass uns ins Bett gehen, was meinst du?« Cesare
wickelte mich mit einem vielsagenden Blick in ein flau-
schiges Badetuch und trocknete sich mit einem
zweiten Badetuch vor mir ab.

»Ja, zusammen ins Bett gehen klingt nach einem
fantastischen Plan«, zwinkerte ich und öffnete provozierend mein Badetuch.

27
CESARE

Als die goldenen Strahlen der Dezembersonne sich in die Suite stahlen und mir ins Gesicht schienen, zeigte die Uhr an der gegenüberliegenden Wand bereits kurz vor zehn.

Dafür, dass ich nicht zu den Langschläfern dieser Welt gehörte, war das hier eindeutig mein persönlicher Weltrekord.

Doch das wunderte mich nicht wirklich.

Denn letzte Nacht hatte ich noch einen weiteren persönlichen Weltrekord aufgestellt. Den, der meisten Orgasmen binnen einer Nacht. Mein Körper fühlte sich so entspannt an, wie nach einer ausgiebigen Ganzkörpermassage. Und das, obwohl er schwer schuften musste, um Kenzies und meinem unstillbaren Durst gerecht zu werden.

Kenzie.

Vorsichtig drehte ich meinen Kopf auf dem Kissen und schaute in ihr friedliches Gesicht, das in meinem Arm lag. Sie schlummerte selig.

Ich beugte mich vor und gab ihr einen behutsamen Kuss auf die Nasenspitze.

Ein freudiges Lächeln breitete sich bei ihrem schlafenden Anblick auf meinem Gesicht aus. Mit meiner freien Hand griff ich über sie und streichelte mit meinen Fingerspitzen ihren nackten Rücken.

»Hmmm«, schnurrte sie und rückte näher an mich.

Ich widerstand dem Drang, sie auf den Rücken zu drehen und sie im Schlaf zu überfallen.

Wie war es möglich, dass ich schon wieder Lust auf sie hatte? Nach all den Malen, die wir es in den vergangenen Stunden miteinander getrieben hatten?

Wahrscheinlich, weil ich es liebte, in ihr zu sein. Ich liebte das Gefühl, wenn sich ihre triefende Pussy nach meiner Männlichkeit verzehrte, sie in sich aufsog, sie auspresste und sie nicht mehr hergeben wollte. Ich war süchtig danach, wie sie völlig losgelöst meinen Namen stöhnte und ihren Kopf im lustvollen Rausch in den Nacken warf. Ich würde morden, nur um sie dazu zu bringen, noch einmal ihren süßen Mund um meinen Schwanz zu legen und daran zu lecken und zu saugen, wie an einem köstlichen Eis am Stiel.

Geräuschvoll atmete ich aus und löste mich bedauernd von der wundervollen Frau neben mir, um mir im angrenzenden Bad eine kalte Dusche zu verpassen. Dabei zwang ich mich unter Aufwendung all meiner Kräfte, mich nicht nach Kenzie in meinem Bett umzudrehen und auf der Stelle kehrt zu machen, um mich nicht unter der Dusche, sondern in ihr abzureagieren.

Als ich an der Wanne vorbei stapfte, schloss ich die Augen und verbannte die Bilder von Kenzie, die in meinen Armen explodierte, während sie ihren Orgasmus in die Welt schrie, aus meinem Kopf.

»Fuck«, fluchte ich unter der Dusche und drehte den Duschhahn auf, der mich augenblicklich an den Duschhahn der Badewanne erinnerte, der Kenzies weiche Klit massierte.

Würde es von nun an immer so sein?

Würden mich Badewannen, Duschhähne, Betten, Balkone, Schreibtische, Stühle, Sofas, Ablagen und all die Orte, an denen ich es mit Kenzie getrieben hatte, an denen ich sie zum Höhepunkt gebracht hatte, an sie erinnern? Würde ich mit einem Dauerständer herumlaufen und zu nichts mehr zu gebrauchen sein?

Undenkbar!

Mit beiden Händen stützte ich mich an der Duschwand ab und ließ das eiskalte Wasser über meinen Körper laufen.

Ganz ruhig, Cesare, ermahnte ich mich. *Komm runter.*

In meinem Kopf formte sich langsam, aber sicher, ein halbwegs brauchbarer Plan.

Ich würde Kenzie verabschieden, ein paar Stunden arbeiten und im Anschluss zu einem abendlichen Spaziergang inklusive Dinner in einem Pariser Bistro aufbrechen. Genauso, wie ich es geplant hatte, bevor Kenzie und ich diese eine, alles verändernde Nacht miteinander verbracht hatten, deren erschütternde Emotionen immer noch in mir nachhallten und mich sichtlich aus der Fassung brachten.

Nachdem mein Ständer unter dem Eiswasser kapitulierte, stellte ich das Wasser ab und schlang mir ein Handtuch um die Hüften.

Dann trat ich aus dem Bad, um Kenzie zu wecken, nur um zwei Sekunden später wie angewurzelt stehen zu bleiben und beinahe über meine eigenen Füße zu stolpern.

Kenzie stand, lediglich mit meinem Hemd bekleidet, vor den bodentiefen Fenstern der Suite und blickte gedankenversunken auf den Eiffelturm, der majestätisch wie eh und je in den strahlend blauen Winterhimmel ragte.

Bevor ich die Kontrolle über meinen Verstand zurückgewinnen konnte, verselbständigten sich meine Beine bereits und steuerten zielstrebig auf Kenzie zu.

Ich umarmte sie und vergrub mein Gesicht in ihrer herrlich duftenden Halsbeuge.

»Salut«, murmelte ich und schloss glücklich die Augen.

»Salut, chéri«, erwiderte sie mit einem nicht minder glücklichen Lächeln.

Ich zog sie enger an mich und erklärte meinen glorreichen Plan für gescheitert. Nie und nimmer würde ich Kenzie wegschicken. Nicht in diesem Leben. »Frühstücken wir zusammen? Ich bestelle uns etwas auf das Zimmer.«

»Hast du nicht zu tun? Ich will dich von nichts abhalten.«

»Das kann warten. Du nicht.«

»Bist du sicher, dass ich dich nicht störe?«

»Du und stören?« Berauscht küsste ich mich an ihrem Hals entlang, hinab zu ihrem Dekolleté und ihren apfelförmigen Brüsten mit den roten Kirschen. »Du störst höchstens meine Blutzirkulation und sorgst dafür, dass ich vor Lust fast umkomme.«

Kenzie kicherte, jedoch nur so lange, bis ich meinen Mund auf ihre gekräuselten Knospen legte und genussvoll daran zu saugen begann. Ihr mädchenhaftes Kichern wich dem langgezogenen Stöhnen meines Namens und machte die Wirkung der kalten Dusche binnen Sekunden zu Nichte.

Scheiß drauf.

Ich hob Kenzie hoch und trug sie zum Bett.

Das Frühstück musste warten.

»Du riechst so gut«, wisperte Kenzie und rieb ihre Nase an meiner nackten Brust. »Wie kann es sein, dass ich allein von deinem Geruch schon süchtig nach dir werde?«

»Sieh an, sieh an. Du bist also süchtig nach mir?« Ein Lächeln stahl sich auf mein Gesicht, während ich sanft mein Hemd von Kenzies Schultern schob und sie entblätterte wie ein süßes, verlockendes Nougatbonbon, das ich genussvoll zu vernaschen gedachte.

»Ich ...« Sie brach ab und seufzte, als sich meine Hände um ihre Brüste schlossen und sie zärtlich drückten. »Ich sollte ebenfalls duschen.«

»Wozu? Ich werde dich erst schmutzig machen. Und zwar so richtig. Damit sich die Dusche auch lohnt.«

Sie stieß einen belustigten Laut aus und bog sich meinem gierigen Mund, der ihre erhitzte Haut verwöhnte, lustvoll entgegen.

»An was hast du da gedacht?«

»Hmmm ...«, überlegte ich und glitt mit meinem Mund zu ihrem Ohr. »Ich fände es grandios, mit einem Blowjob in den Tag zu starten und deinen entzückenden Mund mit den vollen, roten Lippen und der geschickten Zunge in Besitz zu nehmen. Aber noch besser gefällt mir der Gedanke, dir in die Augen zu sehen, während ich dich langsam, tief und behutsam liebe.«

Kenzie sog bei meinen lüsternen Worten scharf die Luft ein und schluckte. Sie verfehlten ihre Wirkung also nicht. Gut.

Zufrieden grinsend strich ich ihr mit meinen Fingern die Haare hinter das Ohr und begann, an ihrem Ohrläppchen zu knabbern.

»Was denkst du, chérie? Worauf hättest du Lust? Möchtest du meinen Schwanz in deinen wundervollen Mund, oder in deiner bezaubernden Pussy aufnehmen, hm?«

»Cesare ...«, keuchte sie leise und drehte den Kopf, sodass sich unsere Blicke trafen.

Niemand sagte etwas, doch das mussten wir auch nicht.

Die Sehnsucht, die Verzweiflung und die Zuneigung, die sich darin widerspiegelten, waren nicht zu übersehen.

Im Gegenteil. Sie raubten uns regelrecht die Luft zum Atmen.

»Wie ... wie wäre es mit beidem?«

»Verlockend«, lächelte ich und bedeckte ihre Lippen mit zärtlichen Küssen. »Unglaublich verlockend.«

Ich spreizte Kenzies Beine und rieb mit meinem Ständer neckend über ihre Klit, während ich meine Küsse langsam intensivierte und mich gänzlich in dieser Frau verlor.

Prüfend glitt ich mit meinem Zeigefinger zu ihrem paradiesischen Eingang und umkreiste ihn lockend, um auszuloten, ob sie feucht genug war, meinen pulsierenden Schwanz bis zum Anschlag in sich aufzunehmen.

»Ich brauche dich, Cesare. Ich bin bereit«, hauchte sie, so als hätte sie meine stumme Frage gehört.

Um ihrer Aussage Nachdruck zu verleihen, schloss sie ihre Hand um meine Härte und brachte mich damit zum Seufzen.

»Ich dich auch. Du hast ja keine Ahnung, wie sehr«, entgegnete ich und schloss genießerisch die Augen, als ihre Hand langsam an meinem Schaft auf- und abzugleiten begann. Wieso konnte nicht jeder Tag genauso beginnen?

Mir gefiel die Vorstellung von Kenzie in meinem Zuhause. In meinem Bett. In meinen Armen.

Für einen winzigen Moment verfiel ich diesem verbotenen Wunschtraum, was Kenzie gnadenlos ausnutzte, um meinen Schwanz an ihrer Pforte zu platzieren und ihn in sich zu schieben.

»Kenzie ... fuck ...«, rief ich gedehnt und atmete

zischend aus. »Himmel noch mal! Was machst du nur mit mir?«

»Dasselbe, das du mit mir machst. Gleiches Recht für alle. Das ist nur fair«, kicherte sie und legte ihre Hände besitzergreifend auf meine nackten Pobacken, die sie fordernd gegen ihr Becken drückte.

Vorsichtig stieß ich in sie, was sie lustvoll keuchen ließ. »Cesare ... es ... es ist so unglaublich gut ...«

»Ja«, stimmte ich ihr heiser zu. »Das ist es. Zu gut, um jemals damit aufzuhören.«

Eine Stunde später schafften wir es tatsächlich aus dem Bett. Während Kenzie duschte, bestellte ich uns Kaffee, Baguette, Croissants, frisch gepressten Orangensaft, Butter und Marmelade aufs Zimmer.

Nachdem Kenzie in einen Bademantel gehüllt aus dem Bad kam, stellte auch ich mich unter die Dusche.

Zum zweiten Mal an diesem Tag.

Die Entscheidung, getrennt voneinander zu duschen, hatten wir bewusst getroffen, da wir beide wussten, wohin eine gemeinsame Dusche führen würde. Obwohl uns beiden der Magen knurrte und die Muskeln in unseren Beinen vor lauter Vögeln zitterten, konnten wir nicht genug voneinander bekommen.

Vielleicht, weil wir füreinander gemacht waren.

Vielleicht aber auch weil wir wussten, dass dieses eine Wochenende, nach Ende der alten und vor Beginn der neuen *Serie del Rey* Saison, eine einmalige Chance darstellte, sich ausgiebig zu lieben.

Und ja, ich wählte mit voller Absicht das Wort *lieben.*

Denn mit dem unverbindlichen, nichtssagenden Sex nach meinem Ehe-Aus konnte man den Sex mit Kenzie nicht vergleichen.

Die Vereinigung mit ihr war tausend Mal intensiver, inniger, emotionaler, befriedigender und erfüllender. Ich huldigte ihrem Körper, verehrte ihn, verwöhnte ihn, diente ihm. Gott, ich betete ihn an. Und nicht nur ihren Körper. Nein, vielmehr das Gesamtpaket.

Ich betete Kenzie an.

Ihr glockenhelles Lachen. Ihr süßes Lächeln. Ihre Aufopferung für ihren Job und die Menschen, die ihr wichtig waren. Ihre schnelle Auffassungsgabe. Ihr Organisationstalent. Ihre ungehemmte Lust. Ihre feurige Leidenschaft. Die faszinierende Schamesröte, die ihr ins Gesicht schoss, wenn sie nervös war. Ihre Unkompliziertheit. Ihre Empathie und die Sympathie, die sie ausstrahlte und mit der sie alle in ihren Bann zog.

All das begleitete den himmlischen Körper mit den weichen Brüsten, die genau in meine Hände passten. Die kirschroten Knospen, in die man einfach hineinbeißen musste. Die zarte Alabasterhaut. Das sinnliche rote Haar. Den köstlichen Schmollmund. Die lustigen Sommersprossen. Die herrlichen Rundungen. Der knackige Po, der so entzückend gegen meine Lenden klatschte, wenn ich

Kenzie von hinten in meiner Lieblingsposition nahm.

Ich konnte ewig so weiter machen.

Hatte ich schon ihre vertrauensvollen Kulleraugen erwähnt, die mich lustverschleiert anbettelten, sie härter zu ficken, während ihre enge Mitte meinen Schwanz in Beschlag nahm?

Verflucht! Es hatte mich erwischt.

So richtig.

Ich war bis über beide Ohren in diese Frau verliebt.

In die Frau, die ich nicht haben durfte.

Das stellte ein verflixtes Problem dar.

Ein Problem, von dem ich noch nicht wusste, wie ich es lösen konnte.

»Wir frühstücken draußen?« Überrascht blickte ich auf den Balkon, auf dessen Tisch sich das einladende französische Frühstück türmte.

»Die Sonne strahlt mit dem Eiffelturm um die Wette und auf dem Balkon braucht man fast schon Sonnencreme, um sich nicht zu verbrennen«, lachte Kenzie und drehte sich übermütig um die eigene Achse. »Wann habe ich schon mal die Möglichkeit, mit Aussicht auf den Eiffelturm zu frühstücken?«

Der Anblick der überglücklichen Kenzie brachte mein Herz zum Überlaufen. Ich konnte dieser Frau nichts abschlagen. Im Gegenteil. Wenn sie es geschickt anstellte, würde ich ihr aus der Hand fressen, wie ein kleines Schoßhündchen.

Sie hatte die Macht, mich an der kurzen Leine zu halten.

Ich würde betteln, um ihre Aufmerksamkeit zu

gewinnen. Winseln, um ihre Zärtlichkeiten zu erhaschen und jaulen, damit sie mich nie vergaß.

Im Vorbeigehen streifte ich mir einen Pullover und eine Jogginghose über und stellte amüsiert fest, dass Kenzie sich großzügig aus meiner Reisetasche bedient hatte. Sie trug ebenfalls eine Jogginghose und ein Sweatshirt. *Meine* Jogginghose und *mein* Sweatshirt.

Beides stand ihr ausgezeichnet.

Ich schnappte mir die Wolldecken vom Schrank und trat nach draußen auf den Balkon, wo Kenzie bereits in einem der einladenden Sessel saß.

Schützend hüllte ich die Wolldecke um ihren Körper, auch wenn sie mit ihrer Bemerkung über die Sonne völlig recht behielt.

Dadurch, dass die Sonne geradewegs auf den Balkon schien, hielt man es draußen mühelos ohne Jacke aus. Die Sonne hatte den Schnee ringsum zum Schmelzen gebracht und wärmte den Balkon mit ihren Strahlen.

Ich ließ mich in dem Sessel neben ihr nieder und umfasste sanft ihr Gesicht, zog sie für einen ausgiebigen Kuss zu mir herüber. Wie jedes Mal artete die anfangs harmlose Geste der Zuneigung binnen Sekunden in eine unberechenbare Flut der Leidenschaft aus, sodass Kenzie von ihrem Sessel auf meinen Schoß kletterte, die Wolldecke über unsere Köpfe zog und ihre Lippen ungestüm auf die meinen presste. Wir knutschten wie zwei verliebte Teenager bis wir keine Luft mehr bekamen und schmiegten uns anschließend eng aneinander.

Keiner von uns beiden wollte den anderen gehen lassen.

Deshalb frühstückten wir, Kenzie auf meinem Schoß sitzend, gemeinsam. Wir teilten uns Croissants und Baguette, tranken aus einem Glas und taten all die Dinge, von denen ich bis vor vierundzwanzig Stunden noch behauptet hätte, sie seien furchtbar kitschig, kindisch und unmännlich.

28

KENZIE

N ach einem ausgiebigen Frühstück und einer noch ausgiebigeren Kuscheleinheit, verließen Cesare und ich am frühen Nachmittag das Hotel, um in das Künstlerviertel *Montmartre* zu fahren. In einer kleinen Boutique unweit des Hotels kaufte ich mir eine Strumpfhose, ein Wollkleid und passende Schuhe, die ich gegen Cesares Jogginghose und Pullover eintauschte. Hand in Hand spazierten wir über die *Pont d'Iéna* zum *Trocadero* und von dort zum *Place Victor Hugo*. Mit der Metro fuhren wir nach *Montmartre* und schlenderten durch die Gassen hinauf zu der eindrucksvollen, weißen Wallfahrtskirche, der *Basilika Sacré-Coeur*, wobei der Aufstieg um einiges länger dauerte, da wir immer wieder anhielten, um hungrige Küsse auszutauschen.

Darauf bedacht, nicht erkannt zu werden, kauften wir uns in einem der Souvenirläden französische

Baskenmützen und überdimensionale Sonnenbrillen, die zwar zum Schreien aussahen, ihren Zweck aber einwandfrei erfüllten.

Wir ließen uns treiben. Ohne Ziel und ohne genauen Plan. Am späten Nachmittag schließlich setzten wir uns auf die Treppenstufen unterhalb des *Sacré-Coeur* und beobachteten eng aneinandergeschmiegt den blauen Winterhimmel, der sich orange färbte und den Abend einer der schönsten Tage meines Lebens einläutete.

Wäre das hier ein Date, ich hätte mich auf der Stelle in mein Date verliebt.

Und zwar unsterblich.

Doch es war kein Date.

Es war eine kurze, geheime und verbotene Affäre, auch wenn es sich nicht so anfühlte.

Bei dem Wissen, dass dieser winzige Tag inmitten der endlosen Galaxie von Raum und Zeit bald ein Ende finden würde, lief mir eine verräterische Träne über die Wange.

Zum Glück bemerkte Cesare das nicht, denn ich saß, den Rücken an ihn gelehnt, vor ihm. Er umarmte mich und hatte das Kinn auf meinem Kopf abgelegt. Leise summte er die Melodie von *La Vie en Rose* mit, die ein Straßenmusiker auf den Stufen unter uns spielte.

»Hunger?«, murmelte Cesare an meinem Ohr, als sich der Himmel dunkelblau färbte und der Tag sich der Nacht endgültig ergab.

»Hmm, ja.« Ich wandte den Kopf und rieb meine kalte Nase an seinem Hals, sog seinen betörenden Duft nach Leder, Kiefer und Tabak ein.

Wir erhoben uns und spazierten schweigend nebeneinander zum weiß leuchtenden *Sacré-Coeur* zurück, der steil in den Nachthimmel ragte.

In einer der kleinen Gassen fanden wir ein verstecktes Bistro, das uns zusagte und in dem man uns einen heimeligen Tisch anbot.

War die Stimmung zwischen uns vor einer Stunde noch gelöst, beschwingt und erheitert gewesen, so hatten sich mit dem Einzug der Nacht schwarze Gewitterwolken über uns zusammengebraut.

Wir wussten beide, dass unsere letzten gemeinsamen Stunden angebrochen waren. Ein letzter Abend. Eine letzte Nacht.

Morgen würden wir aufbrechen und nach Italien zurückkehren. Getrennt. Zurück in unser eigentliches Leben. Zurück in die *Serie del Rey*. Als Konkurrenten. Als Kontrahenten. Als Opponenten.

Dieser Gedanke beschäftigte uns mehr, als wir es uns eingestehen wollten. Dementsprechend vermieden wir es, das Thema anzuschneiden. Doch die Blicke, mit denen Cesare mich bedachte, sprachen Bände.

»Lass uns das Beste daraus machen. Wir haben noch diesen Abend. Und die ganze Nacht«, flüsterte ich und griff über den Tisch hinweg nach seiner Hand.

»Du hast recht. Entschuldige bitte«, lächelte er gezwungen und goss uns Rotwein nach.

Als wir zwei Stunden später Cesares Suite betraten, waren wir sichtlich angeheitert, um nicht zu sagen ziemlich betrunken.

Man konnte seine Sorgen nicht in Alkohol ertränken?

Tja, falsch gedacht.

Wir waren der beste Gegenbeweis dafür.

Krachend fiel die Tür der Suite ins Schloss, als Cesare mich hochhob und zum Bett trug. So schnell es uns der fehlende Gleichgewichtssinn erlaubte, zogen wir einander aus und kletterten auf das einladende Bett.

Cesare schob meine Beine auseinander und legte sich vorsichtig auf mich. Er senkte seinen Mund auf meine Lippen und gab mir einen seiner berauschenden Küsse, von denen ich einfach nicht genug bekommen konnte.

Ich verschränkte meine Arme in seinem Nacken und seufzte glücklich, als er sich der Länge nach in mich schob und mich mit hauchzarten Stößen verwöhnte, während er mich genauso zärtlich küsste und seine Finger rastlos über mein Gesicht strichen.

In einem anderen Leben wäre das hier der Inbegriff absoluter Perfektion gewesen. Der Gipfel des vollkommenen Glücks. Die Vereinigung zweier aus Sternenstaub bestehender Seelen unter dem winterlichen Sternenhimmel der endlosen Galaxie.

In diesem Leben waren wir jedoch zwei Liebende, die sich in dem traurigen Wissen, dass ihre Liebe keine Zukunft haben durfte, ein letztes Mal ineinander verloren.

Ich drehte mich auf den Bauch und setzte mich auf meine Knie, sodass Cesare ganz tief und intensiv von hinten in mich eindringen konnte. Seine Stöße ließen mich erschaudern. Genussvoll keuchend richtete ich meinen Oberkörper auf. Cesare schlang seine Arme um mich und hielt mich fest, während er quälend langsam in mich stieß. Immer wieder. Sein Atem ging gleichmäßig an meinem Ohr. Sein Stöhnen verleitete mich dazu, die Augen zu schließen und eine seiner Hände von meinem Bauch zu lösen, um mit ihr zusammen zu meiner Scham hinab zu gleiten. Gemeinsam teilten wir meine Venuslippen und unter meiner Führung begann Cesare, meine Perle gefühlvoll zu reiben. Mein Becken fing an, unter Cesares geschickten Fingern zu kreisen, sodass er lustvoll in meine Schulter biss.

»Du bist unglaublich, Baby«, stöhnte er. »Ich weiß nicht, wie ich jemals genug von dir bekommen soll.«

Er bedeckte meinen Hals mit kleinen Bissen, wohlwissend, dass er damit meine erogenen Zonen zum Verzweifeln brachte.

Cesare hatte mich in der Hand. Wortwörtlich.

Er drang von hinten in mich ein, streichelte mich von vorn und hielt mich in seinem freien Arm fest umschlossen, sodass ich nicht vor ihm und seiner Lust flüchten konnte.

Mir blieb nichts anderes übrig, als mich ihm voll und ganz hinzugeben.

Als mich ihm restlos und widerstandslos zu unterwerfen.

Als mich ein letztes Mal von ihm mit purem Glück erfüllen zu lassen.

Als ich am nächsten Morgen die Augen aufschlug, saß Cesare an das Kopfteil des Bettes gelehnt und streichelte mir gedankenverloren über meinen nackten Arm.

»Guten Morgen.« Ich räusperte mich und sah zu ihm auf.

»Hey Schlafmütze.« Cesare lächelte und fuhr die Konturen meines Gesichts nach.

»Schlafmütze?« Ich setzte mich abrupt auf. »Wie spät ist es?« Hektisch schaute ich mich in der Suite um.

»Kurz nach acht. Keine Sorge, du hast nicht verschlafen.«

Erleichtert atmete ich aus. Gewundert hätte es mich nicht. Denn auch in der letzten Nacht war an Schlaf kaum zu denken gewesen. Es gab ungefähr eine Million Dinge, die Cesare und ich lieber taten, als uns der übermannenden Müdigkeit zu ergeben und die wenigen wertvollen Stunden, die uns blieben, getrennt voneinander im Land der Träume zu verbringen.

»Ich sollte mich so langsam fertig machen. Bevor Toni und Hanna auschecken, muss ich noch packen, ihre Rechnungen begleichen und den geplanten Abflug überprüfen.«

Ich schlug die Bettdecke zurück und wollte mich aus dem Bett stehlen, doch Cesare packte mich am Arm und hinderte mich so daran, aus unserem paradiesischen Kokon zu schlüpfen.

»Nicht so schnell«, flüsterte er in mein Ohr und zog mich in seine Arme. »Du hast dich noch nicht gebührend von mir verabschiedet.«

Seine vorwurfsvolle Bemerkung brachte mich wider Erwarten zum Lächeln. »Das habe ich sehr wohl. Die ganze letzte Nacht.«

»Jetzt ist es aber Morgen. Das, was du letzte Nacht getan hast, zählt also nicht mehr.«

Er schob mein Haar zur Seite und vergrub sein Gesicht an meiner Halsbeuge. Seine Hände bahnten sich einen Weg über meinen Körper, hin zu meiner Mitte, die von den wenigen Stunden des erholsamen Schlafes nass und bereit seine neckenden Finger begrüßte und sie problemlos in sich aufnahm.

Cesares erregtes Keuchen drang in mein Ohr und als er mich unter sich auf dem Bett begrub und sich langsam auf mich sinken ließ, entschied ich, dass mir durchaus die Zeit für einen morgendlichen Abschieds-quickie mit ihm blieb.

Oder zwei ...

29
CESARE

»Kenzie ...«, begann ich, doch Kenzie legte mir ihren Zeigefinger auf die Lippen, bevor ich weiterreden konnte.

»Nicht«, bat sie. »Mach es nicht kaputt, Cesare.«

»Woher weißt du, was ich sagen wollte?«

»Weil ich genau dasselbe sagen möchte. Aber ich weiß, dass es sinnlos ist. Bist du bereit, deinen Job als Teamchef von *Racing Rosso* aufzugeben, um mit mir zusammen zu sein?«

Ich presste die Lippen aufeinander und schob die Hände resigniert in die Hosentaschen.

»Siehst du. Und ich bin nicht bereit, meinen Job bei *Titan Racing* aufzugeben, um mit dir zusammen zu sein. Also sparen wir uns das schmerzvolle Gespräch, das sowieso nirgendwo hinführen würde und wahren die Erinnerungen an unsere Zeit in Paris tief in unseren Herzen.«

Kenzies Vorschlag missfiel mir, aber ich wusste, dass sie recht hatte und dass ich, zumindest für den Moment, nichts an ihrer Einstellung ändern konnte. Deswegen ließ ich das Thema fallen und zog stattdessen ein kleines Päckchen aus meiner Hosentasche.

»Ich habe etwas für dich.«

»Was ist das?«, fragte sie, als ich ihr das als Geschenk verpackte Schächtelchen überreichte.

»Ein Weihnachtsgeschenk.«

»Ein Weihnachtsgeschenk? Für mich?« Sie riss ungläubig die Augen auf.

»Es soll dich an unsere Zeit in Paris erinnern.«

Sie drückte das Päckchen gegen ihre Brust und schloss ergriffen die Augen. »Danke«, hauchte sie mit erstickter Stimme. »Für das hier und für alles.«

Ich zog sie zu einem allerletzten Kuss an mich, von dem ich mir wünschte, dass er nie endete.

Doch das tat er.

Natürlich tat er das.

So wie alles in diesem kurzen Leben auf Erden vergänglich war, fand auch der engelsgleiche Kuss von Kenzie ein viel zu schnelles Ende.

Und dann war sie weg.

Sie löste sich von mir, drehte sich um und eilte in den späten, von dichten Schneewolken behangenen Pariser Wintermorgen davon.

Ich sah ihr wehmütig hinterher, bis sie aus meinem Sichtfeld verschwand und kehrte dann fröstelnd in mein Hotelzimmer zurück, wo ich wehmütig den Blick umherschweifen ließ.

Es fühlte sich leer an ohne Kenzie und es fiel mir

folglich nicht schwer, meine Tasche auf das Bett zu hieven und für meinen Aufbruch zu packen. Das lenkte mich auch von den Gedanken an die Frau ab, die ich nicht haben durfte und von dem dumpfen Gefühl in meiner Magengrube, das mich fest im Griff hielt, seit sie gegangen war.

Wie ließ es sich nur erklären, dass sie die Macht besaß, mich zum glücklichsten, aber gleichzeitig auch zum unglücklichsten Mann dieser Welt zu machen?

In ihrer Gegenwart fühlte ich mich, als wäre ich unaufhaltsam. Als wäre ich am Ziel meiner Träume angelangt. Und ohne sie ... tja, ohne sie fühlte ich mich aufgeschmissen und leer.

Ich kannte dieses Gefühl zwar nicht aus eigener Erfahrung, doch aus Erzählungen, Büchern und Filmen wusste ich, was es zu bedeuten hatte. Ich war verliebt. Und das nicht erst seit der *AOS* Gala. Ich war schon eine ganze Weile in diese Frau verliebt.

Das mochten schlechte Neuigkeiten sein und obwohl es mich sorgen und ärgern sollte, weil diese Liebe verboten und unmöglich war, so verspürte ich bei dieser Erkenntnis dennoch eine enorme Erleichterung. Denn sie bedeutete, dass ich normal war. Dass ich in der Lage war, mich zu verlieben. Dass ich Gefühle für jemanden aufbringen konnte, die über das rein Freundschaftliche und rein Körperliche hinausgingen.

Während meiner Ehe mit Fiona hatte ich mich so oft gefragt, ob es vielleicht an mir lag, dass wir nie zueinander gefunden hatten. Dass ich nicht in der Lage war, so etwas wie Liebe zu empfinden, weil ich in einer Adelsfamilie, in der es nur um gesellschaftliche Verpflichtungen und strategische Allianzen ging, großgeworden war.

Ich hatte mir deswegen ernsthafte Sorgen gemacht. Doch durch Kenzie wusste ich nun, dass ich lieben konnte. Mehr noch: Dass ich so sehr lieben konnte, dass es seelisch und körperlich schmerzte.

Seufzend zog ich den Reißverschluss meiner Louis Vuitton Reisetasche zu und setzte mich auf das zerwühlte Bett.

Meine Hand glitt über die kühlen Laken, in denen ich mich mit Kenzie gewälzt hatte und ich fragte mich, ob sie gut in ihrem Hotel angekommen war. Ich ging fest davon aus, doch wissen konnte ich es nicht. Und das machte mich nervös. Denn mir lag viel daran, dass es ihr gut ging.

Natürlich hätten wir unsere Handynummern austauschen können, aber da die gemeinsame Zeit in Paris offiziell unser Abschied gewesen war, hatte es keinen Grund dafür gegeben. Es hätte uns bloß in Versuchung geführt. Einer Versuchung, der wir früher oder später erlegen wären.

Im besten Fall war Kenzie jetzt bei Toni und trat gemeinsam mit ihm und seiner Frau die Heimreise an. Sie würde bald in ihren wohlverdienten Urlaub starten und Weihnachten feiern.

Ohne mich. Natürlich ohne mich.

Was für ein absurder Gedanke.

Und ich? Ich würde Weihnachten wie immer im

Kreis meiner Familie feiern. Die meisten Menschen freuten sich wahrscheinlich auf diese Art von Familienzusammenkunft während der Feiertage. Doch ich tat es nicht, weil ich genau wusste, was mich erwartete. Und das war nichts Angenehmes.

Ich rieb mir müde über das Gesicht, weil mich die Vorstellung an die bevorstehenden Feiertage daran erinnert hatte, dass ich noch Geschenke für meine Familie kaufen musste, bevor ich am Nachmittag nach Italien zurückflog.

Nirgendwo würde ich adäquatere Geschenke auftreiben können als hier, in Paris, in der luxuriösen Stadt der Mode. Dort, wo sich Dior an Dolce, Prada, Gucci, Chanel und Hermès reihte, was es mir einfach machte, für jeden ein passendes Geschenk zu finden.

Möglichst teuer. Möglichst limitiert. Möglichst extravagant. Möglichst auffällig.

Ich kannte meine Familie, auch wenn ich oftmals glaubte, kein Teil davon zu sein, weil ich mich so grundlegend von ihr unterschied.

Doch seine Familie konnte man sich nicht aussuchen und obwohl mich meine Familie schrecklich aufregte und bevormundete, blieb es dennoch meine Familie, die insgeheim nur das Beste für mich wollte, ohne jedoch zu wissen, was das Beste für mich *war*.

Und genau da lag das Problem, das zu lösen versuchen ich schon lange aufgegeben hatte.

Ich stand auf, warf noch einen letzten Blick auf das Bett und gab mich für einen Augenblick der Erinnerung an Kenzie in meinen Armen hin, bevor ich mir meinen Mantel schnappte und meine Suite verließ, um zügig die Einkäufe zu erledigen und danach noch etwas zu arbeiten.

Es würde mich ablenken. Zumindest für eine Weile.

30
KENZIE

»B ereit?«, begrüßte ich Toni und Hannah, als sie in der Lobby eintrafen und unser Gepäck vom Personal in die vor dem Hotel bereitstehende Limousine gebracht wurde.

Toni nickte und legte seiner Frau eine Hand auf den Rücken, um sie nach draußen zu begleiten.

Ich folgte ihnen.

»Hattest du eine gute Zeit?«, fragte er mich, als wir im Wagen Platz nahmen und uns durch den dichten Pariser Verkehr in Richtung Flughafen schlängelten.

»Ja«, sagte ich eine Spur zu schnell und eine Oktave zu hoch, um beiläufig zu klingen. »Hatte ich, danke. Und ihr? Was habt ihr Schönes unternommen?«, schob ich nach, um das Gespräch von mir wegzulenken.

Denn um keinen Preis wollte ich Toni anlügen, wenn er mich fragte, womit ich mir meinen freien Tag vertrieben hatte. Aber die Wahrheit konnte ich ihm auch nicht sagen.

Also durfte ich es erst gar nicht so weit kommen lassen.

»Wir haben gemütlich gefrühstückt und danach eine Ausstellung von Dior besucht«, meldete sich Hanna lächelnd zu Wort. »Anschließend waren wir noch auf dem Eiffelturm und haben in einem kleinen Bistro zu Abend gegessen.«

»Das klingt ganz bezaubernd«, entgegnete ich ehrlich und kam nicht umher, einmal mehr die Zuneigung zu bewundern, die diese beiden Menschen trotz jahrzehntelanger Ehe noch füreinander empfanden.

»Was habt ihr für die Weihnachtsfeiertage geplant?«, bemühte ich mich, das Gespräch am Laufen zu halten, damit sich Toni und Hanna gar nicht erst die Gelegenheit bot, mich auszufragen.

»Wir werden es wie jedes Jahr mit den Kindern verbringen, die Handys ausschalten, ganz viel essen, trinken und nichts tun, außer uns zu amüsieren«, frohlockte Hanna und lächelte vorfreudig.

Grinsend sah ich von ihr zu Toni, der uns in der Limousine gegenübersaß und stirnrunzelnd durch sein Handy scrollte. Er war schon wieder tief in seine Arbeit versunken. Typisch.

»Ich wette, du kannst es kaum erwarten, ihn mal ein paar Tage nur für dich zu haben, oder?«

»Oh ja. Wenigstens einmal im Jahr ist das absolut unerlässlich. Das ist mein persönliches Weihnachtsgeschenk«, erwiderte sie.

»Das glaube ich gern. Aber du kannst dir sicher

sein, dass noch ein paar andere, äußerst reizende Geschenke unter dem Weihnachtsbaum auf dich warten.«

Ich zwinkerte ihr zu und spielte damit auf die Einkaufsliste an, die ich, wie in jedem Jahr, für Toni in Paris abgearbeitet hatte.

Er war äußerst großzügig und spendabel gewesen und hatte auch in diesem Jahr nur das Beste für seine Frau ausgewählt.

»Hast du die E-Mail von James gesehen?«, unterbrach Toni unser Gespräch und blickte auf.

»Nein. Noch nicht«, gab ich zurück und griff nach meinem Handy, um mir die E-Mail des Mitarbeiters der Personalabteilung anzusehen.

»Das muss heute noch geklärt werden. Kannst du alles arrangieren?«, bat er, während ich die Nachricht von James überflog.

Es handelte sich bei dem Anliegen um eine wichtige Personalentscheidung für die neue Saison, die ich eigentlich als erledigt angesehen hatte. Doch anscheinend gab es zuvor noch ein paar Hindernisse, die aus dem Weg geräumt werden mussten. Zum Glück jedoch nichts, was unmöglich schien.

»Ich kümmere mich darum«, sagte ich und begann meine Antwort an James auf dem Handy zu tippen, die ich punktgleich mit unserer Ankunft im Privatjetterminal des Flughafens verschickte.

Während des Fluges mussten Toni und ich zwei Konferenzschaltungen beiwohnen, wobei er Entscheidungen traf und ich Notizen machte. So blieb uns bis zur Landung keine Zeit mehr für private Gespräche und da er und Hanna nach der Landung sofort aufbrachen, schaffte ich es nach Hause, ohne die beiden wegen Cesare belügen zu müssen.

Als die Haustür hinter mir ins Schloss fiel, atmete ich tief durch und erlaubte mir, meine angespannten Muskeln zu entspannen.

Endlich Zuhause.

Himmel!

Ich hing meinen Mantel auf, ließ meine Koffer im Eingangsbereich stehen und machte mir erst einmal eine Tasse Tee, mit der ich mich auf die Couch setzte und zum ersten Mal, seitdem ich Cesares Suite verlassen hatte, wieder an die gemeinsame Zeit mit ihm zurückdachte.

Die ganzen letzten Stunden über hatte ich die Erinnerung an ihn verdrängen müssen, weil ich es sonst nicht geschafft hätte, mein Pokerface zu wahren, um ohne die Fassung zu verlieren nach Hause zu kommen.

Zu sehr hatten mich die Tage mit ihm aufgewühlt und durcheinandergebracht.

Wann war ich in meinem Leben jemals so glücklich gewesen, als während dieser magischen Zeit in Paris, die ich mit ihm verbringen durfte?

Ich brauchte nicht zu überlegen, denn ich kannte die Antwort darauf: noch nie.

Die Tage und Nächte in Paris, die ich in Cesares

Gegenwart verbracht hatte, fühlten sich auch im Nachhinein noch an wie ein Spaziergang auf rosaroten
Wolken.

Ich hatte gelacht, mich geliebt und geborgen
gefühlt, stundenlang geredet, gekuschelt und geküsst.
Cesare hatte mich auf Händen getragen. Mich begehrt
und mir das Gefühl gegeben, die schönste Frau in ganz
Paris zu sein.

Es war wundervoll gewesen. Einfach perfekt. Umso
mehr schmerzte die Erkenntnis, dass sich diese Erfahrung niemals wiederholen würde.

Und das war besonders grausam.

Denn davon zu kosten, wie fantastisch das Leben
sein konnte und gleichzeitig zu wissen, dass diese
Kostprobe nicht von Dauer sein würde, intensivierte
die Erfahrung zwar, weil man sich ihrem Wert vollends
bewusst war, sorgte aber im Nachgang für furchtbare
Entzugserscheinungen, für die es keine Linderung gab.

Wie sollte ich jemals von Cesare loskommen, jetzt,
wo ich wusste, wie es sich anfühlte, mit ihm
zusammen zu sein?

Ich schwankte zwischen totaler Euphorie und
bodenloser Niedergeschlagenheit. In einem Moment
wollte ich die ganze Welt umarmen. Im nächsten
Moment kamen mir die Tränen der Verzweiflung.

Wenn das so weiterging, würde die neue *Serie del
Rey* Saison im Februar für mich nicht an der Teststrecke
in Barcelona, sondern in der Irrenanstalt beginnen.

Nicht zu fassen, dass ein anderer Mensch so viel
Macht auf mich ausüben konnte.

Natürlich wusste ich aus vorherigen Beziehungen,

wie sich Liebeskummer anfühlte. Aber das hier ... das hier war nicht nur eine andere Liga ... es war ein anderes verdammtes Universum.

Mich auf Cesare einzulassen war töricht, dumm, gefährlich, unbedacht und leichtsinnig gewesen.

Aber gleichzeitig auch der beste Entschluss meines Lebens.

Was das über mich aussagte ... tja ... darüber konnte und wollte ich lieber nicht weiter nachdenken.

Und verträumte Fantasien davon, wie ein gemeinsames Leben mit Cesare aussehen könnte, hatten in meinem Kopf ebenfalls nichts zu suchen.

Ich schüttelte besagten Kopf, so als könnte ich die Fantasien von uns mit dieser energischen Bewegung hinausschleudern. Doch natürlich funktionierte das nicht. Es wäre auch zu schön gewesen.

Cesare Cerutti hatte sich in meinen Gedanken und in meinem Kopf eingenistet. Und er hatte nicht vor, sich alsbald wieder zu verabschieden.

Na super.

31
CESARE

Weihnachten verstrich in diesem Jahr quälend langsam. Die meisten Menschen empfanden am siebenundzwanzigsten Dezember ein Gefühl der Traurigkeit und Leere, weil Weihnachten schon wieder viel zu schnell vorbeigezogen war.

Ich hingegen atmete tief durch und freute mich darüber, dass die Feiertage ein Ende nahmen und die neue Saison mit jedem Tag ein Stück näher rückte.

Weihnachten mit meiner Familie zu verbringen, die mich mit Fragen zu meiner gescheiterten Ehe löcherte und mir diesbezüglich eine Menge Vorwürfe machte, hatte mir beinahe den letzten Nerv geraubt. Die Tatsache, dass meine Gedanken andauernd zu Kenzie abdrifteten und ich mich am liebsten unter dem Weihnachtsbaum weggebeamt und in unseren Pariser

Kokon hineingebeamt hätte, machte das Ganze nicht besser.

Sie fehlte mir.

Sie fehlte mir seit dem Moment, in dem sie mein Hotel in Paris an jenem Morgen vor einer Woche verlassen hatte.

Wie schaffte sie es nur, meine Gefühls- und Gedankenwelt dermaßen zu beherrschen, dass ich in manchen, teils ausgesprochen ungünstigen Momenten, an nichts anderes, außer an sie denken konnte?

Noch nie zuvor gab es in meinem Leben eine Person, die der Sonne glich. Die mein Leben zum Strahlen brachte. Die ich umkreiste, während ich sie in ihrer blendenden Schönheit, innerlich wie äußerlich, bewunderte. Die mich zum Zerschmelzen, zum Verglühen verleitete, wenn ich ihr zu nahekam. Die mich vor Kälte zittern ließ, wenn ich mich zu weit von ihr entfernte.

Ich seufzte verdrossen.

Während der Weihnachtstage hatte ich genug Zeit gehabt, um über uns nachzudenken. Das war nun wirklich keine Kunst, wenn Kenzie meine Gedanken Tag und Nacht beherrschte.

Am zweiten Weihnachtstag schließlich war ich zu einem Entschluss gelangt: Ich würde nicht akzeptieren, dass Kenzie und ich nicht zusammen sein durften.

Ja, ich war der Teamchef von *Racing Rosso*. Der Staatsfeind Nummer eins, wenn man so wollte.

Doch ich konnte und wollte Berufliches von Privatem trennen.

Dass wir uns nicht gemeinsam in der Öffentlichkeit

zeigen konnten und uns nicht öffentlich zueinander bekennen durften, okay, das sah ich ein. Für den Moment.

Aber dass ich mich von der Frau, in die ich mich bis über beide Ohren verliebt hatte, fernhalten sollte, obwohl ich wusste, dass es sie gab, obwohl sie sich in meiner unmittelbaren Nähe befand und obwohl sie Single war und sich ganz offensichtlich auch zu mir hingezogen fühlte, konnte ich nicht einfach so hinnehmen.

Dafür war das Leben zu kurz.

Jeder Tag, an dem ich wusste, dass ich Kenzie in meinem Leben wollte, diesen Wunsch aber ignorierte, markierte einen verlorenen, einen verschwendeten, einen vergeudeten Tag.

Damit war jetzt Schluss.

Ich hatte Toni für die erste Januarwoche in die Fabrik von *Racing Rosso* eingeladen. Eigentlich war das seit Wochen anberaumte Treffen virtuell geplant, aber da die Fabriken von *Racing Rosso* und *Titan Racing* gerade einmal zwei Autostunden voneinander entfernt lagen, bot es sich an, die neue Saison von Angesicht zu Angesicht zu eröffnen.

Die *Roaring Bulls* hatten in der vergangenen Saison ein paar nicht ganz regelkonforme Teile an ihren Autos montiert, die ihnen einen signifikanten Vorteil verschafft hatten. Einige Teams hatten daraufhin protestiert und von der *AOS* eine lückenlose Aufklärung verlangt. *Titan Racing* und *Racing Rosso* hatten sich aufgrund ihres bequemen Punktepolsters und dem sicheren WM-Abstand zu den drittplatzierten

Roaring Bulls bewusst im Hintergrund gehalten. Doch nun, da eine völlig neue Saison vor der Tür stand, war es auch in unserem Interesse, den *Roaring Bulls* genauestens auf die Finger zu schauen und illegale Aktivitäten so schnell wie möglich zu unterbinden.

Deswegen trafen sich Toni und ich im geheimen Rahmen. Wir wollten die Thematik, verschiedene Szenarien, Vorgehensweisen und Strategien diskutieren.

Lediglich Franca und Kenzie, die PAs die dieses Treffen organisierten, wussten außer Toni und mir davon.

Für den Augenblick.

Nach unserem Treffen und nachdem wir uns auf eine Richtung geeinigt hatten, würden wir auch das restliche Top-Management einweihen.

Der Grund, aus dem ich Franca aufgetragen hatte, das virtuelle Meeting in ein persönliches Meeting zu ändern, entstieg einem nicht ganz uneigennützigen Hintergedanken.

Zwar war es kein Geheimnis, dass ich persönlichen Treffen viel mehr abgewinnen konnte, als virtuellen Konferenzen, aber es war durchaus ein Geheimnis, dass ich das Treffen in gewisser Weise inszeniert hatte, um in einem unbeobachteten Moment mit Kenzie zu sprechen und ihr mein Angebot zu unterbreiten.

Als Franca mir am Telefon mitteilte, dass Kenzie den Termin für Toni bestätigt hatte und ihn begleiten würde, reckte ich in einem Anflug von Euphorie die Faust in die Luft.

Nun musste ich Kenzie bloß noch von meinem

Vorhaben überzeugen und dann stand dem besten und
schönsten Jahr überhaupt nichts mehr im Wege.

Und zum Glück wusste ich auch schon, wie ich das
anstellen würde. Denn in den vergangenen Tagen hatte
ich genug Zeit gehabt, mir darüber Gedanken zu
machen. Alles, was in meiner Macht stand, war bis ins
kleinste Detail geplant. Das Einzige, was sich weder
planen noch kontrollieren ließ, war Kenzies Reaktion
auf meinen gewagten Vorstoß.

Ich konnte ihr lediglich sagen, was ich fühlte und
sie bitten, mir zuzuhören und uns eine Chance zu
geben. Entweder sie tat es, oder sie tat es nicht. Und
wenn sie es nicht tat, würde ich das respektieren
müssen.

Allein diese Möglichkeit machte mich so nervös,
dass ich wünschte, das Meeting würde schon morgen
stattfinden. Doch ein wenig würde ich mich noch
gedulden müssen.

Ich hoffte, dass sich während des Treffens mit Toni
eine Gelegenheit bieten würde, allein mit Kenzie zu
sprechen. Wenn nicht, würde ich sie inszenieren
müssen. Jedenfalls war es keine Option, dass sie die
Fabrik von *Racing Rosso* verließ, ohne dass wir geredet
hatten. Das war ein riskantes, aber notwendiges
Unterfangen. Und ich war fest entschlossen, es durch-
zuziehen.

Morgen würde ich ins Büro zurückkehren und mich
gemeinsam mit dem Team in die Vorbereitungen für
die neue Saison stürzen, die zwar schon seit Monaten
im Hintergrund liefen, aber jetzt so richtig an Fahrt
aufnahmen.

Immerhin ein kleiner Lichtblick. Denn ich freute mich auf die Herausforderung und fand langsam Gefallen an meiner neuen Aufgabe. Außerdem würde es mich von den ständigen Grübeleien ablenken, die mich in den Wahnsinn trieben.

Die Feiertage hatten mir nicht wirklich gutgetan und obwohl ich damit wohl die Ausnahme bildete, freute ich mich darauf, meine Arbeit wieder aufzunehmen und zur Tat zu schreiten.

Das bevorstehende Jahr würde etwas ganz Besonderes werden. Das sagte mir mein Bauchgefühl.

32

KENZIE

usst du auf Toilette?«

»M Toni schaute mich über den Rand seiner Brille hinweg prüfend an.

Irritiert legte ich den Kopf schief. »Auf Toilette? Warum?«

»Du rutschst so unruhig auf deinem Sitz hin und her, als würdest du es keine Sekunde länger aushalten.«

Ertappt biss ich mir auf die Unterlippe und schüttelte den Kopf. »Nein, nein. Alles gut.«

»Na dann.« Toni widmete sich wieder seinem Handy und ich bemühte mich darum, still zu halten.

Die Limousine brauste über die A1 nach Bologna und mit jedem Kilometer, den wir uns *Racing Rosso* und somit Cesare näherten, wurde ich nervöser.

Unsere magischen Stunden in Paris erschienen mir so unwirklich, dass ich manchmal daran zweifelte, ob sie tatsächlich stattgefunden oder ob ich sie mir vielleicht nur eingebildet hatte. Doch jedes Mal, wenn ich zu dem Entschluss gelangte, dass die Erinnerung an diese wundervolle Zeit einem Wunschtraum meiner Fantasie entsprang, umklammerte ich das kleine rote Vorhängeschloss, das ich seit dem Weihnachtsabend mit mir herumtrug.

Cesares Weihnachtsgeschenk.

Ein kleines, rotes Vorhängeschloss in Form eines Herzens, so wie sie in Paris zu tausenden in allen Formen und Farben an der *Pont des Arts* hangen.

»*Je pense à toi*« stand eingraviert auf dem Herzen.

Ich denke an dich.

Er dachte an mich.

Cesare dachte an mich.

An uns.

Und mir ging es genauso.

Ich dachte an ihn.

Andauernd.

An unsere Küsse. An unsere Zärtlichkeiten. An unsere intimsten Momente.

Mit jedem Tag, der verstrich, wurde mir bewusster, dass es mir nie und nimmer gelingen würde, mich von ihm fernzuhalten.

Ich wollte diesen Mann nicht nur in meinem Leben, nein, viel schlimmer als das: Ich *brauchte* ihn.

Ich gab es ungern zu, aber ich brauchte ihn, um mich komplett und angekommen zu fühlen.

Mit ihm schien die Sonne heller. Der Himmel strahlte blauer. Der Wein schmeckte süßer. Die Musik spielte fröhlicher.

Ein Leben ohne Cesare an meiner Seite erschien mir mit jedem Tag weniger erstrebenswert. Obwohl wir uns erst seit etwa drei Monaten kannten, schlug mein Herz bei ihm in einem Takt, der bloß einem einzigen Menschen auf dieser Welt vorbehalten war.

Ich war bis über beide Ohren in diesen Mann verliebt. In den Mann, der in meinem Job ein absolutes Tabu darstellte. In den Mann, den ich nicht haben durfte, wenn ich Toni nicht verraten wollte.

Ich saß in einer verflixten Zwickmühle und ich wusste nicht, wie ich mich daraus befreien konnte.

Natürlich könnte ich mich selbst belügen und behaupten, dass ich Cesare mit der Zeit vergessen würde. Ich könnte mit aller Kraft versuchen, mich von ihm fernzuhalten und mir keinen Ausrutscher mehr mit ihm zu erlauben. Ich könnte meine Gefühle für ihn unterdrücken und niederkämpfen.

Aber dazu fehlten mir die Zeit und die Energie. Ich wollte mir nichts vormachen. Mich nicht selbst belügen. Meine Lebenszeit nicht ohne den Mann, den ich mir an meiner Seite wünschte, vergeuden. Meine Energie nicht an etwas verschwenden, das mir sowieso nicht gelingen würde.

Ich würde Cesare nicht vergessen. Weder heute, noch nächsten Monat, noch nächstes Jahr. Ich würde mich auf Dauer nicht von Cesare fernhalten können, egal wie sehr ich es auch versuchte. Und meine Gefühle für ihn ließen sich nicht kontrollieren und schon gar nicht bändigen.

Das stellte ein ziemlich großes Problem dar.

Zumal ich nicht wusste, wie Cesare darüber dachte. Wie er über *uns* dachte.

Ich vermutete, dass es ihm ähnlich ging. Warum sonst hätte er mir dieses mehr als eindeutige Geschenk machen sollen? Wieso sonst hätte er das virtuelle Meeting in ein persönliches Treffen umgewandelt und es so geschickt eingefädelt, dass ich Toni nach Bologna begleiten musste?

Mir blieb keine Wahl: Ich musste mit Cesare reden und herausfinden, wohin die Reise mit uns führte. Es hinauszuzögern würde mich nur noch mehr in den Wahnsinn treiben.

Einerseits erfüllte mich die Chance auf baldige Klarheit mit Hoffnung und Erleichterung. Andererseits plagten mich die Angst und die Nervosität vor einer Begegnung, deren Ausgang ich weder vorhersagen noch kontrollieren konnte.

Was, wenn Cesare nicht so empfand wie ich?

Würde ich dann mein Leben so weiterleben können wie vor Cesare?

Die Limousine bog in die imposante Auffahrt von *Racing Rosso* und der Portier, der an das Rückfenster des Wagens klopfte und unsere Personalien mit denen der Gästeliste abglich, riss mich aus meinen Überlegungen.

Mit klopfendem Herzen stellte ich fest, dass wir die Höhle des Löwen soeben betreten hatten.

Die Limousine fuhr auf den Besucherparkplatz und während der Fahrer parkte, erschien Franca bereits neben dem Wagen und begrüßte uns winkend.

»Willkommen auf dem heiligen Boden von *Racing Rosso*«, witzelte sie.

In der Tat handelte es sich bei unserem heutigen Besuch des Firmensitzes von *Racing Rosso* um eine Premiere. Normalerweise waren die Hauptquartiere der Teams für konkurrierende Teamchefs tabu, aber Cesare schien das nicht so eng zu sehen wie sein Vorgänger Enrico.

Fröhlich plappernd führte uns Franca in ein imposantes, futuristisch aussehendes, rotes Gebäude, an dessen verglaster Front in gigantischer Größe das Logo von *Racing Rosso* prangte.

»Bitte. Cesare kommt gleich«, bat sie uns in einen weitläufigen Konferenzraum im dritten Stock.

Ich mühte mich mit meiner Handtasche ab und lenkte meine gesamte Aufmerksamkeit darauf, Laptop, Block und Stift hervorzukramen.

Bloß nicht zur Tür sehen und rot anlaufen, sobald Cesare hereinkommt, mahnte ich mich in Gedanken.

Mein Herz schlug mir bis zum Hals und schnürte mir förmlich die Kehle zu.

Warum zum Teufel war ich so nervös?

»Entschuldigt die Verspätung«, drang Cesares energische Stimme in mein Ohr und sorgte prompt dafür, dass meine Kopfhaut wild zu jucken begann, so als würden tausende Flöhe auf ihr Samba tanzen.

»Frohes neues Jahr. Mal sehen, was es für uns bereithält«, fuhr er fort und schlug in Tonis Hand ein. Dann kam er zu mir herüber und zwang mich so, den Blick zu heben.

»Frohes neues Jahr, Kenzie.« Sein Tonfall wurde

sanft. Ein wehmütiges Lächeln begleitete seine Worte, das keinen Zweifel daran ließ, wie sehr er sich nach mir sehnte.

Erleichtert über diese Erkenntnis ließ ich die Luft, die ich angespannt angehalten hatte, aus meinen Lungen entweichen.

Ich sah ihm in seine melancholisch glänzenden Augen und bemühte mich um eine unverbindliche Antwort. »Das wünsche ich dir auch, Cesare.«

Er beugte sich zu mir vor, um mir einen Kuss auf beide Wangen zu hauchen. Eine völlig gängige und selbstverständliche Geste in Italien. Jedoch wussten wir beide, dass viel mehr hinter dieser flüchtigen Berührung steckte. So viel mehr.

Ich schloss die Augen und unterdrückte ein genussvolles Keuchen, als Cesares Lippen auf meine Wange trafen.

»Du fehlst mir«, flüsterte er so leise, dass nur ich es verstehen konnte und widmete sich wieder Toni.

»Etwas zu trinken bevor wir loslegen?«

Die nächste Stunde verbrachten Toni und Cesare in einer intensiven Diskussion über die Regularien der *Serie del Rey* und die Art, auf die die *Roaring Bulls* diese zu umgehen versuchten. Es wurde extrem technisch und ich erwischte mich mehrmals dabei, wie ich den Faden verlor, weil ich meine Augen zu lange auf Cesare verweilen ließ und in verträumten Erinnerungen schwelgte.

Reiß dich verdammt nochmal zusammen, Kenzie, schalt ich mich und ärgerte mich maßlos über die Anziehungskraft, die Cesare auf mich ausübte.

Er saß in legeren Chinos und Jeanshemd, einen Fuß entspannt auf das Knie des anderen Beins gelegt, Toni gegenüber und lauschte konzentriert dessen Ausführung.

Im Gegensatz zu mir schien Cesare keine Mühe zu haben, sich auf das Geschäftliche zu konzentrieren. Ich sollte mir wahrlich ein Beispiel an ihm nehmen.

Nach einer Weile klingelte Tonis Handy. Mit einem Blick auf das Display entschuldigte er sich und verließ den Raum. Franca folgte ihm, um ihm einen ruhigen Platz für das Telefongespräch zu zeigen und um ein Auge auf ihn zu haben. Den Teamchef des konkurrierenden *Serie del Rey* Teams ließ man bekanntlich nicht unbeaufsichtigt in der Schaltzentrale der Macht herumlaufen.

»Kenzie«, nutzte Cesare die Gelegenheit, sobald sich die Tür hinter den beiden schloss. »Wie geht es dir?« Er erhob sich und ließ sich auf dem Stuhl neben mir nieder. Abwartend lehnte er sich vor und streichelte mich förmlich mit seinen Augen, so zärtlich lag sein Blick auf mir.

»Ich vermisse dich«, kam ich unumwunden zum Punkt.

Warum Spiele spielen oder die taffe Geschäftsfrau mimen? Uns blieben, wenn überhaupt, nur wenige ungestörte Minuten zusammen. Ich musste loswerden, was ich zu sagen hatte.

»Ich vermisse dich auch. Können wir uns am Wochenende treffen und reden? Es gibt da vielleicht eine Möglichkeit, wie wir uns sehen können, ohne unsere Jobs zu gefährden.«

Gespannt zog ich die Stirn kraus. »Was für eine Möglichkeit?«

»Das erkläre ich dir am Wochenende. Dazu fehlt uns jetzt die Zeit«, flüsterte Cesare eindringlich und reichte mir ein kleines Blatt Papier. »Meine private Handynummer und die Adresse zu meiner venezianischen Wohnung. Ich werde am Wochenende dort sein und würde mich freuen, wenn du ebenfalls kommst. Für eine Stunde, für einen Tag oder für das gesamte Wochenende. Ganz egal. Du entscheidest.«

Die sich öffnende Tür verbot mir jegliche Nachfrage. Schnell ließ ich den Zettel in meiner Handtasche verschwinden und setzte ein unverbindliches Lächeln auf, als Toni den Raum betrat und Cesare sich erhob, um an seinen Platz zurückzukehren.

33
CESARE

Wie konnte es sein, dass Kenzie während der letzten Wochen, in denen wir uns nicht gesehen hatten, noch schöner geworden war?

Sie trug ein erdfarbenes Wollkleid, das ihr bis zur Mitte der Oberschenkel reichte und dazu passende Overknee-Wildleder-Boots, sodass ein kleiner Teil ihrer nackten Oberschenkel hervorblitzte und Fantasien in mir hervorrief, die für das Gespräch mit Toni wenig förderlich waren.

Mich auf ihren Boss, statt auf sie zu konzentrieren, gestaltete sich also in etwa so schwierig, wie die Weltmeisterschaft in der *Serie del Rey* zu gewinnen.

Die Hände von Kenzie zu lassen und mit meinen Fingern nicht über die zarte, nackte Haut entlang ihrer Oberschenkel zu gleiten, hatte mich all meine Willenskraft gekostet. Aber ich hatte gewusst, dass uns nur wenig Zeit bleiben würde, bis Toni wieder in den Raum zurückkehrte. Deshalb hatte ich darauf verzichtet, mir einen Kuss von ihr zu stehlen und ihr stattdessen mein Angebot unterbreitet.

Ob sie es annehmen würde, wusste ich nicht. Dazu war die Zeit zu knapp gewesen. Aber wenigstens besaß sie jetzt meine Adresse und meine Handynummer.

Was sie damit anstellte, blieb jedoch ganz allein ihr überlassen.

Ich konnte und wollte sie zu nichts drängen.

Als Toni in den Konferenzraum zurückkehrte, erhob ich mich und ging zu meinem Platz zurück.

Es fiel mir schwer, mich von Kenzie zu lösen, doch genau das musste ich tun, um den Anschein zu wahren, dass uns nichts verband, außer einer rein professionellen Beziehung.

»Wo waren wir?«, fragte Toni und legte sein Handy vor sich auf den Tisch.

»Das Treffen mit der *AOS*«, entgegnete ich kühl und lehnte mich in meinem Stuhl zurück.

»Richtig. Wenn wir es einberufen, brauchen wir einen Plan, der auf alle Eventualitäten und Argumente eine Antwort parat hat. Deren Leute sind mit allen Wassern gewaschen. Die kommen mit Geschichten um die Ecke, bei denen dir die Ohren schlackern, glaub mir.«

»Das bekommen wir hin«, sagte ich zuversichtlich und spürte dabei Kenzies durchdringenden Blick auf mir, unter dem meine Kopfhaut zu kribbeln begann.

Ich vermied es, in ihre Richtung zu sehen, weil ich befürchtete, dass die anderen sonst das Knistern, das unser Blickkontakt auslösen würde, hören könnten.

Nach einer weiteren Stunde endete unser Meeting und wir erhoben uns, um uns im Korridor voneinander zu verabschieden.

»Franca, begleitest du Toni und Kenzie bitte nach unten? Mein nächstes Meeting beginnt in ein paar Minuten. Ich muss los.«

Franca nickte. »Na klar. Kein Problem.«

Ich wandte mich zum Gehen und die Gruppe setzte sich in die entgegengesetzte Richtung in Bewegung, als ich in meinem Rücken Kenzies verlegene Stimme vernahm.

»Ich ähm ... ich müsste noch kurz zur Toilette. Ist das okay?«

»Hinter dem Konferenzraum auf der rechten Seite«, antwortete ihr Franca. »Findest du danach allein den Weg zum Ausgang? Sonst warten wir auf dich.«

»Nein«, beeilte sie sich zu sagen. »Das ist nicht nötig. Ich verspreche hoch und heilig, dass ich keine versteckten Wanzen und Kameras hier anbringe. Geht also ruhig schon vor. Dort vorn sind ja die Aufzüge. Die sind wirklich nicht zu übersehen.«

Ich zog verwundert eine Augenbraue in die Höhe, als ich in meinem Büro verschwand.

Aufzüge? Kenzie nahm keine Aufzüge. Jedenfalls nicht, wenn ich nicht dabei war, um sie zu beschützen.

Mit angehaltenem Atem wartete ich einen Moment, bis sich die Stimmen entfernten. Dann verließ ich mein Büro wieder und hielt auf die Toiletten zu.

Außer mir befand sich aktuell niemand im Korridor der Konferenzräume, was daran lag, dass diese Etage allein den wenigen Top-Führungskräften von *Racing Rosso* vorbehalten war.

Einen prüfenden Blick über meine Schulter werfend betrat ich die Damentoilette und schloss sie hinter mir.

Kenzie stand mit der Hüfte gegen das Waschbecken gelehnt, die Arme vor der Brust verschränkt und wirkte kein bisschen überrascht mich zu sehen.

»Sind wir allein?«, flüsterte ich.

Sie nickte und lächelte. »Du bist hier. Was hat mich verraten?«

»Der Fahrstuhl«, schnaubte ich belustigt.

»Du hast meine versteckte Botschaft also bekommen. Gut.«

»Ich bin nicht der Einzige, der von deiner Aufzug-Phobie weiß. Hoffentlich hat niemand Verdacht geschöpft«, gab ich zu bedenken.

Sie schüttelte verneinend den Kopf und kam zu mir herüber.

»Ich konnte nicht gehen, ohne mich von dir zu verabschieden.«

»Wir haben uns doch eben schon voneinander verabschiedet«, gab ich mich unwissend, obwohl ich glaubte zu wissen, worauf sie anspielte. Doch ich war mir nicht sicher, ob ich mich täuschte und mir etwas wünschte, was nicht der Realität entsprach.

»Haben wir das?«, flüsterte Kenzie und errötete.

Ich strich ihr zärtlich mit dem Daumen über die Wange, woraufhin sie die Augen schloss und sich ihre Lippen leicht öffneten.

Eine sinnliche Einladung an mich.

»*Die* Art von Verabschieden meinst du also«, raunte ich lächelnd und fixierte wehmütig ihre süßen, vollen Lippen, die nur darauf warteten, von mir geküsst zu werden.

Die Versuchung war riesengroß, aber wir befanden uns bei *Racing Rosso*. Noch dazu in der Chefetage. Wenn rauskäme, dass ich ausgerechnet hier die engste Vertraute des Feindes küsste, wäre ich geliefert.

Ich rang mit mir, während Vernunft und Verlangen in meinem Inneren gegeneinander kämpften und sich das unbändige Verlangen nach dieser Frau schließlich durchsetzte.

Wenn Kenzie mir einen Kuss anbot, wäre ich verrückt, ihn abzulehnen. Ich würde es bis an mein Lebensende bereuen.

Also beugte ich mich zu ihr hinab und legte meine Lippen vorsichtig, ja fast schon ehrfürchtig, auf die ihren.

Wir stöhnten beide auf und die Hitze schoss wie ein zischender Blitz durch unsere Körper.

Binnen Sekunden wurde aus unserem vorsichtigen, sanften Kuss ein wildes Zungenspiel der Lust.

Ich drehte uns, presste Kenzie mit dem Rücken gegen die Tür und ließ mein Becken gegen ihre Mitte sinken, damit sie spürte, wie hart und bereit ich für sie war.

Fuck … ich wollte sie. Ich wollte sie so sehr, dass ich

ernsthaft mit dem Gedanken spielte, sie hier und jetzt zu nehmen.

Viel würde es dafür nicht brauchen. Ich musste dazu lediglich meine Hose öffnen und ihr Höschen zur Seite schieben.

Doch der letzte Blutstropfen, der meinem Verstand noch geblieben war, hielt mich davon ab.

Ich dankte und verfluchte ihn gleichermaßen dafür.

»Toni fragt sich bestimmt schon, wo du bleibst«, flüsterte ich atemlos von unserem Kuss an ihrem Mund. »Du solltest gehen.«

»Ja«, keuchte Kenzie nicht minder atemlos. »Das sollte ich wohl.«

Doch statt zu gehen, umfasste sie mein Gesicht und presste ihre Lippen ein weiteres Mal auf die meinen.

»Mhhhh …« Mein Stöhnen verriet, wie sehr mir dieser Kuss gefiel. Wie sehr ich ihn brauchte. »Wenn wir nicht auf der Stelle damit aufhören, kann ich für nichts mehr garantieren«, warnte ich sie und schob meine Hand unter ihr Kleid, wo ich über ihren runden, knackigen Po fuhr und fest zupackte.

Kenzie schluckte und ließ den Kopf kraftlos in den Nacken fallen.

»Ach Baby … ich würde am liebsten vor dir auf die Knie gehen und dich zum Orgasmus lecken.«

»Cesare …«

Ihre Stimme war kaum mehr als ein leises Wimmern.

»Und dann, wenn du von deinem Höhepunkt

schön geweitet und entspannt bist, würde ich meinen
Schwanz aus der Hose holen und ihn ganz tief in dich
schieben, damit du ein zweites Mal kommst. Aber
leider ...« Ich ließ sie bedauernd los und trat einen
Schritt zurück, was mir unglaublich schwerfiel. »...
leider musst du jetzt gehen.«

Kenzie seufzte und zwischen uns entstand eine
bedrückende Pause. Sie schloss die Augen, presste die
Lippen aufeinander und atmete geräuschvoll aus.

Dann ging sie auf wackeligen Beinen zu dem Spiegel, der über dem Waschbecken hing und richtete ihre
Kleidung und ihre Haare.

Ich beobachtete sie dabei aus sicherer Entfernung
und ballte meine Hände in meinen Hosentaschen zu
Fäusten.

»Sehen wir uns in Venedig?«, fragte ich hoffnungsvoll, als sie sich wieder zu mir umdrehte, auf mich
zukam und nach der Türklinke griff, um den Waschraum zu verlassen.

»Ich ...«

Das Klingeln meines Handys unterbrach ihre
Antwort.

»Gib mir einen Augenblick, ja?«

Leise fluchend wandte ich mich ab, entfernte mich
ein paar Schritte und nahm das Gespräch entgegen.

»Franca?«

»Dein Meeting hat vor fünf Minuten begonnen,
Cesare. Wo bist du? Alle warten auf dich.«

Fuck!

Das Meeting. Das hatte ich total vergessen.

»Bin auf dem Weg. Halte sie noch einen Augenblick

hin«, entgegnete ich, ohne zu einer Erklärung anzusetzen und beendete das Gespräch.

Doch als ich mich wieder zur Tür drehte und Kenzie darum bitten wollte, weiterzusprechen, war sie verschwunden.

34
CESARE

Ich stand am Küchenfenster meines kleinen Apartments im Herzen von Venedig und beobachtete einen Gondoliere dabei, wie er seine hübsch geschmückte Gondel unter einer kleinen Brücke hindurchmanövrierte, ohne dabei das Gleichgewicht zu verlieren.

Es lenkte mich für ein paar Sekunden von der Dauerendlosschleife in meinem Kopf ab, die sich permanent fragte, ob Kenzie an diesem kühlen Januartag tatsächlich den Weg nach Venedig fand, um mich zu sehen und um sich meinen Vorschlag anzuhören.

Mit dem Zug würde sie von der *Titan Racing* Base, in deren Nähe sie wohnte, zwei Stunden bis zu dem Bahnhof *Venezia Santa Lucia* benötigen. Von dort waren es noch ein paar Minuten Fußmarsch bis zu meinem versteckten Juwel, das ich mir hier vor ein

paar Jahren gekauft hatte, um mich in meiner Heimat-
stadt zurückziehen zu können.

Niemand würde ein Mitglied der noblen Cerutti
Familie in einer so simplen siebzig Quadratmeter
Wohnung fernab der Touristenattraktionen von
Venedig vermuten.

Und das war auch gut so. Denn so konnte ich mich
in meiner Lieblingsstadt aufhalten, ohne dass mir
Menschen, mit denen ich nichts zu tun haben wollte,
auf die Pelle rückten.

Das Klingeln an der Tür ließ mich zusam-
menfahren.

Niemand wusste, dass ich eine geheime Wohnung
in Venedig besaß.

Niemand außer ... Kenzie.

Kenzie!

Ich eilte zur Tür und riss sie atemlos auf.

»Ciao«, begrüßte sie mich schüchtern und
umklammerte die Henkel ihrer hübschen Handtasche
wie einen Rettungsring, der sie vor dem Ertrinken
bewahren sollte.

»Schön, dass du da bist. Bitte komm rein«, bat ich
sie und trat zur Seite, um ihr den Zutritt in meine
Wohnung zu ermöglichen.

Sie folgte meiner Einladung und schaute sich
neugierig in meinem Rückzugsort um.

»Sieht so ... normal aus«, stellte sie überrascht fest.

»Was hast du denn erwartet?« Ich schob mir die
Hände in die Hosentaschen und ging zu ihr herüber.

»Venezianische Dekadenz.« Ein schalkhaftes
Grinsen breitete sich auf ihrem Gesicht aus. »Schließ-

lich bist du ein Spross der Cerutti Familie. Ihr habt den Karneval von Venedig mit seinen rauschenden Festen quasi erfunden.«

»Du hast dich informiert«, stellte ich trocken fest.

»Denkst du etwa, ich gehe einfach so in die Wohnung eines wildfremden Mannes? Das wäre ausgesprochen töricht und gefährlich.«

»Ach ja?« Ich zog amüsiert einen Mundwinkel in die Höhe. »Warum?«

Kenzie drehte sich zu mir um und machte einen Schritt auf mich zu. »Naja ...«, begann sie und machte einen weiteren Schritt auf mich zu. »Er könnte über mich herfallen ...«

»Über dich herfallen?« Meine Stimme klang verdächtig rau und leise.

Unmittelbar vor mir kam Kenzie zum Stehen. »Ja. Er könnte über mich herfallen und mir meine Unschuld rauben.«

Ich strich mit meinem Zeigefinger vorsichtig ihre Wangenknochen nach. Seufzend schloss sie die Augen und genoss meine behutsame Liebkosung.

»Setzen wir uns. Wir sollten reden, bevor ich dir deine Unschuld raube«, riss ich mich schweren Herzens von ihrem süßen Anblick los und deutete auf das angrenzende Wohnzimmer.

Kenzie ging voraus und ich zwang mich, meine Hände bei mir zu behalten.

Als sie sich auf dem Sofa niederließ und mich abwartend ansah, waren all die schlagenden Argumente, die ich mir in meinem Kopf zurechtgelegt hatte, verschwunden.

Mein Gedächtnis schien wie leergefegt.

Na wunderbar.

»Danke für das wunderschöne Weihnachtsgeschenk«, rettete mich Kenzie und deutete auf das kleine Schloss, das an dem Henkel ihrer Handtasche hing.

»Du trägst es bei dir?« Verwundert strich ich mit dem Daumen über die französische Inschrift, die meine Gedanken perfekt widerspiegelte.

»Jeden Tag«, flüsterte sie und legte ihre Hand vertrauensvoll auf die meine. »Sag mir, wie wir zusammen sein können, ohne uns wie elende Verräter zu fühlen.«

»Hast du deine Meinung von einem einzigen unverbindlichen Wochenende geändert, was uns betrifft?«, hakte ich nach.

Sie nickte und strich sich nervös eine verirrte Haarsträhne hinter das Ohr.

»Warum?«

»Weil ich dich nicht vergessen kann«, murmelte sie und verknotete ihre Finger ineinander. »Und weil ich dich nicht vergessen *will*«, fügte sie noch eine Spur leiser hinzu.

»Warum?«

Ich musste es von ihr hören.

Musste wissen, dass sie ebenso empfand, wie ich.

Musste mich davon überzeugen, dass wir beide diese komplizierte Beziehung aus tiefstem Herzen wollten.

»Weil ich mich in dich verliebt habe.« Kenzie hob den Blick und verschlug mir damit die Sprache. Aus

ihren wunderhübschen blauen Augen konnte ich die
Liebe, die sie für mich empfand, förmlich ablesen.

Überwältigt schloss ich die Lücke zwischen uns
und legte meine Lippen auf die ihren, umschloss ihr
engelsgleiches Gesicht besitzergreifend mit meinen
Händen.

Sie schmeckte nach dem Paradies. Nach purem
Glück. Nach endloser Liebe.

Ich genoss den Kuss, zog ihn in die Länge, bis wir,
heftig nach Atem ringend, voneinander ablassen mussten, um nicht das Bewusstsein zu verlieren.

»Mir geht es genauso«, flüsterte ich ihr ins Ohr
und zog sie auf meinen Schoß. »Jetzt, wo wir das
geklärt haben, lass uns darüber sprechen, wie wir es
schaffen, eine halbwegs normale Beziehung zu
führen.«

Kenzie wandte den Kopf und schaute mich erwartungsvoll an. In ihren Augen lag ehrliche Hoffnung.

»Wir dürfen während der Rennwochenenden nicht
mehr schwach werden. Weder auf der Rennstrecke,
noch in den Teamhotels. Wir müssen alles daransetzen, uns in dieser Zeit professionell zu verhalten.«

»Du hast recht«, stimmte mir Kenzie zu. »Die
Gefahr, erwischt zu werden, ist zu groß. Außerdem
fühle ich mich wie eine miese Verräterin Toni gegenüber, wenn ich mich während der Rennwochenenden,
an denen meine ganze Aufmerksamkeit *Titan Racing*
gelten sollte, auf den Teamchef der Konkurrenz
einlasse.«

»Wir müssen Arbeit und Privatleben strikt trennen. Keinerlei Verwischung der Grenzen. Wenn wir

arbeiten, sind wir Konkurrenten. Das gilt für die Zeit, während der wir an den Rennstrecken dieser Welt arbeiten, aber auch für die Tage, an denen wir in den Firmenzentralen in Italien arbeiten.«

»Was bleibt dann noch?« Kenzies Tonfall wirkte resigniert.

»Die rennfreien Wochenenden. Freitagabend bis Sonntagabend. Keine Laptops, keine Firmenunterlagen, keine Termine. Nur du und ich. Wir treffen uns hier in Venedig und verbringen die Wochenenden gemeinsam. Zwei sich liebende Menschen, die wertvolle Zeit miteinander verbringen.«

»Cesare, du bist in Venedig aufgewachsen. Die Menschen hier *kennen* dich.«

»Falsch«, entgegnete ich. »Die venezianische High Society kennt mich. Aber die verkehrt nicht in diesem Teil von Venedig. Das hier ist das Venedig für Normalsterbliche. Für moderne Menschen, wie dich und mich, die sich nicht für diesen Adelskram interessieren. Ich besitze diese Wohnung seit knapp zwei Jahren. Sie ist mein persönlicher Rückzugsort. Bisher hat mich niemand erkannt. Und das, obwohl ich regelmäßig spazieren gehe und in den hiesigen Cafés, Bars und Restaurants einkehre.«

Kenzie sah unschlüssig aus dem Fenster.

»Ich kann mir ja die Mütze und die Sonnenbrille aufsetzen, die wir in Paris gekauft haben. Damit erkennt mich sicher niemand.«

»Ganz bestimmt nicht. Da gebe ich dir recht«, kicherte sie.

»Wir können uns auch andere Rückzugsorte

suchen, Kenzie. Der springende Punkt ist, dass ich die Zeit, in der ich nicht als Teamchef von *Racing Rosso* tätig bin und du nicht als PA von Toni Hofer fungierst, zusammen mit dir verbringen will. Das erlaubt uns zwar immer noch nicht, uns unbeschwert in der Öffentlichkeit zu zeigen, aber es beruhigt unser Gewissen. Während dieser Zeit sind wir einfach nur zwei Menschen, die sich gernhaben und einander in einem sicheren Umfeld besser kennenlernen. Eine andere Möglichkeit sehe ich nicht. Außer wir warten, bis einer von uns beiden seinen Job aufgibt oder gekündigt wird. Doch das kann Jahre dauern.«

»Sag das nicht. Das halte ich keinen Monat mehr aus, geschweige denn Jahre.« Kenzie schlug sich entsetzt die Hände vor das Gesicht.

»Kannst du mit meinem Vorschlag leben? Kannst du ihn mit deinem Gewissen vereinbaren?«

»Das muss ich wohl. Denn ein besserer Vorschlag fällt mir auch nicht ein«, gab sie zurück. »Wenn wir versuchen, uns voneinander fernzuhalten, werden wir früher oder später schwach werden und uns damit möglicherweise in große Schwierigkeiten bringen. Also beugen wir dem am besten vor, indem wir uns an einem sicheren Ort treffen, an dem wir in Ruhe herausfinden können, wo unsere gemeinsame Reise hinführt.«

Ich spürte, wie mir bei Kenzies Worten eine betonschwere Last von den Schultern fiel. »Du hast keine Ahnung, wie sehr mich deine Zustimmung freut«, seufzte ich benommen vor Glück und besiegelte unsere Abmachung mit einem weiteren, innigen Kuss.

35
CESARE

»Worauf hast du Lust? Sollen wir einen Spaziergang machen und irgendwo einen Kaffee trinken?«, schlug ich vor und strich ihr zärtlich über den Rücken.

Sie schüttelte den Kopf und sah mich aus halb gesenkten Augenlidern an.

»Ich habe schon Lust ... aber nicht auf einen Spaziergang, sondern ...«

»Sondern?«, hakte ich grinsend nach und zog amüsiert eine Augenbraue in die Höhe.

»Naja ... neulich bei *Racing Rosso* ... im Waschraum ... du hast dort solche ... mhh ... Andeutungen gemacht. Erinnerst du dich noch daran?«

Mein Grinsen wurde breiter, während mein Daumen rastlos über Kenzies Wirbelsäule strich. »*Andeutungen*? Welche Andeutungen denn?«

Sie errötete. Ein Anblick, der mich jedes Mal in die Knie zwang und mich schwach werden ließ.

»Bringst du mich jetzt wirklich dazu, es zu sagen?«

Ich zwinkerte ihr verschmitzt zu. »Was denn zu sagen?«

»Cesare ... komm schon ...«

Ich lachte leise als sie gegen meine Brust boxte und ihr Gesicht an meinem Hals vergrub.

»Du weißt genau, was ich meine.«

»Möglich. Aber ich will, dass du es aussprichst, Baby.«

»Warum?«

»Weil es mich antörnt, wenn du mich bittest, dich zu lecken.«

»Würdest du es denn tun?«, flüsterte sie hoffnungsvoll an meinem Hals.

»Was denn?«

»Cesare ...« Das Lächeln in ihrer Stimme war nicht zu überhören und die Leichtigkeit, mit der wir einander bedachten, ließ mein Herz vor Glück überlaufen.

»Willst du es mir vielleicht ins Ohr flüstern, damit dich keiner außer mir in dieser von Menschen überlaufenen Wohnung hört?«, bot ich ihr an.

»Sehr witzig«, kicherte sie und schlang ihre Arme um meinen Hals. »Also ...«

»Ja?« Erwartungsvoll blickte ich sie an.

»Ich würde mir wünschen, dass du ... dass du mich leckst ...«, hauchte sie und biss sich verlegen auf die Unterlippe. »Würdest du ... das tun?«

Mein Lächeln verriet meine Antwort, noch bevor ich sie aussprach.

»Baby ... es gibt keinen Wunsch, den ich dir abschlagen könnte. Schon gar nicht so einen wunderbar erotischen und erregenden Wunsch, wie den, deine kleine, süße Pussy mit meiner Zunge zu verwöhnen. Also lass uns keine Zeit verlieren.«

Ich stand mit ihr auf meinen Armen auf und trug sie den kurzen Weg in mein Schlafzimmer, wo ich sie vor dem Bett vorsichtig auf die Füße stellte und ihr die Strumpfhose und das Höschen abstreifte.

»Setz dich auf das Bettende und spreiz die Beine für mich, Kenzie.«

Ich betrachtete sie abwartend bis sie meinem Befehl Folge leistete und nickte dann zufrieden.

»So ist es gut. Öffne sie schön weit für mich. Und jetzt lehn dich zurück. Stütz dich auf deinen Unterarmen ab und entspann dich.«

Ich ging vor ihr auf die Knie und genoss den heißen Anblick, der sich mir dort bot.

Kenzies weit geöffnete Schenkel entblößten ihre bezaubernde Pussy, die feucht glänzte und darauf wartete, dass ich mich an ihr bediente.

Prüfend strich ich mit meinen Händen über die glatte, sensible Haut ihrer Oberschenkelinnenseiten und spürte, wie sich ihre Muskeln unter meinen Berührungen anspannten.

Ich fuhr die Spuren meiner Hände mit meinen Lippen nach und verteilte zarte Küsse auf ihrer Haut, bevor ich das Ganze mit meiner Zunge noch einmal wiederholte, die zielstrebig zu Kenzies Mitte glitt.

Über mir vernahm ich ihren angestrengten Atem, der sich mit hinreißenden Seufzern und verzücktem Wimmern mischte und dafür sorgte, dass es in meinem Schritt verflucht eng wurde.

In weiser Voraussicht öffnete ich meine Hose und schob sie über meine Hüften, damit mein Schwanz den Platz bekam, den er brauchte.

Als ich Kenzies Klit erreichte und genüsslich durch ihre Spalte leckte, schrie sie heiser auf.

»Ganz ruhig«, flüsterte ich und umfasste ihre Hüften, um sie in Position zu halten. »Lass dich einfach fallen.«

Meine Zunge begann ihre Klit zu massieren und erforschte prüfend, welche Stelle ihrer hungrigen Mitte am empfindsamsten auf meine Zuwendung reagierte. Auf genau diese Stelle konzentrierte ich mich und wurde dafür umgehend mit lustvollem Stöhnen belohnt.

Ich biss vorsichtig in die gereizte Haut und saugte daran, was Kenzies Stöhnen noch intensivierte.

Angestachelt von ihrer Lust leckte ich sie abwechselnd schnell und langsam und verstärkte meinen Druck als sie sich mir entgegenbog und begann, sich an mir zu reiben.

Ich hätte diese intime Massage noch ewig in die Länge ziehen können, doch Kenzie wollte unbedingt kommen. Sie bettelte regelrecht darum und ich war unfähig, sie noch länger leiden zu lassen, indem ich ihr ihren Höhepunkt vorenthielt.

Also gab ich ihr, wonach sie verlangte und genoss

die Vibrationen, die ihren Schoß erfassten, während sie heftig kam.

Ihr Orgasmus war noch nicht abgeklungen, als ich mich auf die Füße schwang, Kenzie in die Laken drückte und mich auf sie legte, ohne dass mir die Zeit blieb, meine Hose abzustreifen.

Sie war so nass, dass ich mühelos in sie hineinglitt und sofort damit begann, in sie zu stoßen.

Unsere Hände fanden sich und hielten einander fest umklammert, während ich Kenzie mit harten, kraftvollen Stößen pfählte.

Viel brauchte es nicht. Sechs, maximal sieben Stöße, dann kam sie erneut und riss mich mit sich. Die Kontraktionen ihrer Pussy pressten meinen Schwanz aus wie eine reife Orange und erbeuteten jeden einzelnen Tropfen seines heißen Saftes.

»Kenzie ...«, keuchte ich benommen vor Lust und erschauderte auf ihr.

Sie schlang ihre Beine um meine Hüften, grub ihre Fersen in meinen Rücken und hielt mich fest, während sie ihrerseits meinen Namen rief und wir uns in einer Welt verloren, in der es nur uns beide gab.

Eine kleine Ewigkeit blieben wir eng umschlungen liegen und genossen die nicht abebbenden Nachbeben, die uns erfassten, während wir dem sich langsam beruhigenden Herzschlag des anderen lauschten.

»Hast du jetzt vielleicht Lust auf einen Spaziergang und einen Kaffee?«, murmelte ich nach einiger Zeit an Kenzies Schläfe, küsste sie zärtlich und rollte mich vorsichtig von ihr.

Sie lächelte erschöpft und kuschelte sich an meine Brust.

»Nein«, murmelte sie müde. »Aber darauf, dass du mich und dich auszieht und wir nackt in deinem Bett kuscheln ... darauf hätte ich Lust.«

Ich schmunzelte und strich ihr das Haar aus der Stirn.

»Das lässt sich einrichten. Den Spaziergang können wir auch morgen noch machen. Vorausgesetzt, du bleibst über Nacht?«, fragte ich und bemühte mich um einen neutralen Tonfall, dem man nicht anmerkte, wie sehr ich mir genau das wünschte.

Kenzie strich über meine Wange und gähnte.

»Ich bin viel zu müde, um heute noch nach Hause zu fahren.«

»Das heißt also ... du bleibst?«

Sie nickte und strahlte mich an. »Ja. Ich bleibe.«

36
KENZIE

Fünf Wochen waren seit unserem ersten Treffen in Venedig vergangen. Nach dem ersten gemeinsamen Liebeswochenende in Venedig, hatten wir es noch zwei weitere Male geschafft, uns dort zu sehen.

Auch wenn wir es die meiste Zeit nicht aus der Wohnung schafften, weil wir uns zusammen einigelten und all die Zärtlichkeiten und Zuwendungen aufarbeiteten, die während der Woche unerfüllt blieben, dankte ich Cesare dafür, dass er mich bei unserem letzten Treffen gewissermaßen aus der Wohnung gezerrt und mich regelrecht dazu gezwungen hatte, einen abendlichen Spaziergang mit ihm zu unternehmen. Sonst wären mir die bronze- und goldgetünchten venezianischen Gebäude, das hellgrün leuchtende Wasser und die orangenfarbene Sonne, die von der Lagune verschluckt wurde, entgangen.

Ein Wintersonnenuntergang in Venedig: Ein Traum.

Ein Wintersonnenuntergang in Venedig, mit dem Menschen an meiner Seite, der meine Welt aus den Angeln hob: Ein Traum, aus dem ich nie wieder aufwachen wollte.

Während wir eng umschlungen dastanden und die untergehende Sonne beobachteten, stahl sich *Silbermonds* Hit »Das Beste« in meinen Kopf.

Jede einzelne Strophe dieses Lieds traf auf Cesare und mich zu. Fast erschien es mir, als hätte die Band diesen Song allein für Cesare und mich geschrieben.

Wenn wir uns am Sonntagabend nach einem wundervollen Wochenende am Bahnsteig voneinander verabschiedeten, unterdrückte ich die Tränen und die Trauer, die der schmerzvolle Abschied in mir hervorrief. Die Ungewissheit darüber, wann und ob wir uns wiedersehen würden, schnürte mir jedes Mal die Luft ab. Die darauffolgenden Montage überstand ich nur, weil meine Freundinnen, obwohl sie nicht genau wussten, was in mir vor sich ging, mich auffingen und beschäftigten.

Ich dankte es ihnen.

Insgeheim war ich davon überzeugt, dass sie mit an Sicherheit grenzender Wahrscheinlichkeit wussten, dass Cesare und mich mehr als eine professionelle Beziehung verband. Aber sie waren diskret genug, mich nicht zu einem Geständnis zu nötigen, auch weil sie sich der prekären Lage bewusst waren, in die mich solch eine verbotene Beziehung brachte.

Das letzte Treffen mit Cesare lag nun schon zwei Wochenenden zurück. Letztes Wochenende hatte er sich nicht loseisen können. Das war verständlich. Denn die Präsentationen der neuen Boliden von *Titan Racing* und *Racing Rosso* standen in dieser Woche an.

Kommendes Wochenende würden dann alle Teams zu den Testfahrten nach Barcelona aufbrechen, was dazu führte, dass wir uns auch an dem besagten Wochenende nicht würden sehen können.

Kurzum: Aktuell wusste ich nicht, wann Cesare und ich wieder Zeit füreinander fanden.

Im schlimmsten Fall würden wir bis nach dem Saisonauftakt im australischen Melbourne warten müssen. Das bedeutete vier weitere Wochenenden ohne Cesare.

Ich versuchte diesen quälenden Gedanken mit Fassung zu tragen und ging in die Kaffeeküche, um mir eine Pause von dem Saisonauftakt-Stress zu gönnen.

Der Geruch von Fisch stieg mir in die Nase und mir wurde augenblicklich schlecht. Aus den Augenwinkeln erkannte ich Riley, die gerade ein dampfendes Schälchen mit Fischsuppe aus der Mikrowelle nahm.

Ich schlug mir die Hand vor den Mund und eilte zu dem Mülleimer, der in der Ecke der Küche stand, um meinen gesamten Mageninhalt mit lauten Würgelauten darin zu entleeren.

»Kenzie, um Gottes Willen.« Riley eilte zu mir und hielt mir die Haare aus dem Gesicht. »Hast du dir den Magen verdorben?«

Ich schüttelte langsam den Kopf. »Nein. Die Fischsuppe ...«

»Was ist damit? Das ist Fischsuppe aus dem Feinkostladen, in den wir immer gehen. Erzähl mir nicht, dass die eklig riecht. Das tut sie nämlich nicht.«

»Keine Ahnung ... ich habe sie gerochen und mir ist übel geworden«, krächzte ich und wischte mir den Mund ab.

Mit rumorendem Magen schlurfte ich zum Spülbecken und wusch mir Mund und Hände.

»Du hast die Suppe gerochen und dir ist schlecht geworden? Bist du schwanger oder was?«, witzelte Riley.

Bei ihrer Bemerkung gefror mir das Blut in den Adern. Wortwörtlich. Mein Herz erlitt einen kompletten Stillstand und hörte auf, Blut durch meine Venen zu pumpen.

Ich taumelte und wäre umgefallen, wenn Riley keinen Hechtsprung hingelegt hätte, um mich aufzufangen.

»Gut. Das reicht jetzt. Hinsetzen, Kenz.« Mit dem freien Arm zog sie einen Stuhl zu mir. Kraftlos ließ ich mich darauf fallen und vergrub das Gesicht in meinen Händen.

Riley ging vor mir in die Hocke und legte ihre Hand auf mein Knie. »Kenzie, was ist los?«, flüsterte sie beruhigend.

»Meine Periode. Sie ist überfällig.« Meine Stimme klang seltsam tonlos und entrückt.

»Wie viele Tage?«

Ich rechnete in Gedanken nach, was sich äußerst

schwierig gestaltete, da mein Kopf völlig leergefegt war und ich keinen klaren Gedanken mehr fassen konnte.

»Drei Tage.«

»Das ist noch kein Grund zur Sorge. Drei Tage ist keine lange Zeit, Kenzie. Außerdem nimmst du die Pille, oder?«

»Ja, tue ich«, schniefte ich und versuchte die aufkommende Panik zu unterdrücken.

»Na siehst du. Hast du während der letzten drei Wochen Durchfall gehabt, Antibiotika genommen, die Einnahme verbummelt oder doch erbrochen?«

»Nein«, versicherte ich ihr energisch.

»Okay. Dann ist die Chance, dass du ungewollt schwanger bist sehr gering, Kenzie.«

Ich rieb mir erschöpft über das Gesicht. »Du fragst mich gar nicht nach meinem Liebesleben.«

»Weil ich längst weiß, dass du mit dem Hottie von *Racing Rosso* ins Bett gehst. Tante Riley entgeht nichts. Das sollte dir doch klar sein.«

»Du weißt es? Wie?«

»Es ist mein Job, alles zu wissen, schon vergessen?«

»Wer weiß noch davon?« Ich verkrampfte mich und schaffte es nicht länger, die Panik im Zaum zu halten.

»Die Mädels. Wir haben es alle vermutet und jetzt, da du es mir bestätigt hast, wissen wir, dass wir mit unserer Vermutung richtig lagen.«

Ertappt biss ich mir auf die Zunge.

Shit.

»Willst du darüber reden? Ich dachte er ist

verheiratet?«

»Getrennt.«

»Sicher?«

»Ja, sicher.«

»Also hast du eine Affäre mit dem in Trennung lebenden Teamchef von *Racing Rosso*?«

»Keine Affäre. Jedenfalls glaube ich das.«

»Keine Affäre? Was dann?«

»Wir versuchen so etwas wie eine Beziehung hinzubekommen.«

»Wie soll das denn gehen? Willst du kündigen? Oder akzeptiert Toni, dass du den Teamchef der Konkurrenz datest?«

»Es ist kompliziert«, seufzte ich.

»Ich sag dir was.« Riley erhob sich und ging zum Spülbecken, um ihre Fischsuppe auszuschütten. »Den Appetit auf Fischsuppe hast du mir mit deiner 1A Kotznummer gründlich versaut. Warum schnappen wir uns nicht unsere Jacken und machen einen Spaziergang an der frischen Luft? Dann kannst du mich auch gleich zu einem Mittagessen einladen, bei dem wir keinen Mülleimer brauchen.«

»Okay. Klingt gut«, willigte ich ein und stand auf.

Riley und ich machten einen ausgedehnten Spaziergang durch den an die Firma grenzenden Park, während dem ich ihr von der enormen Anziehungskraft, die Cesare auf mich ausübte und von dem Versuch, eine Beziehung aufzubauen, erzählte.

»Schöne Scheiße«, kommentierte sie und drückte mich fest. »Du weißt schon, dass das auf Dauer nicht funktioniert. Kannst du dir ernsthaft vorstellen, dich für die nächsten drei, vier, fünf oder mehr Jahre zu verstecken?«

»Nein, kann ich nicht. Aber wir machen einen Schritt nach dem anderen. Momentan genießen wir es einfach, Zeit miteinander zu verbringen. Alles weitere wird die Zukunft zeigen.«

»Gute Einstellung. Solange du damit leben kannst.«

»Ich fühle mich Toni gegenüber nicht mehr so schrecklich schuldig, wenn du das meinst. Wenn ich arbeite, stehe ich einhundert Prozent hinter ihm und *Titan Racing*.«

»Du kannst das echt komplett trennen?« Riley zog skeptisch eine Augenbraue in die Höhe.

»Kann ich, ja. Ich liebe *Titan Racing*. Ich habe einen wichtigen Teil meines Lebens bei *Titan Racing* verbracht. Ich würde dem Team nie in den Rücken fallen.«

»Aber du liebst auch Cesare. Den Mann, der rein zufällig den stärksten Konkurrenten von *Titan Racing* anführt. Wünschst du ihm, dass er und *Racing Rosso* gegen uns verlieren oder wie genau muss ich mir das vorstellen?«

»Bevor ich Cesare kannte, wollte ich, dass *Titan Racing* um jeden Preis gewinnt. Die Beziehung zu Cesare hat das insofern revidiert, als dass ich mir nun wünsche, dass das bessere der beiden Teams gewinnt. Ich gönne den Sieg dem verdienten Gewinner: *Racing Rosso* oder *Titan Racing*.«

»Was ist mit den *Roaring Bulls*?«

»Denen gönne ich es nicht.«

Riley kicherte und stieß mir mit dem Ellenbogen in die Seite. Daraus, dass wir beide nicht allzu gut auf die *Roaring Bulls* und deren Starfahrer Jasper Vanhoff zu sprechen waren, machte keine von uns ein Geheimnis.

»Brauchst du etwas?« Ich wies auf die Apotheke auf der gegenüberliegenden Straßenseite.

»Nein. Du?«

Ich warf Riley einen vielsagenden Blick zu.

»Du glaubst wirklich, dass du schwanger bist?«

»Nein, eigentlich nicht. Ich wüsste nicht, wie das passiert sein sollte. Also werde ich einen Test machen, feststellen dass er negativ ist, mir heute Abend ein Entspannungsbad und ein großes Glas Rotwein gönnen und über meinen Schreck lachen.«

»Guter Plan. Dann lass uns mal diesen Test kaufen. Ich schirme dich ab.«

Eine halbe Stunde später lehnte Riley an der Toilettenkabine und trommelte ungeduldig mit den Fingern gegen die Holztür.

»Und?«

»Es geht nicht schneller, wenn du alle zehn

Sekunden nachfragst.«

»Auf ein Stäbchen zu inkeln kann nicht allzu schwer sein, Kenz.«

»Wenn man dermaßen unter Druck gesetzt wird wie ich, schon.«

»Also gut. Ich gehe kurz raus.«

»Danke«, zischte ich erleichtert und entspannte mich, als die Tür zum Waschraum ins Schloss fiel.

Keine zehn Minuten später hielt ich das Ergebnis vor Augen und fotografierte es zur Sicherheit für Riley ab. Danach wischte ich den Test gründlich ab und steckte ihn in meine Manteltasche. Wegwerfen würde ich ihn zuhause und nicht im Büro.

»Und?« Als ich die Toilettenkabine entriegelte, stürmte Riley hinein und verschloss die Tür wieder hinter uns.

»Negativ.«

»Zeig mal her.«

Ich hielt ihr den Test unter die Nase und Riley glich das Ergebnis mit dem Beipackzettel ab.

»Ja, das sieht negativ aus«, brummte sie zustimmend. »Herzlichen Glückwunsch.«

Ich schnaubte amüsiert. Jemandem zur *Nicht-Schwangerschaft* zu gratulieren war typisch Riley.

»Willst du ein Baby mit ... mit ... dem Hottie?«, fragte sie völlig unverhofft.

»Was? Wie? Also ... ähm, keine Ahnung. Darüber habe ich mir noch keine Gedanken gemacht. Wir kennen uns ja erst seit ein paar Monaten.«

»Na dann ist es ja gut, dass du nicht schwanger bist.«

37
KENZIE

Rileys Frage spukte auch noch nach Feierabend in meinem Kopf herum.

Wollte ich ein Baby mit Cesare?

Ich konnte mir mit Cesare im Grunde genommen alles vorstellen.

Irgendwann.

Aber davor galt es noch so viele Hindernisse aus dem Weg zu räumen, dass wir einem Baby im Augenblick wohl kaum das schützende Nest bieten konnten, das es verdiente.

Ich zog meinen Mantel aus und hing ihn an den Kleiderhaken meiner Wohnungstür. Dann fischte ich den Schwangerschaftstest aus meiner Manteltasche, um ihn im Müll zu entsorgen.

Mitten in der Bewegung hielt ich inne. Doch es war zu spät. Der Test landete direkt auf der Bananenschale vom Frühstück. Ich hielt die Luft an und fischte ihn angeekelt wieder heraus.

Hatte mir mein Gehirn soeben einen Streich gespielt, oder war da jetzt eine zweite Linie auf dem Display, die vorhin noch nicht dagewesen war?

»Oh mein Gott«, hauchte ich entsetzt.

Wo vorhin bloß *eine* Linie aufleuchtete, befanden sich nun zwei.

Das bedeutete ... *Positiv.*

»Oh. Mein. Gott.«, wiederholte ich.

Wie zum Teufel war das möglich?

Ich lief zu meinem Mantel und suchte nach dem Beipackzettel. Dunkel erinnerte ich mich daran, dass ich ihn in tausend Teile zerrissen und weggeworfen hatte.

Verdammt!

Ich schnappte mir mein Handy von der Kommode und suchte das Internet nach der nächstbesten geöffneten Apotheke in meiner Nähe ab.

Mit laut klopfendem Herzen sprintete ich die Treppen hinunter, sprang in meinen Wagen und kaufte mir stolze drei Schwangerschaftstests. Einen richtig teuren, qualitativ hochwertigen aus der Apotheke und zusätzlich einen günstigen, sowie einen mittelteuren aus dem Drogeriemarkt nebenan.

Drei Tests aus drei Sortimenten.

Mindestens einer davon sollte doch seinen Zweck erfüllen.

Zurück in meiner Wohnung, schloss ich mich im Badezimmer ein, obwohl sich außer mir niemand in meinem Zuhause befand.

Ich setzte mich auf den Badewannenrand und las mehrmals die Anleitung zu dem ersten Test, um sicherzustellen, dass ich alle Anweisungen haarklein befolgte.

Hatte ich bereits erwähnt, dass ich es hasste, mit meinem Urin auf ein Stäbchen zu zielen?

Igitt.

Ich legte das bepinkelte Stäbchen flach auf die Ablage des Waschbeckens und stellte mir den Timer auf dem Handywecker.

Nervös tigerte ich im Badezimmer auf und ab.

Als der Wecker klingelte, erschrak ich fast zu Tode und zuckte so heftig zusammen, dass ich mir einen Nerv einklemmte.

Na wunderbar.

In gekrümmter Haltung schlich ich zum Waschbecken und kniff ein Auge zu.

Als würde das Resultat mit einem Auge weniger furchteinflößend sein ...

Ein Smiley lachte mir von dem Display entgegen.

Besagte ein lachender Smiley ein negatives Ergebnis? Lachte er deshalb? Mir schwante, dass meine Logik nicht der des Pharmakonzerns entsprach und ein Griff zum Beipackzettel bestätigte diese Vermutung.

Herzlichen Glückwunsch. Sie sind schwanger, stand da.

Arrrrggh!

Ich riss die zweite Packung auf und wiederholte die Prozedur: Anweisung lesen, auf das Stäbchen pinkeln, abwarten.

Statt dem lachenden Smiley kamen auf diesem

Schwangerschaftstest zwei dicke, schwarze Linien zum Vorschein.

Positiv.

Für den dritten Test reichte die Flüssigkeit in meinem Körper nicht mehr aus. Also eilte ich in die Küche, um etwas zu trinken. Instinktiv wollte ich nach der offenen Rotweinflasche greifen, hielt mich aber im letzten Moment zurück.

Kein Alkohol während einer Schwangerschaft.

Viel wusste ich nun wahrlich nicht über das Schwanger sein, doch diese eine Regel war wohl jeder Frau bekannt. Also begnügte ich mich mit Wasser und wartete ungeduldig, bis sich meine Blase meldete.

Ich wiederholte die Prozedur ein drittes Mal und dieses Mal prangten nicht nur zwei dicke Striche auf dem Display, sondern zusätzlich dazu auch noch das Wort *Schwanger*.

Ohnmächtig ließ ich mich auf den Badewannen-rand sinken und starrte ungläubig auf die drei Schwan-gerschaftstests, die vor mir auf dem Boden lagen.

Was in aller Welt sollte ich jetzt tun?

Drei Stunden später saß ich verheult und verängstigt, dick eingemummelt auf meinem Bett und hatte einige Antworten auf meine offenen Fragen erhalten.

Frage eins: Wie konnte ich bitteschön schwanger werden, wenn ich jeden Tag brav die Pille nahm?

Die Antwort darauf lautete höchstwahrscheinlich *Johanniskraut.*

Wegen meinem inneren Kampf zwischen der Loyalität Toni gegenüber und der Zuneigung für Cesare plagten mich schon seit einigen Wochen ernsthafte Schlafstörungen. Um besser einschlafen und durchschlafen zu können, hatte ich zu natürlichen Johanniskrautpräparaten gegriffen. Dass Johanniskraut eine Wechselwirkung mit der Pille zur Folge haben konnte, wenngleich auch nur in Ausnahmefällen, war mir nicht bewusst gewesen.

Aber daran musste es liegen. Anders konnte ich mir diese Schwangerschaft nicht erklären. Ich hatte stets aufgepasst. Die Einnahmezeiten eingehalten und sie nie vergessen, weder gebrochen, noch Durchfall gehabt. Es gab keine andere plausible Erklärung, als die des Johanniskrauts.

Frage zwei: Wieso war der erste Test zunächst negativ und dann positiv?

Auf diese Frage gab das Internet viele Antworten her. Der Test konnte alt sein, wurde womöglich nicht richtig aufbewahrt oder zeugte von minderwertiger Qualität.

Was es auch war, die drei eindeutig positiven Tests ließen keinen Zweifel an meiner Schwangerschaft.

Meine Hand wanderte zu meinem Handy.

Ich sollte es Cesare beichten.

Aber wie?

So eine Nachricht überbrachte man doch nicht am Telefon. Oder per SMS.

Außerdem hatten wir vereinbart, uns unter der

Woche nur in Ausnahmefällen zu kontaktieren, um unserer Abmachung treu zu bleiben und unser halbwegs reines Gewissen zu wahren.

Das hinderte Cesare allerdings nicht daran, mir regelmäßig eine *Gute-Nacht-Nachricht* zu schreiben, in der er mir mitteilte, wie sehr er mich vermisste und dass er es kaum erwarten konnte, mich wiederzusehen.

Jedoch lag die letzte Nachricht dieser Art schon ein paar Tage zurück.

Ich schob die Funkstille auf die bevorstehende Präsentation des neuen *Racing Rosso* Boliden, die morgen stattfinden würde.

Bestimmt saß Cesare noch immer im Büro und schlug sich die Nacht um die Ohren. Da wäre es nicht angebracht, ihn mit einer *Wir-müssen-reden* Textnachricht aus dem Konzept zu bringen und zu beunruhigen.

Ich beschloss, dass ich mein Geheimnis vorerst für mich behielt und ihn während der Testfahrten in Barcelona in ein paar Tagen aufsuchen würde, um mit ihm zu sprechen.

Bis dahin musste ich einen kühlen Kopf bewahren und versuchen, nicht völlig auszuflippen.

Außerdem hatte ich bis dahin mehrere wichtige Jobs zu erledigen: Toni bei der Vorstellung des neuen *Titan Racing* Boliden unterstützen. Toni durch die unmittelbar darauffolgenden Filmtage zu schleusen. Und Tonis Logistik in Barcelona organisieren.

Für das Schwanger sein blieb mir dabei ziemlich wenig Zeit.

Fünf Tage später saß ich im Motorhome auf dem *Circuit de Catalunya* in Barcelona und ging Tonis Terminliste durch.

Er hatte mich gebeten, einen Termin mit Cesare zu vereinbaren. Einen Folgetermin zu dem Treffen in Bologna vor etwas mehr als sechs Wochen.

Ich spielte mit dem Gedanken, Franca einfach eine E-Mail oder eine Nachricht zu schicken und sie darin um einen Terminvorschlag zu bitten, doch das kam mir albern vor.

Erstens sollte ich dringend mit Cesare sprechen und zweites befand sich das Motorhome von *Racing Rosso* unmittelbar neben dem von *Titan Racing*.

Seufzend erhob ich mich und beschloss, das Unvermeidliche nicht mehr länger hinauszuzögern.

Ich hatte keine Ahnung, wie Cesare reagieren würde und ich hatte keinen Plan in petto, wie es nun weitergehen sollte. Ich hatte nichts, außer die Hoffnung und die Zuversicht, dass wir die Antworten auf all die Fragen finden würden. Gemeinsam.

Als ich aus dem Motorhome trat, strahlte mir die helle Februarsonne Spaniens ins Gesicht und ließ mich blinzeln, um wieder klar sehen zu können.

Jedoch glaubte ich, dass mir die Sonne nicht nur die Sicht, sondern auch den Verstand raubte, denn keine fünf Meter von mir entfernt, vor dem Motorhome von *Racing Rosso*, stand Cesare.

Mit einer Frau.

Mit *seiner* Frau.

Ein schmerzvoller Stich bohrte sich in meine Brust. Instinktiv fasste ich mir an die brennende Stelle und rieb sie.

Die Frau legte Cesare die Hand auf den Arm und stellte sich auf die Zehenspitzen ... *um ihn zu küssen.*

Mir wurde speiübel.

Panisch suchte ich meine Umgebung mit den Augen nach einem Mülleimer oder ähnlichem ab. Ich fand ihn zwischen dem Motorhome von *Titan Racing* und *Racing Rosso*. Um ihn zu erreichen, musste ich mich unwillkürlich Cesare und seiner Frau nähern, was wiederum bedeutete, dass Cesare mich unweigerlich bemerken würde.

Ich entschied, dass es besser für Tonis und *Titan Racings* Image war, wenn ich mich in einen abseitsstehenden Mülleimer, statt unmittelbar vor dem Motorhome von *Titan Racing* erbrach, auch wenn ich deswegen genau in Cesares Sichtfeld laufen musste.

Ich eilte auf den rettenden Mülleimer zu und hatte ihn fast erreicht, als Cesare den Kopf hob und sich unsere Blicke trafen.

Der unverhoffte Blickkontakt brachte mein Herz gehörig aus dem Takt, sodass ich stolperte und das Gleichgewicht verlor. Ich schnellte zu Boden und mein Kopf schlug ungebremst auf dem harten Asphalt auf.

Mit einem Mal wurde alles schwarz und still.

Du willst wissen, wie die Geschichte um Kenzie und Cesare endet und ob die beiden ihr Happy End erhalten? Dann solltest du unbedingt **Trackside Kisses,** Band 5 der Titan Racing Legacy Reihe lesen. Ich wünsche dir ganz viel Spaß dabei.

DIE REIHE AUF EINEN BLICK

Die beliebte Titan Racing Legacy Reihe umfasst
insgesamt 6 Bände:

Band 1
Crashing Hearts
Allegra & Hunter

Band 2
Love Laps
Riley & Dante

Band 3
Pitlane Secrets
Dakota & Grayson

Band 4
Circuit Rush
Kenzie & Cesare 1

Band 5
Trackside Kisses
Kenzie & Cesare 2

Band 6
Wild Velocity
Skye & Austin

TRACKSIDE KISSES

Band 5 der Titan Racing Legacy Reihe
Das Finale von Kenzie & Cesare

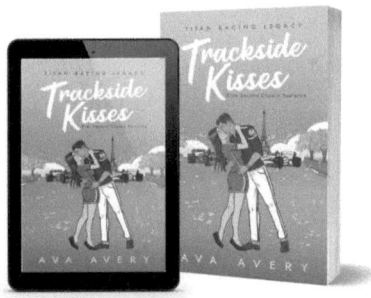

**Ein winziger Moment kann alles verändern.
Und ein einziger Wimpernschlag ein ganzes
Leben zerstören.**

Kenzie glaubt, dass der Boss von Racing Rosso sie nur benutzt hat, um Titan Racing im Kampf um die Weltmeisterschaft zu schwächen. Sie fühlt sich von Cesare verraten, belogen und betrogen. Der Schmerz sitzt so tief, dass sie den gegnerischen Teamchef und all die Erinnerungen an ihn aus ihrem Leben verbannen will.

Doch das ist unmöglich, wenn sie sich permanent im Paddock über Weg laufen und jeder seiner durchdringenden Blicke ihre Haut zum Prickeln und ihre Wangen zum Glühen bringt.

Warum will Cesare unbedingt an ihrer verbotenen Bindung festhalten?

Wieso lässt er Kenzie nicht einfach gehen?

Und was, wenn eine verhängnisvolle Intrige das fatalste Geheimnis der Serie del Rey enthüllt?

Lesermeinung:

»Ich habe Wochen gebraucht, um die Emotionen,
die diese Geschichte in mir hervorgerufen hat
zu verarbeiten, weil sie so unglaublich intensiv,
dramatisch und wunderschön ist.«

Bitte beachte: Hierbei handelt es sich um die erweiterte und komplett überarbeitete Neuauflage von (Don't) Tempt the CEO. Dieser Band bildet das Finale der Dilogie um Kenzie und Cesare.

PUCK FOR LOVE

Romantische & spicy Eishockey Romance mit Herz

**Stell dir vor, das Leben schenkt dir deine große
Liebe, nur um sie dir kurz darauf wieder
erbarmungslos zu entreißen.
Würdest du das zulassen?**

Maverick Wolf:

Neben meinem Job als Eishockeyprofi und Kapitän der
Arctic Bears will ich vor allem eins: Meine Ruhe. Das
gestaltet sich jedoch seit dem Eintreffen der neuen
Physiotherapeutin Melody Dawson als unmöglich.

Denn Melodys engelszarte Berührungen und ihre wärmende, wohltuende Nähe wecken Gefühle in mir, von denen ich dachte, ich wäre unfähig, sie jemals wieder zu spüren. Gefühle, die mir die Kontrolle entreißen und die die mühsam aufgerichteten Mauern meines Herzens zum Einstürzen bringen. Doch Melody hütet ein gefährliches Geheimnis, das sie ihr Leben kosten könnte und bevor ich mich versehe, bin ich der Einzige, der sie noch vor der drohenden Katastrophe retten kann.

Bitte beachte: Hierbei handelt es sich um die erweiterte und komplett überarbeitete Neuauflage von Arctic Ice Love, einer Eishockey Sports Romance, die 2021 erschienen ist.

MEHR VON AVA AVERY

Mittlerweile (stand April 2025) gibt es mehr als 35 Ava Avery Romane in den Bereichen:

Eishockey
American Football
Formel 1
Boss & CEO Romance
Mafia Romance
Daddy & Baby Romance
Wholesome Romance

All diese Romane sind als eBook, Taschenbuch und für Kindle Unlimited erhältlich. Viele dieser Romane gibt es auch als Hörbuch.

Zu meinen Romanen gelangst du, indem du diesen QR-Code scannst:

ÜBER DIE AUTORIN

 Ava Avery ist Autorin aus Leidenschaft. Sie ist mehrfach ausgezeichnete Bild-Bestseller & Kindle #1 Autorin. Ihre Bücher verkauften sich über 1 Million Mal und wurden in sechs Sprachen übersetzt.

Wenn sie sich in drei Wörtern beschreiben müsste, dann wären das: Freigeist, Abenteurerin und Romantikerin. Ihre Lieblingsautorin ist Enid Blyton. Mit den 5 Freunden, Hanni und Nanni, sowie Tina und Tini hat Ava ihre Liebe zum Lesen und später zum Schreiben entdeckt.

Neben dem Schreiben ist Ava eine begeisterte Weltenbummlerin. Fremde Länder, Kulturen und Menschen kennenzulernen, ist für sie eine Quelle der Inspiration und Freude. Italien nimmt dabei einen besonderen Platz in ihrem Herzen ein.

Exklusive Einblicke aus ihrem Alltag und von ihren Reisen teilt sie in ihrem Newsletter und auf Social Media.

Website: www.avaavery.de
Instagram: avaavery.autorin
TikTok: @avaaverybooks
Facebook: www.facebook.com/avaavery.autorin

BLEIB AUF DEM LAUFENDEN

Besuche mich gern auf Social Media, wo ich **exklusive Details** zu meinen Romanen und spannende Einblicke aus meinem Alltag teile. **So nehme ich dich zum Beispiel virtuell mit auf Buchmessen, zu Eishockey-spielen und ins Tonstudio, wo meine Hörbücher vertont werden.**

Außerdem findest du auf Social Media und in meinem Newsletter regelmäßig tolle **Gewinnspiele**, aufregende Ankündigungen und jede Menge **kostenloses Bonusmaterial**, sowie **limitierte Charakterkarten und Book Merch** zu meinen Romanen.

Website: www.avaavery.de

Instagram: avaavery.autorin

TikTok: @avaaverybooks

Facebook: www.facebook.com/avaavery.autorin

ALLES LIEBE FÜR DICH

Hat dir dieser Ava Avery Liebesroman gefallen? Ich würde mich über eine **Rezension** oder eine **Bewertung** auf Amazon, Thalia & co. sehr freuen, egal ob 3 oder 30 Sätze lang. Denn jede einzelne Rückmeldung ist ein wunderbarer **Liebesbeweis** an meine Geschichten und begeistert möglicherweise auch **neue Leser** für meine Bücher.

Natürlich darfst du diesen Liebesroman auch gerne weiterempfehlen.

Liebe Grüße,

Deine Ava